THAÍS ROQUE

Doce jornada

Copyright © 2023 Thaís Roque
Copyright desta edição © 2023 Editora Gutenberg

Todos os direitos reservados pela Editora Gutenberg. Nenhuma parte desta publicação poderá ser reproduzida, seja por meios mecânicos, eletrônicos, seja via cópia xerográfica, sem a autorização prévia da Editora.

EDITORA RESPONSÁVEL
Flavia Lago

EDITORAS ASSISTENTES
Natália Chagas Máximo
Samira Vilela

PREPARAÇÃO DE TEXTO
Natália Chagas Máximo

REVISÃO
Bruna Brezolini

CAPA
Diogo Droschi

DIAGRAMAÇÃO
Christiane Morais de Oliveira

Dados Internacionais de Catalogação na Publicação (CIP)
Câmara Brasileira do Livro, SP, Brasil

Roque, Thaís
    Doce jornada / Thaís Roque. -- 1. ed. -- São Paulo : Gutenberg, 2023.

    ISBN 978-85-8235-714-9

    1. Romance brasileiro I. Título.

23-161336   CDD-B869.3

Índice para catálogo sistemático:
1. Romances : Literatura brasileira B869.3

Eliane de Freitas Leite - Bibliotecária - CRB 8/8415

A **GUTENBERG** É UMA EDITORA DO **GRUPO AUTÊNTICA** ⓐ

São Paulo
Av. Paulista, 2.073 . Conjunto Nacional
Horsa I . Sala 309 . Bela Vista
01311-940 . São Paulo . SP
Tel.: (55 11) 3034 4468

www.editoragutenberg.com.br
SAC: atendimentoleitor@grupoautentica.com.br

Belo Horizonte
Rua Carlos Turner, 420
Silveira . 31140-520
Belo Horizonte . MG
Tel.: (55 31) 3465 4500

Para os meus pais, Adenilde e Paulo,
que sempre me apoiaram e me fizeram acreditar
que o impossível é uma questão de ponto de vista.

1

Cupcakes

– SEIS *CUPCAKES*, POR FAVOR.

Já sentindo o julgamento no olhar do vendedor, eu me justifico:

– São para uma festa.

Ele sabe que é uma mentira, e eu também sei, mas não estou disposta a dar o braço a torcer.

– *Hello?* – digo em inglês, colocando o celular na orelha, fingindo, só para sair daquela situação constrangedora. – Oi, sim, eu estou aqui. Quais sabores você quer? Ah, *okay*, sim, sim. Peraí, vou perguntar se o vendedor tem – digo. – *Please*, dois de baunilha, dois de chocolate e dois de *devil's food cake*?

O vendedor assente, e eu encerro a ligação. É mais fácil assim: ele finge que acredita que vou dividir com uns amigos, e eu finjo que não sei que ele sabe que vou comer tudo sozinha vendo a nova temporada de *The Kardashians*, que estreia hoje.

Olho para as minhas sapatilhas de oncinha Manolo Blahnik, molhadas pela chuva, sem nenhum glamour, assim como eu. Se descrevesse a minha roupa neste momento, alguém poderia me confundir com uma pessoa estilosa: camiseta larguinha, branca, de algodão, da Vince; jeans escuro, velho e rasgado, da Urban Outfitters; e o sapato que comprei na semana passada. Básica e chique? Estou o oposto.

Meus cabelos estão sempre presos num coque nos meus dias de folga, mas não o estiloso que se vê nas revistas, e sim um amontoado preso com centenas de minicabelinhos espetados que carinhosamente chamo de "baby Einstein". Por que isso acontece? Sinceramente, eu não sei. Uso um casaco de chuva *oversized* e estou sempre carregando minha sacola "cabe tudo" da Marc Jacobs que me deixa ainda menos atraente. Veja bem, não é que eu goste de ser assim, simplesmente sou.

Saber o que está na moda, eu sei. Bons cabeleireiros? Frequento. Mas, de uma maneira ou de outra, quando estou de folga, tenho o dom de transformar qualquer coisa legal em "cara de roupa que uso todos os dias há anos e parece que ninguém passou um ferro".

Espero a chuva passar, pego meus *cupcakes* e saio confiante, rumo a minha festa de mentirinha e desço a Columbus Avenue com a 69th Street, que é onde fica a Magnolia Bakery, doceria famosa por seus *cupcakes*.

Sou a garota que as pessoas julgam que deu certo. A empresa onde trabalho me enviou para uma temporada em Nova York como assistente executiva do vice-presidente e, apesar de postar nos *stories* minha rotina incrível, eu acabo fazendo a mesma coisa todos os dias: escolho um restaurante barato para experimentar, tomo algum vinho que custe menos de dez dólares, passo em alguma farmácia, compro doces e revistas de fofoca e volto para o apartamento. Eu me sento perto da janela, com o computador aberto, e fico olhando a vida passar enquanto respondo os e-mails. Observo as pessoas pela vidraça e penso qual será a história de cada uma delas. Por que caminham com tanta pressa? Fico imaginando se alguma delas é especial, porque eu certamente não sou.

É difícil admitir que, em um filme, eu seria a melhor amiga da protagonista, ou a madrinha da noiva. A vida toda foi assim: sempre assumi o papel de coadjuvante, porque sei que o de protagonista é para alguém com mais sorte do que eu. Pensar nisso me dá um pouco de tristeza, mas é a realidade. As coisas nunca acontecem para mim, não importa o quanto eu tente.

Meus pés deslizam um pouco por ainda estarem úmidos, então decido pegar o metrô para encurtar o caminho. Meus domingos sempre são uma grande incógnita. Neste especificamente, fui ao museu, ao cinema e em alguns brechós, mas em outros... não quero nem me levantar.

Chego à estação e sinto o vento do metrô em meu cabelo, sinal de que preciso correr para não perder a porta aberta. Tem apenas um lugar disponível e me sento correndo, mas logo percebo que o cara ao meu lado está cheirando muito, mas muito mal. Uma mistura de cerveja e nachos (deduzo pelos dedos amarelados de farelo). Com a mesma agilidade com a qual me sentei, eu me levanto e decido me encostar numa parede, segurando os meus amados *cupcakes*. Tenho a impressão de que aquele cheiro está contaminando tudo, e não posso arriscar que meus doces fiquem com cheiro de bebida barata. Só de pensar que aquele homem poderia arrotar neles, sobe um frio na minha espinha e eu abraço a sacola com força. A voz no sistema de som do vagão anuncia a próxima estação, Columbus Circle, então sei que é a minha.

Desço e, virando o quarteirão, já estou em casa. Cumprimento a recepcionista do prédio, e ela me entrega uma revista que está em meu nome, a *Time Out*. Mesmo que eu não fique todos os meses por aqui, gosto de ter uma assinatura para chamar de minha. Eu me sinto em casa, bem americana e chique. Abro numa página qualquer e começo a lê-la, enquanto o elevador sobe para o vigésimo andar. Ao mesmo tempo que leio a revista, pego meu chaveiro de porco na bolsa e me preparo para sair do elevador. Viro à esquerda e vejo o 20-D. Cheguei em casa.

Deixo os sapatos na porta, coloco meu roupão da Ava Intimates, ligo a TV da sala e, ao ouvir os comerciais em inglês, me sinto a própria americana enquanto cozinho. Digo que odeio meu trabalho, mas, em momentos como esse, eu sinto que tenho a vida que alguém de sorte poderia ter. Um mês aqui, três no Brasil. Vou no ritmo do meu chefe, conforme ele precisa de mim.

O prato do dia é um peixe com crosta de gergelim, enquanto tomo meia garrafa de um delicioso vinho branco, que comprei por justos nove dólares, e penso na vida. Uma das melhores coisas de viajar é a sensação de que finalmente não sou um peixe fora d'água. Aqui tem roupas de todos os tamanhos e estilos, cinema barato, acesso à cultura do mundo todo e vários caras gatos para pegar. Claro que, de onde eu venho, Limeira, no interior de São Paulo, também tem muitos, mas a cidade ainda não está pronta para a minha versão Mabel Bem Resolvida, já que todo mundo se conhece por lá. E em São Paulo, onde trabalho boa parte do tempo, divido um apartamento com o meu irmão Beto, o que acaba me deixando mais no meu canto.

Então, quando estou na minha terra natal, eu sou a Mabel Invisível, mas fora dela sou quem eu bem entender. Com isso, essas viagens vêm sempre a calhar, porque sinto que posso respirar e ser eu mesma em minha melhor versão.

Por que, então, odiar esse trabalho, que me proporciona a liberdade de que preciso? Porque nunca sonhei em ser assistente executiva, eu me sinto travada ao ter que bater ponto de segunda a sexta-feira e ter que responder para alguém que não admiro. O fato de ter a mesma profissão da minha mãe também me incomoda, parece que estou revivendo a história dela de alguma forma e isso me apavora. Não quero que a minha vida termine numa cidadezinha, trabalhando até me aposentar em uma empresa da qual não consigo nem gostar.

O que eu queria da vida? Nem eu sei, mas algo que fizesse mais sentido do que isso. Algo que fosse relevante no mundo, além de ganhar bem, é claro. Queria poder fazer o meu horário e trabalhar nos momentos em que sou mais produtiva, de qualquer lugar do planeta. Já entendi que, para mim, só o dinheiro não basta. Ganhar bem é maravilhoso nos primeiros meses, mas depois algo começa a fazer falta e não tem viagem para Nova York que supra todo o vazio que eu sinto dentro do peito. Fácil falar quando se está em Manhattan sentada no sofá. Mas acho que abriria mão disso tudo por algo que não me fizesse sentir que trabalho 29 dias do mês pelo depósito do dia 30.

As coisas apenas foram acontecendo, e fui aceitando. Meu emprego atual caiu no meu colo e, como pagava bem, eu topei. Eu gasto tudo o que ganho e não tenho um tostão guardado. Não tenho carro, mas eu tenho três pulseiras Cartier no braço, que talvez equivalham a um pequeno barco, mas meus pais não precisam saber disso. Estou acomodada, e não vejo como me desacomodar tão cedo.

Nos meus sonhos mais loucos, eu imagino que sou alguém incrível, dona de um negócio famoso, que teve uma grande ideia, sai em capa de revista e é reconhecida pelo seu talento, mas... nem ouso falar isso em voz alta.

Para quem acha que amo ser assistente executiva, eu deixo bem claro que também não curto isso. Mas a real é que, sem isso, eu nunca poderia viajar assim, ou ter esse nível de respeito numa empresa em qualquer outro cargo – a não ser o do meu chefe, é claro. Quando dizem que o vice-presidente é a pessoa mais importante de um negócio (já que o presidente basicamente só faz politicagem), a assistente dele é a segunda pessoa mais importante.

Nenhuma reunião é aprovada sem que eu saiba, os melhores jantares acontecem com a minha organização e toda viagem é monitorada por mim. Sou muito boa no que faço. Meu chefe diz que meu único defeito é que eu não me misturo, e que eu deveria socializar mais porque isso é péssimo para o meu *networking*, mas, sinceramente, não acho que vou ficar nesse trabalho por muito tempo, afinal, algo precisa acontecer.

Gosto de ser autêntica e honesta com as minhas opiniões, por mais que, às vezes, acabe menosprezando o que outras pessoas valorizam. *Cirque du Soleil*? Passo! *Dinner in the Sky*? Fala sério! Fogos de artifício? Socorro! A vida é mais que esses temas que todo mundo adora idolatrar.

Minha realidade é temporária, e em breve começarei a viver a vida que tanto desejo. Só preciso me animar e começar... Mas, enquanto não aparece nada melhor, eu vou vivendo. Não sei como as pessoas conseguem dar conta de tudo. Em noventa por cento do tempo, eu sinto que não dei conta de nada. Aliás, nem me lembro da última vez em que fiz as unhas do pé.

Depois que encho minha última taça e acabo de jantar, percebo que estou animada demais para dormir. Voltarei para São Paulo em breve, e bem que eu podia aproveitar... Tem um *sports bar* quase na esquina de casa e sempre vou até lá porque os garçons brasileiros me fazem companhia.

Eu abro meu armário e escolho um vestido de malha listrado que valoriza minhas curvas e meus noventa quilos bem distribuídos.

Solto meu cabelo, que está cheio de ondas por causa do coque que usei o dia inteiro. Espalho base no rosto com os dedos e dou uma atenção especial à área dos olhos. Modéstia à parte, eu posso ser um caos, mas faço a melhor maquiagem que conheço. Olhão preto esfumado e boca com quase nada de cor... Vai saber se vou dar uns beijos? Não quero ficar com a cara toda borrada.

Passo um hidratante bronzeador nas pernas para tirar a aparência ressecada. Saio do banheiro e dou uma olhada rápida no meu quarto/sala e sigo rumo à cozinha, onde ficam os sapatos que tiro assim que chego da rua. Certa vez, eu li que os coreanos deixam os calçados fora de casa para que a energia da rua não contamine a do lar e isso fez total sentido para mim. Escolho um sapato de salto confortável, bebo o resto do vinho que está na taça e abro a porta para chamar o elevador. Meu sonho é ter um vizinho bonito, mas a verdade é que não costumo encontrar com morador nenhum. Acho que as pessoas daqui têm estilos de vida e ritmos muito diferentes.

A empresa em que trabalho tem diversos apartamentos neste edifício e já fiquei em quase todos. O ruim é que não posso decorar, mas sempre faço questão de adicionar algo meu e deixar minha marca por onde passo. No primeiro, comprei uma frigideira, em outro mudei a cortina do chuveiro e neste comprei uma almofada de paetês dourados só para me alegrar.

No chão, encostada na parede, tem uma foto que comprei de um fotógrafo chamado Billy Yarbrough e que planejo levar para o Brasil. Nela, uma mulher loira vestindo top, de costas, coloca suas roupas em um cesto de roupa suja dentro de uma lavanderia pública. Não consigo ver o rosto dela, mas o fato de estar com um top me dá a impressão de que sua vida é uma bagunça, assim como a minha. Penso que ela é muito ocupada e não tem tempo para protocolos bobos. Sinto liberdade, sinto paz. A paz que eu não tenho.

Chego ao bar e, nesse breve caminhar, percebo que bebi mais do que devia. O garçom brasileiro aponta um lugar para eu me acomodar. O cheiro de madeira do balcão já me é familiar e a cor combina com os cabelos ruivos dele, que consigo ver por de baixo do boné. Há três anos venho aqui e papeamos sobre a vida. Sei que seu nome é Mário, sua esposa é italiana e eles brigam demais, apesar de se amarem. Em um dos nossos papos, ele me contou que os dois se conheceram disputando uma batedeira em promoção na Target. Ele deixou que ela a levasse, e Celina o convidou para jantar. Depois desse dia, eles nunca mais se desgrudaram.

Bebo meu *mojito* costumeiro e abro o Instagram para me distrair. Olho para os lados, mas o lugar está vazio, nem uma vivalma para eu paquerar. Toda essa produção para eu voltar cedo para casa? Nem pensar!

Assim que meu segundo drinque chega, vejo que um cara com os olhos bem azuis se senta a algumas cadeiras de distância com um amigo, e eles começam a beber também. Um gato, na minha opinião. Adoraria que ele viesse falar comigo, porque minha autoestima é basicamente movida a elogios externos. Sorrio, como quem não quer nada. Ele não dá o menor sinal de que vai agir. Mas... eu estou mais bêbada do que pensava.

Não sei se foi o vinho, o *mojito* ou o fato de que estou há meses sem beijar na boca, mas resolvo me levantar e ir falar com ele. A mulher decidida que habita em mim deseja algo e nada mais. Com uma barba deliciosa por fazer, ele sorri ao ver que eu me aproximo:

– *Hey.*

– Você quer transar no banheiro? – pergunto em inglês, num impulso que até eu desconheço, mas não me surpreende.

– Nossa, rápida assim?

– Quer ou não?

– Não.

O amigo dele me puxa pelo braço, me vira pra ele e diz:

– Eu quero!

Ignoro o cara, olho novamente para o moreno e digo:

– Eu quero você.

– Você está falando sério ou isso é uma piada?

– Uhum. Seríssimo – respondo com um sorriso no canto da boca.

– Então vamos – ele topa.

Descemos as escadas do bar e, antes de entrarmos no banheiro, rola um rápido dilema: feminino ou masculino? Sem pensar duas vezes, opto pelo feminino porque me sinto mais segura. Olho para trás e o puxo pela camiseta branca, sorrindo sem parar. Ele me empurra contra a parede que fica em frente à porta, começa a beijar o meu pescoço e eu permito. Ele tem um cheiro bom e definitivamente sabe o que faz. Olho para o lado e abro a porta de madeira de uma das cabines.

Ele para, tira a carteira do bolso e pega uma camisinha. Voltamos a nos agarrar em ritmo acelerado e uma música do Kings of Leon começa a tocar alto do lado de fora, o que faz a gente parar e se olhar por um breve segundo, como quem pede um consentimento para continuar. Eu sorrio, o empurro para a privada, onde ele se senta e coloca a camisinha, sem pestanejar. Subo um pouco meu vestido, coloco minha calcinha para o lado e me sento em cima dele, feliz com a surpresa.

– *Hey* – ele diz. – Meu nome é Kevin, e o seu?

– Mabel.

– Você é mexicana?

– Brasileira.

Coloco minha cabeça para trás ao som de "Sex on Fire" e posiciono as mãos dele em volta do meu cabelo, dando permissão para ele puxar. Kevin entende de cara e começa a beijar meu pescoço, com sua barba roçando em mim, e sorri.

– Você está rindo de mim? – pergunto com uma risadinha.

– Estou sorrindo. Se te contar o dia que eu tive... Nunca imaginei que acabaria assim.

– Nem eu, mas não é mais gostoso desse jeito?

– Uhum.

Ele abaixa levemente meu decote, colocando rapidamente o meu seio para fora e o abocanha, seu outro braço se afasta dos meus cabelos e envolve a minha cintura, me puxando para mais perto, para a gente se grudar. Enquanto fecho os olhos, mexo meu quadril para a frente e para trás no ritmo da música. É curioso como um completo desconhecido pode se encaixar com perfeição tanto no seu dia quanto em você. Se eu já tinha feito isso na minha vida? Nunca, mas não era o momento de me arrepender.

– Com o que você trabalha?

– Sou mecânico de avião, e você?

– Uau, que delícia. Sou assistente executiva numa multinacional.

– Mora aqui perto?

– Nesse quarteirão, e você?

– No Brooklyn.

Tiro sua camiseta, que, para a minha surpresa, cobre um corpo cheio de tatuagens. Passo a mão em seu peito e abro um sorriso leve com um orgulho tímido de mim mesma, confesso, como se ele fosse um troféu. Jogo minha cabeça para trás enquanto apoio minhas mãos em seus ombros.

De repente, escuto uma voz bem grossa gritando em inglês:

– Não sei onde pensam que estão, mas com certeza aqui não é a casa de vocês. Os dois pra fora já!

Eu não consigo acreditar. O bar estava completamente vazio, como nos acharam aqui? Bom, talvez tenha sido fácil de notar justamente por sermos alguns dos poucos clientes no local. A gente se olha assustado, e eu rapidamente abaixo meu vestido e arrumo meu sutiã. Ele fecha a calça e logo me dá a confirmação para sair.

Abrimos a porta e um segurança enorme para bem na minha frente. Olho para baixo, como alguém que sabe que aprontou, e me pergunto o que vai acontecer. Já pensou se me levam para a delegacia por atentado ao pudor? Minha nossa, eu perderia o visto, meu emprego e minha dignidade. Deportada por transar no banheiro de um bar, que fim de linha, Maria Isabel!

Dou um sorriso sem graça, vejo uma mão do tamanho do meu rosto apontando para a porta do banheiro e saio apressada, rumo às escadas; em seguida, vou em direção à porta do bar. Kevin me puxa pela mão e diz:

– Calma, eu vou com você.

Assim que chegamos ao lado de fora, me sento na escada do prédio ao lado e olho para as minhas mãos, que estão tremendo, em seguida olho para Kevin e nós começamos a rir.

– Essa é pra ficar na história – ele diz.

– Impulsos de coragem criam situações memoráveis.

— Você é sempre louca assim?

— Às vezes, mas confesso que essa loucura foi a primeira.

— Meu amigo foi embora. E agora? Quer ir jantar? – ele pergunta.

— Não tem quase nada aberto, só a farmácia. – Nos Estados Unidos, as farmácias são lojas de conveniência enormes que vendem comida, revistas, roupas, brinquedos, etc. – A gente compra alguma coisa e come aqui na escada.

— Bora.

Entramos, pegamos alguns queijos e agarro meu vinho preferido. Como é proibido beber nas ruas, tudo tem que ser envolto por uma sacola de papel, ou outra embalagem. Ele paga a conta – eu até me ofereço, mas ele diz que faz questão. Meu Deus, será que estou em um encontro? Na minha vida faço tudo de forma tão aleatória, então (quase) nada me surpreende. Chego às escadas, dou uma limpada no terceiro degrau e me sento.

— Então, Kevin, mecânico de avião, qual é a sua história?

— Bom. Sou praticamente sem-teto. Ou melhor, sem apartamento. Essa semana saí do lugar em que morava com minha ex-namorada e hoje foi o dia de encaixotar as coisas. Saí com o meu amigo para beber e... uau, conheci uma louca que me fez pirar. E você?

— Mas essa não é a sua história, essa é a sua semana, com um acontecimento bombástico. Como acredito que não somos definidos pelos nossos problemas, vou perguntar de novo. Conta sobre você.

Ele respira fundo, abre o vinho com tampa de rosca e dá um longo gole.

— Eu sou o Kevin, e o nome que você leu tatuado no meu peito é o meu sobrenome. Tenho diversas tatuagens, inclusive uma inusitada na bunda. Venho de família italiana...

— Na bunda?

— Sim, foi uma aposta que perdi ao fazer 18 anos.

— Mas é uma tatuagem de quê?

— Você conhece o Kool-Aid?

— O boneco? – me surpreendo. – Sim. Meu Deus, não me diga que...

— Digo sim, eu fiz isso.

– Essa é a melhor informação que já ouvi na minha vida – digo, chorando de tanto rir. – Mas continue falando de você.

– Nasci em Nova York, tenho três irmãos homens e sempre quis ser piloto de avião. Como o curso era muito caro, fiz a formação técnica em mecânica e lá estou. Meu objetivo é juntar uma grana e fazer o curso em, no máximo, dois anos. E você?

Sempre admiro quem fala com paixão sobre o trabalho. Como eu queria ter nascido com o dom de ser médica, cantar ou dançar, mas não dei sorte. Eu me recordo da Carol, minha melhor amiga, que sempre quis ser advogada, desde que éramos pequenininhas. Ela brincava tanto de tribunal que, aos 12 anos, ganhou um martelo e uma beca cor-de-rosa de aniversário. Volto a prestar atenção nele e respondo:

– Me chamo Mabel, na verdade Maria Isabel, e trabalho como assistente executiva do vice-presidente de uma multinacional.

– Parece importante. Você mora aqui?

– Parece, mas não é – digo, soltando um suspiro triste. – Mas o pagamento é bom, me permite viajar e viver loucuras como esta. Moro um mês aqui, três no Brasil.

– Tem irmãos?

– Um irmão e três melhores amigas, que são como irmãs. Crescemos numa cidade pequena, no interior de São Paulo, e, apesar de vivermos vidas completamente diferentes, nos ajudamos demais.

– Isso é bom. Você planeja voltar pra lá um dia?

– Esse seria meu maior pesadelo, pra te falar bem a verdade.

– Então quais os planos?

– Agora? Acabar de beber esse vinho e ir dormir, porque já, já tenho que trabalhar.

– Me deixa te conhecer melhor... Série preferida?

– *The Kardashians*, e a sua?

– Nãooooo! Não me diz que você assiste a essa porcaria.

– Olha lá como fala, hein? – digo, gargalhando. – Tá bom. *The Handmaid's Tale*. E a sua?

– *Game of Thrones*, a melhor série que já existiu.

– Nunca assisti.

– Você tá de brincadeira? Precisa assistir agora. Urgente – diz ele. – Uma comida?

– Pastel, comida típica do Brasil. E você?

– Então vou na mesma onda e responder qualquer massa, comida típica italiana.

Uma brisa leve bate no meu rosto e sinto um pouco de frio. Olho a tela do meu celular rapidamente, vejo que são quase 2 horas da manhã e tenho centenas de mensagens novas no WhatsApp. Logo, logo me levantarei para ir trabalhar, então é melhor encerrar a noite. Fico em pé, me espreguiço e faço um sinal com a cabeça apontando para minha casa.

– Acho que tá na hora.

Ele se oferece para me acompanhar até o prédio e diz:

– Obrigado por uma das noites mais divertidas dos últimos tempos.

Sorrio e digo com uma certa malícia na voz:

– O prazer é todo meu.

Ele sorri e pede meu telefone, mas minha intuição sabe que ele não vai ligar.

Tem coisas que são boas assim, no calor do momento, e a sensação de algo inacabado é melhor do que um final trágico. Amanhã, a realidade será outra: ele acabou de terminar um namoro e ainda deve ter muitas feridas para cicatrizar.

2
Café latte

O ALARME TOCA ÀS 6H30 e parece que não dormi nem por um segundo. A verdade é que cheguei em casa, comi alguns *cupcakes* para passar a bebedeira e fui tomar um banho.

Coloco o episódio novo de *The Kardashians* para baixar no meu celular porque sei que vou assisti-lo ao longo do dia – provavelmente no metrô, voltando para casa. Amasso meu cabelo rapidamente, escovo os dentes e faço uma maquiagem que chamo de "cura ressaca": muito corretivo na região dos olhos, base e um blush rosado by Bruna Tavares para dar um ar corado.

Coloco um modelador Spanx, que aperta minha barriga, e pego um vestido metade preto e metade branco com uma saia rodada que ajuda a valorizar o meu corpo.

Saio de casa com o sapato de salto na mão e o tênis no pé. A caminho da estação, eu abro o grupo de WhatsApp chamado "Bastidores", onde converso com minhas amigas quase 24 horas por dia. Lá é terra de ninguém. Mandamos *prints* de conversas, fotos de famosos, de roupas, de ex, e até algumas fotos seminuas comparando celulites ou do antes e depois de algum tratamento estético. Começo a ler as conversas de ontem e envio um rápido bom-dia. Assim que entro no metrô, envio uma *selfie* sentada sozinha com a legenda: "Dia de sorte, uma cadeira no vagão só pra mim".

Chego ao trabalho, paro do lado de fora do prédio e coloco meu sapato de salto bem alto. Sempre que faço esse pequeno ato, eu me sinto entrando num personagem de filme, rumo à vida adulta. Sempre, sempre, sempre me sinto uma farsa, como se a qualquer momento fossem descobrir que, na verdade, eu mal consigo resolver meus dramas pessoais. Ninguém deveria me pagar (muito bem) para administrar a vida de um executivo.

O saguão de entrada é enorme, e toda vez que passo pelas portas giratórias, olho para o teto e me lembro do quão pequena sou perto de tudo isso, do universo. Pé-direito altíssimo e na lateral uma daquelas cascatas naturais, seguida por uma parede cheia de plantas verdes. Parece que entrei em um universo paralelo e saí do caos da cidade, não escuto nem o trânsito lá fora.

Vejo, de longe, Nate, o americano que faz dupla comigo aqui no trabalho, cruzar a catraca com seu crachá nas mãos. Ele me vê, sorri e dá um sinal de que está me esperando perto dos elevadores. Apresso o passo para subirmos juntos; meus pés choram só de pensar que passarão o dia todo dentro desses sapatos.

Assim que o alcanço, caminhamos rumo ao elevador e ele logo me avisa que meu chefe já chegou, mas pediu para informar que ficará em reunião na presidência até as 10 horas e, então, mandará mensagens com as coordenadas para a próxima *call*.

– Então bora comer alguma coisa antes do dia começar?

A empresa em que trabalho tem filiais no mundo inteiro, mas é em Nova York que sua sede está localizada, então o complexo tem uma infraestrutura incrível para receber pessoas do mundo todo, inclusive um *buffet* com comidas das mais diversas culturas, que fica aberto durante todo o horário comercial para ser compatível com os diferentes fusos das equipes. Às 7 horas da manhã, você pode comer de peixe cru até as tradicionais panquecas americanas com *maple syrup*. Nosso crachá dá um belo desconto para funcionários, então compensa fazer todas as refeições por aqui, e a qualidade é maravilhosa.

Dizem que isso é um grande truque deles para que a gente nunca pare de trabalhar. Temos lavanderia, academia e restaurante. Tudo que uma pessoa independente precisa, eles tratam de fornecer. Ouvi dizer que tem até serviços de alfaiataria para os homens, mas, como meu time está quase todo alocado no Brasil, nunca cheguei a contratar.

Meu chefe, César, é uma das pessoas mais malas do planeta e vive cercado de puxa-sacos. Acredito que sou a pessoa que o traz para a realidade, mas confesso que, às vezes, eu exagero. Toda vez que apareço com qualquer feição que possa dar a entender que eu dormi pouco, ou se bocejo durante uma reunião, ele logo me pergunta: "Mabel, noite mal dormida ou madrugada bem vivida?", na frente de quem estiver por perto. Pensando na minha noite de ontem, até dou um sorrisinho ao me lembrar do quanto pude aproveitar...

Como César não me mandou nenhuma mensagem nessa madrugada, eu imaginei que ele também estivesse aproveitando. Meu chefe é bem casado e fiel, mas adora um jogo de pôquer. Sempre que estamos aqui, ele conta como é um bom estrategista e quantos milhares de dólares ganhou na noite anterior. Mas nada disso o deixa de bom humor ou faz com que eu trabalhe menos, muito pelo contrário: quanto mais eventos sociais, mais agendas preciso administrar. Ele é o tipo de homem que trabalha 24 horas por dia e diz todo orgulhoso que é *workaholic*. Nossa, ser viciado em trabalho é tão *démodé*! Será que ele não vê as redes sociais? Vou dormir com a caixa de e-mails zerada e, às vezes, acordo com mais de quinze e-mails novos. No começo, eu tinha palpitação e altas crises de ansiedade, agora já me acostumei e entendi que sempre terei trabalho, não importa o quanto me esforce.

Descemos no nono andar, onde fica o *food market* – mercado de alimentação –, sim, é praticamente um mercado, mas também um *buffet* gigante. Olho para Nate, enquanto prendo meu cabelo e dou uma leve suspirada.

Ele é uma das pessoas com quem mais converso, se bobear até mais do que com minha mãe. Nosso cargo é exatamente o mesmo, mas nossos líderes representam países diferentes. Calculo que setenta por cento do meu trabalho dependa de diretrizes dele, e suspeito que sou apenas dez por cento da demanda dele, que acaba virando metade do seu tempo – porque a gente se adora. Faz três anos que entrei na empresa, e ele ingressou há pouco menos de dois. Nos conhecemos porque eu o treinei ou, de acordo com suas palavras, fiz milagre. Graças a minha paciência, ele foi capaz de manter o emprego nos três primeiros meses, já que nem Excel ele sabia usar (é sério!). Ele passou boa parte da faculdade jogando futebol americano, o que claramente notamos pelo seu corpo incrível. Ele tem essa pegada de alta performance, de sempre entregarmos mais e mais de nós, o que particularmente acho um saco.

Pego uma bandeja no restaurante e começo a colocar tudo que amo comer: panquecas, bacon, *syrup*, uma manteiga em forma de "espuma" e, claro, um café *latte*. Enquanto caminhamos entre as ilhas de comidas, ele começa a refletir em voz alta:

— Mabel, Mabel... o que faremos? Garota, se você apenas soubesse — ele diz em inglês.

— Não se preocupe comigo, garoto.

— Eu sei, garota. — Eu o ensinei a falar essa palavra recentemente em português e agora ele a usa sem parar.

— Papo chato logo cedo? — pergunto, enquanto olho surpresa para uma pessoa pegando sushi às 7h50 da manhã. Isso me faz lembrar de que em algum lugar do mundo já é hora do almoço e, então, sorrio.

A dinâmica nova-iorquina me encanta, como vários mundos que caminham juntos, em um ritmo extremamente acelerado. Aqui ninguém tem tempo para olhar para o jardim do vizinho ou, nesse caso, para o prato (somente eu). Será que algumas culturas comem peixe cru logo cedo? Preciso pesquisar isso no Google. Pago a minha conta de doze dólares e 57 centavos — fico impressionada como aqui é barato — e Nate paga a dele. Encontramos uma mesa no meio da multidão e nos sentamos sem pestanejar.

— Preciso te contar: pedi demissão ontem.

— Hahaha. Bobinho!

— Mabel, é sério. Vou para a Califórnia no final do verão.

— Califórnia? Mas você odeia lá.

— Nós brincamos de odiar o estilo metido de se portar do povo, mas a realidade é que minha namorada mora lá, e você sabe disso.

Sem piscar, apoio meu garfo no prato, me preparando para a próxima pergunta, que estava pulando da minha boca, e eu não consegui segurar:

— Vocês vão se casar?

— Calma, muita calma, primeiro vamos viver na mesma cidade, afinal sempre namoramos à distância.

— Entendi.

— Sabia que você acharia um erro.

— Não acho um erro, Nate. Para ser sincera, não acho nada. A vida é sua. — Sei que estou mentindo assim que as palavras saem da minha boca.

— Sim, você tem razão. Está se portando como uma verdadeira americana agora, direto ao ponto.

— Você achou que eu te criticaria? — pergunto surpresa, tentando entender qual é meu papel no meio de toda essa informação.

— Sinceramente, achei. Afinal, é o raciocínio óbvio... entrei nessa vaga depois de você. Pensei que isso a faria sentir que está ficando para trás, que bom que eu estava errado.

Definitivamente, *esse* não era o problema para mim. Pelo menos não até ele mencionar.

— Isso nem passou pela minha cabeça, Nate — digo. — E você terá um emprego? — pergunto, curiosa.

— Sim, em Pesquisa de Mercado na nossa filial de *skincare*.

— Nunca soube que você gostava disso. Caiu no colo?

— Não foi tão óbvio assim. Já estava me sentindo estagnado, mais de dois anos fazendo a mesma coisa. Então comecei a listar no meu bloco de notas todos os trabalhos de que eu ouvia falar e que pareciam legais. Como *business intelligence*, pesquisa de mercado, planejamento estratégico...

— Jura?

— Sim, no fim todos eles têm uma conexão, que aos poucos fui percebendo: gosto de prever o futuro, entender do que o mercado vai precisar amanhã.

— Como um vidente.

— Basicamente, mas com dados e números.

— Entendi... Mas por que Los Angeles? Entendo que tem a Mia lá, mas aqui é Nova York, o centro do mundo. Nunca te imaginei como um cara que mora na praia.

— Pois é, também nunca pensei. Mas tenho questionado muito minha qualidade de vida aqui, e o inverno é algo que me deixa pra baixo. Apesar de essa ser minha cidade natal, comecei a perceber o quanto meu dia rende quando estou por lá. Sair do trabalho e poder ver o mar, conviver com pessoas mais calmas... Existe uma informalidade natural que não se vê por aqui. Quando fui fazer a entrevista, comecei a perceber que valorizava um ambiente de trabalho mais amigável, menos "eu" e mais "nós".

– Cafona – digo, mas entendo o que ele quer dizer. A nossa dinâmica é essa: eu corto as coisas profundas que ele diz, antes que o papo me faça querer morrer.

– Sim, pode ser que seja, mas senti um espírito mais colaborativo no trabalho.

– Nate, seu time sou eu! Quer pessoa mais colaborativa do que quem te ensinou tudo que sabe?

– Quem me dera. Talvez, se você estivesse aqui diariamente, eu tivesse mais motivos para ficar.

No mesmo segundo sinto minhas bochechas corarem. Nate e suas gentilezas sem fim.

Quando nos conhecemos, após meses conversando por telefone e Skype, quase tomei um susto ao ficarmos cara a cara: ele é praticamente o Michael B. Jordan em pessoa. Seu cabelo é raspado, barba curta e terno sempre impecável. Ele tem um corpo maravilhoso, pele preta e um sorriso encantador. Claro que eu já sabia que ele era gato pelo vídeo, mas ao vivo a gente sempre espera se decepcionar.

– Nate, você acha que amaria que eu estivesse aqui em tempo integral, mas sou a pessoa mais reclamona do mundo, talvez não dê para perceber que...

– Mabel, você me manda, em média, cem mensagens por dia. Digamos que cinquenta são de trabalho, trinta, reclamando de tudo, desde a sua mãe até o trânsito que pegou para chegar à empresa; e as outras vinte mensagens são debochando de si mesma, seja do seu cabelo, das suas roupas...

– Que exagero.

– Você nunca reparou? Mabel, você reclama 24 horas por dia.

– Eu sou um peso pra você? É só falar.

– Mabel, quando digo que me preocupo com você, é a verdade. Nunca conheci uma pessoa tão acomodada na própria infelicidade.

– Que horror! Como você fala algo assim? Amo minha vida de paixão, minhas compras, ficar aqui com você, comer bem, dar risada e ver minhas séries.

– Sim, mas você ama seu trabalho?

– Quem ama o próprio trabalho? É um costume mundial falar mal do chefe, do emprego e da vida. Todo mundo odeia.

– Será que todo mundo mesmo? Eu adoro.

Se eu soubesse falar "alecrim dourado" em inglês, eu falaria, mas apenas reviro os olhos, com uma cara de "patético".

Será que sou a única pessoa do mundo que não tem um plano?

– A questão é: o trabalho, quando é bom, chega a ser terapêutico. Ele cura, aumenta a autoestima, amplia sua vida social, faz você reavaliar seus principais pontos e desenvolvê-los constantemente. Se você passa oito horas do seu dia em uma miniprisão, não tem como ser saudável. Entende?

– Entendo.

– Mabel, todos os dias busco ser feliz. E você? Busca o quê?

Pego meu prato, me levanto e decido comer mais, afinal só assim para esquecer meus problemas. Nate, sabiamente, me dá o espaço de que eu preciso. Começo a colocar no prato alguns *donuts* e um *cupcake* de chocolate, enquanto penso em minha rotina sem ele, sem ter um amigo com quem desabafar, que entende meu dia a dia. Pago a nova conta, volto à mesa e, antes que eu possa controlar, sinto algumas lágrimas escorrendo pelo meu rosto, e me recuso a olhar para ele.

– Escute, desculpe se sou firme, grosso ou sincero demais. Mas digo isso porque me preocupo com você. Não temos mais 20 anos pra pensarmos só na diversão do momento. Talvez essa seja a última vez que eu te veja, mas sinceramente espero que não. Pensei muito ontem à noite, e sabia que hoje precisaríamos conversar sobre tudo isso. Não é mais uma adolescente, Mabel, você tem 30 anos.

– Tenho apenas 30 anos, Nate. Esse é o começo da minha vida. Aliás, tem gente que diz que a vida só começa depois dos 40.

– Sim, isso porque devemos nos estruturar até lá para, então, chegarmos aos 40 ganhando dinheiro e assim podermos usufruir da vida que temos. O fluxo é mais ou menos assim: você pesquisa o mundo aos 20, se estrutura aos 30 e ganha dinheiro aos 40. Claro que tem os Zuckerbergs da vida, mas são a exceção. Já passei pela etapa de testes e escolhi o planejamento em diversas formas. Agora preciso construir uma carreira sólida.

– Às vezes, eu tenho a impressão de que, ou nascemos pra dar muito certo, ou ficamos no limbo desse mundão. Sigo tanta gente no Instagram que tem seus 30 anos e já é superindependente, ostentando carros importados, viagens incríveis, roupas de grife e casas enormes.

– Sim, existem mesmo essas pessoas, mas são a exceção. Poucas pessoas crescem tanto em pouco tempo. A grande maioria está construindo, tijolo por tijolo, a vida aqui fora, no mundo real.

– E quem fez de você o papa do assunto?

– Ninguém, Mabel. Eu posso estar totalmente errado, mas vi num vídeo do TED que tendemos a definir oitenta por cento da nossa vida até os 34 anos.

– Tenho tempo então.

– Sim, você tem. Mas sempre pensa assim. Você não busca uma carreira porque "por enquanto ganha melhor do que suas amigas". E desde quando isso é suficiente? Se fosse, não passaria o dia todo reclamando.

– Reclamava porque pensei que fôssemos amigos. Que eu podia fazer isso. Não sabia que seria usado contra mim.

– Reclamar não é o primeiro passo para resolver. Sair do sofá, sim.

– Tá me chamando de acomodada?

– É exatamente aí que eu quero chegar. Você não é acomodada, mas está.

Eu quero, mas não consigo brecar as lágrimas. Silenciosamente, coloco meus óculos escuros que estavam na bolsa e não olho mais para ele. Continuo comendo e me questiono o que fazer assim que acabar: tacar esse prato na cabeça dele? Me levantar e ir embora sem dizer nada? Nunca na vida me senti tão pequena. Sei que não cheguei a lugar algum, que tenho um caminho tão longo que até desanima. É como começar uma jornada em que terei que andar mil quilômetros. Sei que existem pontos de apoio ao longo da estrada, pessoas instruídas para me orientar e me direcionar, mas dá tanta preguiça só de imaginar o trabalho que vai dar.

Eu me levanto, mas não consigo sair em silêncio.

— Espero que sua vida seja incrível como você é, mas sinceramente não sei por que está me tratando assim. Nunca joguei suas fragilidades na sua cara fazendo com que se sentisse pequeno — digo, já me virando para ir embora, enquanto sinto um choro de soluçar vindo por aí. Preciso correr, afinal, chorar em público é uma das piores coisas que pode existir, porque as pessoas te olham com uma cara de dó, o que definitivamente não preciso agora.

Nate pega no meu braço e diz:

— Mabel, sua bolsa. — E me entrega a bolsa sem tirar os olhos dos meus. — Escute, Mabel, sinto muito se a verdade a machuca. Mas há anos te chamo para crescer, e você não vem. Hoje, como disse, talvez seja minha última chance de te olhar nos olhos e falar a real. Cresça, porque você tem tudo para ser uma mulher incrível.

— Se manca, garoto. Ensinei a você tudo o que sabe, e agora vem bancar o superior para cima de mim? Me poupe, seu ingrato. Tudo o que eu podia fazer por você, eu fiz. Passei madrugadas trabalhando para você não perder o prazo dos seus relatórios, fui uma verdadeira amiga e é assim que me trata? Graças a Deus que nunca mais verei você.

Vou embora, já com o coração apertado e arrependido, mas sem conseguir voltar atrás. O que acabou de acontecer? Crescer? Você ajuda uma pessoa por anos, é amiga, leal, e agora vem com esse papo de que posso ser uma mulher incrível? Como assim *posso*? Que diabos é ser uma mulher incrível? Tanta gente é madura, incrível e odeia o próprio trabalho. Nunca me senti tão exposta. Uma coisa é eu saber que não tenho sucesso, outra coisa é uma pessoa jogar na minha cara que essa falta de sucesso me faz ser uma pessoa pior. Que soco no estômago.

Eu queria ter uma vida melhor? Claro que queria, assim como milhares de pessoas. Queria chegar feliz no trabalho, sentir que tem sentido cada hora extra que eu faço. Queria fazer um trabalho que me trouxesse orgulho, que eu quisesse gritar aos quatro cantos do mundo que tenho talento, mas a real é que nasci sem o chip do trabalho, sem nenhum dom.

Perder meu único amigo do trabalho assim, de supetão, já é uma merda. Mas começar o dia sendo humilhada antes de uma reunião para a qual passei até maquiagem não tem perdão. Que merda de casal evoluído, que sejam felizes na porcaria da cidade deles. Nate, com seu planejamento maravilhoso, e ela, com sua incrível qualidade de vida... que se danem.

*

ENCONTRO MEU CHEFE ao chegar à sala e, em menos de cinco segundos, ele fala:

— Óculos escuros, Mabel? Noite mal...

— Não, César, não dormi mal, e não vivi bem a madrugada. Acabei de receber uma notícia trágica, não posso chorar em paz? — Assim que as palavras saem da minha boca, me sinto culpada, mas agora não é hora de aguentar piadinhas. Quando começo a chorar, absolutamente qualquer coisa me faz chorar ainda mais, e não é disso que eu preciso agora.

— Claro, Mabel, claro! Vá ao banheiro, leve o tempo necessário. Eu só preciso da lista às 11 horas.

— Que lista, César?

— A lista com as remunerações da equipe, para discutirmos as promoções. Mabel, você não leu sobre o que seria a reunião?

— Desculpe — respondo rapidamente. — Você me mandou esse e-mail agora há pouco e não tive tempo de ver.

— Mabel, ir a uma reunião sabendo a pauta é o mínimo — diz com a voz firme. — Significa abrir o e-mail cinco segundos antes de entrar na sala, só isso. Resolva seus problemas, monte esse documento e venha apresentar ao presidente.

Engolir em seco e superar é o que me resta. Até que César se posiciona pouco para o tanto que eu reclamo. Agora como é que vou me lembrar de todo mundo para fazer a lista de salários? Nate me vem à cabeça, ele com certeza conheceria uma base de dados com todos os membros da equipe. Que dependência louca que criamos das pessoas, parece que eu preciso dividir tudo, sendo que eu o treinei. Então farei o oposto, qual dica eu daria a ele? Equipe de Recursos Humanos? Sistema na nuvem? Hmmm... Já sei! Lista de e-mail "Para todos", graças a Deus. Quem precisa de homem quando se tem Outlook?

Bendito e-mail, nada como aquela lista "ALL – Business Team LATAM" (Todos – Time de negócios, América Latina). Clico no sinal de "+" ao lado da lista e crio uma tabela, listando um por um. Vinte e quatro funcionários, e as remunerações mais distintas que já vi na vida. Sabe o pior? Os homens ganham muito mais, mas muuuuito mais.

Pego duas pessoas que sei que exercem a mesma função, deixe-me ver aqui... Carlo e Lara. Ele ganha, no mínimo, 25% a mais do que ela. Eu logo me recordo de uma passagem do livro da Sheryl Sandberg, COO da Meta, na qual ela fala que os homens ganham mais porque negociam mais os salários. Ou seja, eles têm algo que as mulheres não têm: coragem de trucar na hora da entrevista. Simples assim.

Lista pronta e *bye-bye*, pendências! Eu posso ter a preguiça que for, mas sou completamente viciada em cumprir *checklists*. Eles me dão uma sensação de vida fluindo, de dever cumprido, e sinto que dou conta SIM de fazer um bom trabalho.

Cruzo com César no corredor e caminhamos lado a lado para a reunião.

– Lista pronta, Mabel?

– Pronta e enviada para o seu e-mail, chefe! Vamos com tudo nessas promoções.

Entramos na sala e começamos logo abrindo a reunião para falar da importância que foi a contratação de uma consultoria para nosso escritório da América Latina. Por uns bons cinco minutos, meu chefe justifica à nossa líder global por que uma diferença tão grande de salário, ainda mais entre homens e mulheres. Não precisava dessa reunião para ele entender isso, eu mesma já disse umas 450 vezes que é incorreto, mas *okay*, afinal, sou apenas a assistente. Nosso plano, com a equipe contratada, é criar pisos e tetos de salário justos, separando as pessoas por cargos reais, para que os conflitos deixem de existir e um plano de crescimento surja de forma coerente e justa.

Então, meu celular vibra. É uma mensagem no WhatsApp:

Paulo Maia: Mabel.

Mabel: Oi, Paulo.

Paulo Maia: Você tá completamente LOUCA? Mandou a lista de salários para TODA a equipe!

Mabel: Oi? Claro que não, mandei para o César, meu e-mail deve ter sido hackeado! Como assim? Liga pra equipe de TI, tô em reunião!

Paulo Maia: Mabel, você mandou para a lista TODOS! Tá todo mundo aqui, as pessoas já imprimiram a lista, com medo que suma do e-mail delas. As pessoas estão te chamando de Robin Hood justiceira.

Mabel: Fodeu, meu Deus! Aviso o César?

Paulo Maia: É óbvio que sim, Maria Isabel.

Gelo. Meu corpo fica todo arrepiado. Puta que pariu, é isso, vou vomitar aqui, no meio da sala, preciso de uma lata de lixo. César vai me matar, Jesus, meu Pai do céu... Puxo a primeira lata de lixo que vejo à minha frente e vomito diante de nada mais, nada menos do que dois vice-presidentes e nossa presidente global.

A reunião para, uma combinação de susto e nojo sem igual. César quase tem uma parada cardíaca e se desespera:

— Mabel, meu Deus! Bem que você disse que tinha recebido uma notícia trágica e eu a tratei daquela maneira. Você está bem? — pergunta ele, se levantando para me ajudar. Que dó, mal sabe o que está por vir.

Aperto o braço dele e digo baixinho:

— César, fodeu geral. Mandei os salários para o time todo sem querer, olhe o destinatário.

Ele, que estava colocando meus braços ao redor do seu pescoço, me larga de pronto, o que me faz cair bruscamente de volta à cadeira.

Em seguida, começa a explicar o que houve, em inglês, entendendo o tamanho do problema que está por vir. Os três me olham incrédulos e desesperados. Os maiores vendedores do time recebendo uma informação como aquela. Assim, eles teriam a faca e o queijo nas mãos para negociarem seus passes ou irem diretamente à concorrência com informações sigilosas.

Alexa, a presidente, pega o telefone e chama alguém do departamento de Recursos Humanos para estar presente e podermos dar continuidade à nossa conversa.

— Isso é sério, não posso mais conversar com vocês sem alguém presente — diz ela, sem parecer se abalar.

— Chame o Jurídico e o Compliance também — aconselhou Anne, a outra vice-presidente.

Eu me sinto dentro da série *Scandal*, vendo Olivia Pope agir. Tudo sendo rapidamente resolvido para que os rastros não se alastrem. Seria eu o inimigo aqui? Fico um pouco confusa, mas como ninguém me tira da sala, continuo estática, segurando a lata de lixo.

Olho para César e pergunto:

— Será que eles vão me demitir?

César me olha chocado e responde:

— Será, Mabel? Será? Eles vão fazer isso aqui e agora, provavelmente por *conference call*. Não terá mais acesso ao seu celular ou ao seu computador, absolutamente nada. Você passou a ser um risco. Puta que pariu, um risco! Você tem ideia da merda que fez?

— Peloamordedeus, me ajude, não posso perder esse emprego, você tem ideia disso? Não tenho dinheiro guardado, não tenho plano algum, divido as contas em casa...

— Fica quieta, Mabel. Agora não é hora para vitimismo. Você nunca se importou com esse trabalho, inclusive eu te falo isso há anos, você faz o mínimo necessário, tanto que não prestou atenção nem em um simples e-mail que pedi.

— Na verdade, usei a lista "Todos" para não me esquecer de ninguém da equipe.

— A equipe é a mesma há pelo menos dois anos, nem o nome dos seus colegas você se dignou a aprender. Porra, Mabel, porra! E agora como vou motivar uma equipe em guerra? Me conta? Sabia que não devia ter te contratado, mas minha mulher insistiu dizendo que você era uma boa funcionária pra ela. No fundo, sempre soube, você é problema!

Fico muda. Nem chorar eu consigo mais. Ele tem razão, realmente não me importo, faço pouco caso e reclamo o tempo todo. Mas a verdade é que isso é tudo o que tenho. A única coisa que sei fazer. E agora? Com uma justa causa na minha carteira de trabalho, será impossível arrumar outro emprego.

— César, a única coisa que eu quero te pedir, por favor, se puder, é que não deixe que eles me demitam por justa causa. Por favor, preciso de outro emprego, pelo carinho que um dia teve por mim.

— Egoísta, Mabel, é isso que você é. Egoísta.

Começo a pensar em tudo que comprei nas últimas 72 horas, na fatura do meu cartão que vai fechar e na cara da minha mãe quando eu contar o que aconteceu. A senhora assistente executiva perfeita terá um completo ataque ao ouvir essa história.

De repente, a "equipe Olivia Pope" chega. O funcionário sério, que aparenta ser um detetive magro, chega segurando uma pasta com uma *vibe* jurídica. Apresenta-se educadamente como Dex e se oferece para tirar a lata de lixo da minha mão. Só nesse momento percebo que meus dedos estão tensos, segurando-a até agora. Sinto um alívio repentino ao soltá-la e penso, por um instante, se levarão meu vômito para a sala de evidências de um crime, no melhor estilo CSI. O que será que isso quer dizer? *Okay*, talvez eu veja séries demais, mas estamos nos Estados Unidos, tudo pode se tornar algo grande em questão de segundos. Quando, no meu pior pesadelo, achei que passaria por isso aqui? Será que vão me deportar? Sinto meu estômago embrulhar novamente, mas acho que não me resta mais nada para vomitar.

Ele gentilmente coloca a lata do lado de fora da sala e sinaliza para uma pessoa da equipe de limpeza pegá-la. Depois me dá um lenço de papel e aponta para o canto da própria boca, indicando que tenho algo a ser limpo. Devem ser os restos do café da manhã, da minha dignidade e do meu futuro, eu penso. Se tivesse uma imagem do fundo do poço no dicionário, com certeza seria a minha, vivendo esse momento.

Em seguida, chega Susan, de Contratações, do setor de Recursos Humanos, e me pergunta se me sinto em condições de conversar agora. Ela me chama para o canto da mesa e pede que eu relate tudo o que ocorreu, desde o momento que entrei na empresa. Com quem conversei, se tomei algum remédio, se faço algum acompanhamento médico (gente, eles estão achando que eu sou desequilibrada? Bom, devo ser, para fazer essas coisas) e se alguém me abordou recentemente me oferecendo algum benefício em troca do vazamento de informações confidenciais.

Começo a relatar o dia anterior e, logo em seguida, o dia de hoje. Peço desculpas pelo meu inglês, que normalmente é fluente, mas o nervoso claramente afetou meu estado mental.

— Mental ou emocional? Para nós, é importante que relate isso claramente. Precisamos de um médico presente?

— Emocional — falei, corrigindo. — Gostaria apenas de beber algo para me acalmar.

Em seguida, uma pessoa me traz um chá e Susan, com sua malha vermelha de linho, continua:

— Agora, colocarei no viva-voz a nossa parceira da América Latina, Rose, que falará com você sobre suas obrigações contratuais e a finalização do contrato.

— Serei demitida? — pergunto.

Ela me olha sem demonstrar qualquer expressão e assente.

— Por se tratar do envio de informações confidenciais, preciso agora de todos os seus eletrônicos, cartões de acesso, cartões de crédito corporativos, cadernos e apostilas. Você tem 48 horas para sair do seu apartamento, sua passagem foi mudada para quarta-feira à noite, na mesma companhia do seu voo de vinda.

— Posso ir para casa hoje? — pergunto, com os olhos cheios de lágrimas.

— Claro, tentarei ver isso — diz ela, olhando para sua assistente, que rapidamente pega o telefone para fazer uma ligação.

Rose, a senhorinha do setor de Recursos Humanos do Brasil, avisa que está na linha e começa:

— Maria Isabel, como você sabe, confidencialidade é um dos pilares da nossa empresa, está em seu contrato de trabalho por atuar em um cargo de alta confiança e lidar com informações privilegiadas para esse mercado. Gostaríamos que assinasse o termo que lhe será entregue, no qual você garante que não trabalhará para nossos concorrentes diretos pelos próximos doze meses e nos libera de toda e qualquer obrigação de te pagar uma indenização trabalhista, visto que quebrou uma das principais cláusulas do seu contrato.

De repente, um breve momento de lucidez. Aprendi tudo sobre cláusulas de não concorrência quando Tom Ford saiu da Gucci. Se você não pode trabalhar na sua área, você tem que ganhar para isso, essa é a regra número um. Tom Ford não lançou nada que vendesse na Gucci por cinco anos e por isso focou ternos. Ou seja, se virou nos trinta para fazer seu nome de outra maneira. Como não tenho nenhum dom, não existe essa possibilidade e preciso ganhar.

— *Non compete*? Meu contrato de trabalho não tem uma cláusula de não poder trabalhar para a concorrência em caso de demissão.

Em questão de segundos, a sala toda fica em silêncio e César me olha incrédulo. Uma força surge em mim e minha intuição me diz para continuar. Sinto que é agora que posso garantir não ser demitida por justa causa em uma rápida negociação.

— Rose, você pode me mandar uma cópia do contrato dela? Ele está nos dois idiomas como o Compliance manda?

— Claro, já está em seu e-mail, mas, por favor, peço que leia minhas considerações no corpo do e-mail.

Olho de rabo de olho para a tela e vejo "Em uma rápida busca, não encontrei o termo *non compete*. Por favor, busque por outras palavras que costumam ser usadas por vocês".

Susan olha para Dex, sinalizando que verifique o contrato, junto com uma moça baixinha que mal abriu a boca e apenas anotou tudo o que falávamos. Compliance, logo imaginei. Em um minuto, ele olha para ela e diz "Modelo de 2016", e ela apenas consente com a cabeça.

– Maria, nós gostaríamos de propor um acordo, visto que seu contrato não engloba uma demissão por ferir a cláusula *non compete*, tendo em vista que se trata de um modelo antigo de contrato trabalhista. Por ter sido uma violação de confidencialidade, você concorda em não pagarmos nada pelos anos trabalhados e, para ficar um ano sem trabalhar para a concorrência, oferecemos, durante doze meses, cinquenta por cento do seu salário mensalmente.

Meu Deus. Aqui está a solução dos meus problemas.

– Não, sinto muito, mas não posso aceitar.

– Maria, você entende que sua situação aqui é delicada, com uma possibilidade de subir para o Compliance, envolvendo o Jurídico brasileiro?

– Entendo, sim, mas você também entende que sei de muita coisa que teria um impacto enorme, se comparado ao pequeno erro que cometi? Cargos e salários não comprometem a credibilidade da marca, ao contrário de outras informações que eu sei. – Olho para César, e ele me encara como se eu fosse a personificação da palavra "problema" que ele gritou minutos atrás. – Portanto, minha contraproposta é: ser demitida como qualquer pessoa normal, com todos os direitos pagos, uma carta de recomendação e doze meses de salário pagos com o valor integral.

– Concordamos em retirar a justa causa, porém nossa oferta máxima de remuneração é de setenta por cento e sem a carta de recomendação.

Concordo e apertamos as mãos. Neste momento, entrego meu celular, notebook e tudo que encontro em minha bolsa que possa representar um risco para eles. Mas não consigo deixar de pensar em uma coisa: pelo menos agora todas as mulheres da minha equipe terão argumentos mais do que suficientes para pedir salários iguais e nunca mais se calar.

3

Frozen margarita

ESTOU ME SENTINDO MAL pelo que fiz? É claro que estou. Ser demitida no pior cenário possível, com direito a vômito em público e toda a empresa, em outro país, sabendo que a minha carreira acabou antes mesmo de começar foi como assistir à final do Super Bowl em que a Gisele Bündchen disse que correria pelada pela rua caso o Patriots, time do seu marido, perdesse, e ele acabou... perdendo.

Ela correu nua? Óbvio que não, mas certamente se arrependeu do que disse e foi uma vergonha pública. O caso dela não teve prejuízos, como no meu caso em relação a César, mas serve apenas para entender o nível de confiança que ele tinha depositado em mim e o tamanho da vergonha que senti.

São 11 horas da manhã. O dia que começou com Nate partindo meu coração não chegou nem à metade e eu já perdi meu emprego. Neste exato momento, fazendo xixi no banheiro da empresa pela última vez, penso no que farei da minha vida daqui para a frente.

Viajar por um ano, no melhor estilo *Comer, Rezar, Amar*? Talvez. Mas Liz Gilbert parece ter um poder de ver aprendizado em tudo; talento que, sinceramente, não sei se eu tenho.

Subo minha calcinha Victoria's Secret e noto que o elástico da cintura já era. Busco meu celular para anotar "Comprar calcinhas novas" na lista de pendências e lembro: não tenho mais celular. Não tenho mais WhatsApp, não tenho mais nada que anotei e programei nos últimos três anos; tudo o que consegui salvar foi o chip, que peguei quando ninguém estava olhando. Preciso correr até uma loja da Apple para programar um novo iPhone antes que cancelem meu e-mail corporativo e eu perca a chance de acessar tudo do meu iCloud. Abaixo minha saia, tiro rapidamente a calcinha do meu bumbum, faço um coque alto para lavar as mãos e escovar os dentes para tirar o gosto de vômito horrível que ainda está na minha boca.

Preciso comer algo, penso. Enquanto escovo os dentes, me olho no espelho e rapidamente volto a encarar a pia. A voz de César ainda ecoa na minha mente: "Você passou a ser um risco. Puta que pariu, um risco! Você tem ideia da merda que fez?". Um nó ameaça se formar em meu estômago. Amanhã eu não terei nada. Na verdade, terei sim: uma história pública de humilhação.

Cuspo a pasta de dente na pia e faço um bochecho com água. O gosto amargo continua, mas não sei se é do vômito ou da minha nova realidade. Abro a *nécessaire*, pego um pouco do hidratante que tenho e passo embaixo dos meus olhos, para tirar o rímel borrado pelo choro. Precisava retocar a minha maquiagem, eu mereço pelo menos uma cara apresentável. Será que consigo ir na Sephora para passar algo rapidinho?

Respiro fundo, saio do banheiro e escuto alguém me chamar. Nate. Meu estômago volta a embrulhar.

– Mabel, meu Deus, acabei de ficar sabendo o que houve. Como você está?

– Ah, oi, Nate. Estou bem. Na verdade, estou a caminho da Sephora para...

– Mabel, você sabe que não precisa ser forte o tempo todo, né?

– Bom, Nate, acabo de ser demitida. E, de acordo com seu discurso hoje cedo, sou uma acomodada que só reclama. Se nosso papo já tinha me deixado péssima, esse acontecimento público não ajudou. Mas não posso ficar aqui chorando sem parar.

– Calma, Mabel. Mas é que, às vezes, você exagera. Quem pensa em ir à Sephora após ser demitida por um erro desses?

– Eu amo ser excelente em tudo que eu faço, mesmo odiando o meu trabalho. Tô tendo um dia péssimo, Nate. Dá pra você não se meter, pelo menos agora?

Dou meia-volta e começo a andar. Chega a ser até curioso que nosso ciclo aqui na empresa termine no mesmo dia. Não imagino como seria minha vida aqui sem Nate. Se já considero o meu trabalho um peso, não ter com quem desabafar faria com que as coisas ficassem vinte vezes piores.

— Mabel, você quer almoçar? Vamos, eu tiro a tarde livre e conversamos. Que horas é o seu voo?

— Susan ficou de me avisar e, agora que estou parando pra pensar, não sei nem como ela fará isso, já que não tenho celular, e-mail, fax...

— Isso eu resolvo agora, vou ligar pra ela e pedir que me mande as informações por e-mail, assim passo para você.

— Combinado, obrigada. Então vamos.

— Aonde você quer ir?

— Depende. Você vai pagar? Agora estou desempregada.

— Claro que vou, Mabel.

— Um hambúrguer e uma cerveja viriam bem a calhar.

— Tenho uma ideia melhor – diz ele, rindo.

— Seja onde for, preciso comprar um celular no caminho.

— Não me diga que você tem uma humilhação pública pra anunciar ao mundo?

Sorrio, triste, e concordo. Acho que pode esperar algumas horas... Por qual motivo eu iria querer me conectar?

*

O ESCRITÓRIO TEM VISTA para o Bryant Park, um dos meus lugares favoritos na cidade. Eu me lembro da primeira vez que o vi, e automaticamente reconheci como o lugar onde Carrie encontra as amigas para almoçar e Samantha compra um guia de Kama Sutra impresso por apenas um dólar. Olho novamente, com um olhar de despedida. Quando será que terei outra chance de voltar para cá?

Conforme caminhamos pela rua, Nate respeita meu silêncio. Enquanto resolve algumas coisas por telefone, eu penso e repenso sobre tudo o que aconteceu. É duro assumir, mas se eu não me movimentar, essa cagada histórica provavelmente vai me fazer voltar a morar com os meus pais.

Começo a me lembrar da minha história profissional. Consegui meu primeiro estágio porque uma amiga da faculdade não queria ficar sozinha o dia todo e me indicou para a entrevista. Era uma espécie de telemarketing de produtos médicos, e nos divertíamos muito. Passávamos metade do dia rindo, comendo besteira e ouvindo músicas em fones de ouvido compartilhados.

Meu segundo emprego foi uma indicação do coordenador do telemarketing, ao saber que não teriam verba para me efetivar. Fui ser assistente pessoal da Thalita, uma advogada séria e exigente, que dois anos depois saiu do emprego e me indicou para trabalhar com seu marido, César, meu atual chefe. Ou melhor, ex-chefe. Até hoje eu me lembro de ela chegar à minha baia e dizer:

– O que acha de uma vaga de assistente pessoal, na qual você pode ganhar o dobro, viajar para fora e ainda falar comigo sem eu ter que ficar cobrando nada?

Ri, e topei na hora. Ela provavelmente será a pessoa que ficará mais decepcionada com a minha demissão, não porque se importe muito comigo, mas porque com certeza não ficará sabendo mais sobre tudo o que seu marido faz.

Pensando agora, nunca procurei por um emprego sequer. Não sei nem como fazer isso. Talvez esse seja o grande motivo pelo qual nunca tenha me dado ao trabalho de pensar no que eu gosto de fazer. A vida toda a gente aprende que o certo é subir na carreira, e isso eu estava fazendo. Comecei como estagiária, depois fui ser assistente pessoal e no meu terceiro emprego já estava ganhando o dobro, muito mais do que uma pessoa com anos de formação ganharia na minha posição.

E agora, se não aparecer nada, não tenho como me manter em São Paulo por muito tempo. Sim, tenho setenta por cento do meu salário, meu irmão paga grande parte das contas do apartamento, mas vou ficar fazendo o que o dia inteiro? Pode ser que fique desempregada por meses, talvez anos. Meu Deus, não gosto nem de pensar.

Desperto dos meus pensamentos ao ouvir uma buzina alta, e noto que já andamos mais de dez quarteirões. Não tenho ideia de aonde estamos indo, mas sinceramente pouco me importo.

*

CHEGAMOS AO LA ESQUINA, um restaurante mexicano que um dia já foi badaladíssimo. Fico feliz e sinto que pode ser uma excelente maneira de me despedir de Nova York e de Nate. Eu me lembro de ler em sites de fofoca que foi aqui que Jennifer Aniston e John Mayer tiveram seu primeiro encontro. Eles não deram certo, assim como meu emprego. Ah, Jen... Sinto que temos tanto em comum! Não demos certo no amor, gostamos de *boy* lixo, mas você é rica e eu, desempregada. Separadas por alguns milhões de dólares, mas frequentando os mesmos lugares. É isso que importa.

Pergunto à garçonete onde Jen e John se sentaram, e ela ri, me explicando que essa unidade é nova e que esse fato ocorreu há mais de dez anos na unidade do Soho.

— Vocês estão aqui em algum tour de fãs de *Friends*?

Rio e respondo que não, mas agradeço pela informação. Pego o cardápio e logo faço meu pedido: um *frozen margarita* e uma *quesadilla* de costelinha. Nate me encara um pouco chocado.

— *Margarita* às 11 horas da manhã?

— Temos que comemorar o sucesso que é minha vida, Nate. No dia que perco meu melhor amigo para a vida californiana, sou abençoada por uma demissão e uma humilhação pública. O que mais posso querer?

— Quanto dinheiro você tem até arrumar outro emprego? Desculpe perguntar, mas precisamos agir rápido agora.

Explico para Nate o acordo que fiz e ele fica absolutamente chocado. Primeiro, em saber do pacote que recebi ao ser demitida e, em seguida, do acordo de *non compete* que fiz.

— Mabel, você é boa. Excelente. E depois?

— Já, já eu volto a trabalhar. Sempre aparece alguma coisa.

— Mabel, você me permite opinar sem brigar comigo?

— Você tem cinco minutos da minha total atenção – digo ao pegar meu *frozen margarita* que chega à mesa. – Você pode falar o que quiser sobre absolutamente tudo até esse copo terminar. Depois, chega.

— Então me escuta. Mabel, vamos pelo caminho que lhe interessa: a Jennifer Aniston não ficou famosa esperando a vida acontecer. A Kim Kardashian se esforça diariamente para ser notícia. O que elas têm em comum? ESFORÇO. Trabalho. Pegue, como exemplo, as pessoas nas listas de sucesso. Quais delas estão lá sem mover um dedo?

— Mas se meu trabalho não exige esforço, a culpa não é minha.

— E esse é o primeiro sinal de que está na hora de mudar, quando percebe que já aprendeu tudo o que tinha pra aprender. Precisamos passar de fase, evoluir. Ir para o próximo degrau. Só pra eu entender: onde você se imagina daqui a cinco anos?

— Empregada?

— Sim, claro. Mas fazendo o quê? Sendo assistente? Tendo uma empresa de assistentes executivas? Veja bem, acho que esse é um trabalho que você faz com excelência, mas do qual não parece gostar.

— É, eu realmente não gosto. Mas como saber do que eu gosto?

Nesse momento, Nate pega uma caneta, vira o jogo americano de papel e começa a anotar.

— Comece me falando quais são todos os empregos que você vê e acha legais. Absolutamente todos e por quê.

— Eu não tenho a menor ideia.

— Vou te ajudar então. Pense em marcas para as quais você acharia o máximo trabalhar.

— Gosto da Kylie Cosmetics porque, apesar de ser um produto "sonho de consumo", é acessível e qualquer pessoa pode comprar. Adoraria trabalhar na Spanx porque admiro a história da dona, ela construiu tudo sozinha e é um produto que muitas mulheres usam, dá pra comprar, não custa caro. Nunca trabalharia em empresas que têm histórico de assédio. Por exemplo, eu li que na Virgin todos os funcionários podem trabalhar remotamente, entregam projetos em vez de cumprir determinada carga horária e isso faz muito sentido pra mim. Trabalharia na Apple porque buscam inovar. Trabalharia no Google porque ouvi dizer que vinte por cento do seu tempo você pode se dedicar para pesquisar outros projetos. Não trabalharia em fábricas, por exemplo, porque parece ser um ambiente mais engessado e mais "quadradão". Amo docerias elegantes que temos ao redor do mundo, como a Ladurée, porque se preocupam com a estética e criam um universo paralelo para os clientes se encontrarem e saírem da atmosfera de "correria" do dia a dia. – Nesse momento, olho para Nate, que anota sem parar e então continuo: – Por outro lado, amo a parte de me sentir realizadora no meu trabalho. Amo saber que tudo acontece porque tenho um poder de conciliar egos, agendas e orçamentos. Sou boa em planejar, programar e organizar. Consigo coordenar várias tarefas ao mesmo tempo.

Ele me interrompe e diz:

– Ser boa não é amar, cuidado. Me fale o que te leva para seu estado de *flow*, onde as coisas fluem de uma maneira quase orgânica.

– Eu não gosto de cuidar de pessoas. Nunca seria médica ou terapeuta, por exemplo. Não gosto de trabalhar sozinha, eu gosto de ver as coisas acontecerem, de materializar ideias. Amo a mobilidade, poder trabalhar a cada hora de um lugar e amo conhecer culturas diferentes.

– O que você gostava em cada trabalho que fez?

– No meu primeiro emprego não gostava de nada, mas adorava ter uma amiga por perto, assim como tenho você. Ou melhor, tinha. Os dias ficam mais fáceis e a troca de informações sempre me ajuda a amadurecer, aprender e construir algo mais rico. No meu segundo emprego, eu amava porque admirava minha chefe, a Thalita. Ela era uma mulher inteligente, respeitada. Queria tanto ser como ela que pensei até em cursar Direito.

– E por que não estudou?

– Porque só de pensar em ficar horas lendo livros teóricos, escrevendo defesas, me deu pânico, é muita burocracia. Fora que as pessoas me falavam no escritório que entravam no Direito para mudar o mundo e acabavam no final do dia defendendo o cliente que pagava mais.

– Continue, Mabel, tudo isso está sendo muito importante. Pense nas pessoas que você acompanha e admira. E me explique o porquê.

– Poxa, admiro muita gente. Admiro a Liz Gilbert, escritora, por ela parecer ser tão livre na própria pele. Admiro a Sheryl Sandberg,

COO da Meta, pela força pra recomeçar a vida, pela incrível missão, por ser respeitada num mercado tão masculino como o de TI. Admiro a Ashley Graham, modelo, por permitir que mulheres com corpos "fora do padrão" se sintam livres, bonitas e pertencentes. Admiro a Glennon Doyle, escritora e ativista, por ter mentido num livro, e depois ter contado toda a verdade ao mundo. Também admiro a dona de um *coworking* que conseguiu criar uma comunidade de mulheres que trabalham no mesmo local. Uma coisa é certa, Nate, eu não quero trabalhar sozinha, gosto de ter um time, mas não sei se quero ter um chefe. Fico um pouco deprimida de ter que me reportar a alguém que não admiro.

– Mas isso cabe a você também escolher. Nas suas entrevistas de emprego, você buscava conhecer o gestor? Indiretamente o entrevistava com suas dúvidas?

– Nossa, nunca parei pra pensar nisso. Inclusive, já soube logo de cara que o César seria um pé no saco.

– E por que você aceitou trabalhar para alguém que já sabia que não gostava? Oitenta por cento da felicidade do funcionário está diretamente ligada ao relacionamento com o líder.

Nessa hora, fico absolutamente chocada com a informação.

– O quê?! Oitenta por cento? Não pode ser verdade! – Ele assente. – Peguei esse emprego pelas viagens e pelo dinheiro, sinceramente.

– Então essas eram suas *bússolas internas*. Entende? O que direcionava suas decisões naquele instante.

-- Como assim bússolas?

– Eu sinto que tenho vários motivos que me direcionam. A princípio era ganhar dinheiro, depois quis trabalhar numa empresa grande com possibilidade de crescimento na carreira. Agora busco qualidade de vida e novos aprendizados. É como se eu tivesse uma caixa com várias bússolas e cada hora um motivo tá no topo de prioridades. Faz sentido? Dependendo do momento de vida em que me encontro, uma determinada bússola assume o controle.

– Faz sim. Sinto isso também. Minhas prioridades mudam quando atinjo um objetivo. Mas me sinto culpada porque parece que sou uma eterna insatisfeita – assumo. – Nossa, até que nosso papo está legal, viu? Durou mais que cinco minutos... Posso pedir outro *frozen margarita*?

— Se você continuar falando coisas construtivas, sem problemas.

— Ah, *darling*. Tudo que eu falo é construtivo.

E caímos na gargalhada. Somos um bom time, apesar de muito diferentes. E talvez essa seja a última vez que eu o veja. Sinto um nó no estômago outra vez. Só não culpo mais a minha demissão por nossa possível distância porque ele escolheu partir, sem nem me consultar. Mas também, ia me avisar para quê?

— Mabel, tá indo muito bem.

— Mas eu não falei nada demais.

— Você que pensa. Já me disse bastante sobre esse emprego que tanto busca, mesmo sem saber.

— Nate, tô cansada de ser a melhor amiga da pessoa que dá certo, sabe? Com todo respeito, todo mundo dá certo, menos eu. Olhe você, se mudando pra Los Angeles e eu vomitando na sala de reuniões com o Compliance.

— Você vomitou? Não me contou essa! Bem que senti um cheiro estranho em você hoje.

— Engraçadinho.

— Mabel, agora que você bebeu, vamos falar como duas pessoas normais, sem ficar na defensiva?

— Diga.

— Como você está?

— Sinceramente? Eu me senti péssima pelo César, que, apesar de tudo, é um cara do bem. Colocá-lo nesse conflito fará da vida dele um inferno, ele provavelmente ficará dias sem dormir com medo da equipe se rebelar de alguma forma. Mas pensei em algumas coisas: tudo o que ele me disse no momento da raiva foi sincero. No fim, o cara não me queria ali, e eu não queria estar ali. Ele tinha razão, eu fiz pouco caso, ele fingia não ver por ser cômodo para ele. A reunião era justamente para equiparar as remunerações, estávamos com esse plano, e agora o caos se instalou. O lado bom, se é que tem algum em meio a tudo isso, é que vai obrigá-lo a pagar bem às mulheres, sem desculpas. No fim, acho que foi ganha-ganha pra todo mundo. Menos pra mim.

— Eu acho que foi positivo até para você. Mabel, às vezes escolhemos estradas erradas e a vida vai mostrando várias saídas ao longo do caminho. Cabe a nós pegarmos a saída ou não. Se isso não acontece, o universo nos empurra numa bifurcação qualquer, à força. O problema é que quando somos "empurrados pra fora", nem sempre sabemos onde estamos. Então, temos que pegar a bússola que tá demonstrando maior agitação e nos guiar para um novo caminho. Mabel, o universo quer tanto que você encontre a estrada certa que a bússola financeira não vai lhe dar a direção, já que fizeram esse acordo com você. Caso isso não tivesse acontecido, provavelmente você pegaria o primeiro emprego que aparecesse e, mais uma vez, acabaria numa rua sem saída. Hoje, qual é o seu incômodo? Qual bússola que tá te pedindo para se mexer?

— Acho que estou cansada de me sentar no banco do passageiro da minha própria vida. Queria assumir o volante, sabe?

— Então assuma, Mabel.

— Mas eu não sei por onde começar.

— Você não percebeu, mas já começou.

— Sinto que não tenho muito futuro, sabe?

— O futuro é tudo o que você tem. E isso é o bastante.

Fico em silêncio por alguns instantes, pensando nessa frase. Por um lado, eu não tenho nada. Mas, por outro lado, eu tenho uma chance de recomeçar. Como nunca pensei no futuro? Um assunto que parece tão óbvio, como nunca veio à minha cabeça?

Sempre senti que a vida aconteceria e, quando chegasse a hora de me preocupar com algo mais sério, eu me preocuparia. Nunca achei que para ser feliz profissionalmente precisava de um planejamento detalhado, sempre me pareceu ter mais a ver com sorte, ou você tem ou não tem. A vida te dá.

Começo a pensar em todas as pessoas que conheço que amam o trabalho e não sei como elas chegaram lá. Meus papos normalmente giram em torno de: família, contas para pagar, viagens, fofocas, diversões e paqueras. Onde será que as pessoas aprenderam o caminho?

— Nate, me conta como é fazer planos de vida?

– Mabel, acho que é algo natural nosso. O estranho seria não fazer, não acha?

– Não sei, eu nunca fiz. Então imagino que seja algo que você aprendeu.

– Desde pequeno, eu via meu pai fazer um quadro em seu escritório de casa, com tudo o que desejava. Ele chamava de quadro mágico e me dizia sempre com muita seriedade: "Nate, tá vendo esse quadro aqui? Tudo o que colocamos nele se torna realidade, o universo manda para nós. Por isso, temos que tomar muito cuidado com o que pedimos, porque ele nos conecta com um gênio mágico que fica no céu e realiza todos os nossos pedidos. Quando for mais velho e souber fazer pedidos de maneira responsável, colocaremos aqui o pedido para você ganhar um quadro como o meu". Aquilo me deixava absolutamente maluco. Criava uma lista na minha mente do que colocaria no meu quadro quando o ganhasse. E, em algumas noites – continua ele –, contava ao meu pai sobre a minha lista, e discutíamos juntos. Se eu queria uma bola de basquete, ele perguntava: "Você saberá cuidar desse pedido? Se o gênio vir que a esqueceu na quadra, pode ser que não venha mais". Se eu colocava que queria ganhar uma briga, ele era ainda mais firme e dizia em tom de sabedoria: "Jamais coloque pessoas no quadro, muito menos para prejudicá-las".

Nate continua a contar:

– Quando chegou o grande dia, nós tivemos um jantar em casa. Eu tinha 12 anos, colocamos o pedido no quadro do meu pai e me lembro até hoje de estar escrito no papel "Acreditamos que Nate seja responsável para tornar seus sonhos realidade". E magicamente, quando voltei ao meu quarto, o quadro estava lá, em cima da minha cama, com um enorme laço vermelho em volta. Gritei, chamei meus pais, que me ajudaram a pregá-lo na parede. Claro que foi minha mãe que o colocou lá, ou minha irmã mais velha. Independentemente de quem tenha sido, eu fui aprendendo a querer sempre mais. Às vezes, pedia coisas que no mesmo dia aconteciam. No começo, claro, meu pai se esforçou para que eu acreditasse nos meus sonhos. Insistia para que eu colocasse comidas que passavam pela minha cabeça e até mesmo gibis que gostaria de ler. Coisas simples.

Ele continua:

– Com esses itens fáceis e acessíveis, meu pai sempre lia o quadro, antes de eu acordar, e facilitava alguns dos pedidos, embora até hoje ele jure que não. Quando era algo que requeria esforço, como passar numa prova difícil, ele deixava bilhetes como "Se você se comprometer a estudar, prometo que não vou te abandonar". Pode parecer maluco, mas funcionou. Até hoje, sempre sinto que tudo que desejar do fundo do meu coração, que não envolva ninguém além de mim, vai acontecer. E se não acontece, eu penso: será que isso é meu ou será que pertence ao quadro de outra pessoa? E também me pergunto se estou fazendo o meu papel para que o universo consiga me ajudar.

Nate me olha, e não consigo deixar de chorar. Choro por sentir que ninguém nunca me ensinou a regra mais básica da vida: sonhar.

*

APÓS UMA TARDE de *frozen margaritas* e uma aula sobre como planejar o futuro, acompanho Nate até o metrô mais próximo e nos despedimos. A minha sensação é de que nunca mais nos veremos e vem aquele nó, mas dessa vez é na garganta, junto com uma vontade de chorar. Tento ser o mais informal possível, mas Nate nunca deixa passar qualquer chance que tenha para me fazer crescer e diz, assim que avistamos a estação:

– Mabel, hoje pode ser o fim de tudo, ou apenas o começo. E aí? Qual é a sua escolha?

– Que seja o começo, Nate.

– Então, vou te dar uma dica: converse com todas as pessoas que amam o que fazem, e pergunte a elas como descobriram sua vocação. Fale, se exponha e saia de casa.

– Pode deixar, eu farei isso.

– Me promete? Você tem tudo para virar esse jogo, basta não aceitar ser uma vítima.

– Combinado. Se um dia voltar aos Estados Unidos, eu te aviso.

– Mabel, vivemos num mundo globalizado, conectado 24 horas por dia, sete dias por semana. Basta me mandar uma mensagem e fazemos um FaceTime, sem drama.

A gente se abraça, sinto o perfume dele e, pela primeira vez em muito tempo, tenho a sensação de estar em casa. Com a certeza de que tudo vai ficar bem.

– Obrigado por tudo, Mabel. Agora vá conquistar o que é seu.

– Pode deixar. Ah! Responderam sobre meu voo?

– Peraí que vou olhar no meu celular – responde ele, enquanto pega o aparelho. – Ficou para amanhã. Me avisa assim que tiver um e-mail novo e te encaminho as informações.

Uma parte de mim quer que essa tarde não acabe nunca, porque sei que, assim que me reconectar ao mundo, tudo será real: minha demissão, a saída do apartamento, a volta para São Paulo e, se eu não der um jeito na minha vida, minha estrada acabará em Limeira. Das duas, uma: ou eu não tenho mais nada ou esse é o caminho para eu ter tudo. Só com o tempo eu saberei.

*

APROVEITO O RESTANTE DO DIA para comprar o que eu preciso, como outro iPhone, calcinhas, maquiagem, remédios, comidas que adoro, e volto ao apartamento para empacotar minhas coisas.

Coloco meu iPhone para fazer *backup* e puxar o máximo de dados possível do meu histórico, antes que perca acesso a minha conta. Como esse processo vai demorar algumas horas, aproveito e ligo para minha mãe do meu computador, pronta para lançar a bomba.

Toda animada, pergunto à dona Nena como foi seu dia, e ela começa a contar sua mais recente aventura com a AirFryer. Não sei ao certo por que, mas, se existisse um fã-clube do eletrodoméstico, ela certamente faria parte.

– Ah, filha. Você se lembra da Sandra, vizinha da sua tia? Acredita que hoje encontrei com ela na praça de alimentação do shopping e, quando contei do meu frifrinho – como ela carinhosamente chama sua AirFryer, já que não sabe pronunciar o nome em inglês –, aquela metida começou a se gabar dizendo que até bolo ela faz na dela? Disse que faz *bounie*...

— *Brownie*.

— Isso, e agora tô aqui vendo uns vídeos no YouTube para aprender e ver como vai ficar. Aliás, descobri que existe pipoca de leite em pó, você sabia?

— Na AirFryer?

— Claro que não, Maria Isabel. Tô falando do YouTube, descobri a receita.

— Entendi, mãe. Deixe eu te contar...

— Como estão as coisas por aí?

— Não estão, mãe. – Eu explico para ela tudo o que aconteceu. Meu impulso inicial é mentir, mas não tenho nem como justificar, financeiramente falando, pedir as contas do nada. Minha mãe sabe, tão bem quanto eu, o quanto ganha uma pessoa do meu cargo e como é meu estilo de vida. Expliquei sobre o acordo financeiro, mas ela pareceu ignorar essa parte.

— Então isso te dá um tempo, mas não muito. Já comece a mandar mensagens para as secretárias de presidentes que conhece.

— Assistente executiva, mãe.

— Mabel, sei bem o seu cargo, porque é o mesmo que o meu. Pare de frescura, afinal, você não tá com essa bola toda agora. Vamos acionar nossos contatos, mesmo que pegue algo que pague pouco, é melhor do que ficar parada.

— Mãe, do que você mais gosta no seu emprego?

— Como assim?

— É, do que você gosta? Por que ama tanto o que faz?

— Porque ajudo as pessoas a organizarem suas vidas. Porque trabalho com pessoas importantes, e me sinto importante também. Porque estou sempre correndo de um lado para o outro, executivos precisam de secretárias. Se eu não trabalho, a empresa para. E sou responsável por muitos segredos.

— E você sempre soube que amava ser secretária? Mesmo antes de ser?

– Na minha época não existia "amar" o trabalho, Maria Isabel. Existia trabalhar, ganhar dinheiro e ajudar na renda de casa.

– Então você tentou e se apaixonou?

– Isso.

– É o que vou fazer, mãe, preciso tentar outras coisas.

– Tente sim, mas tente trabalhando.

– Vou pensar. Quero fazer coisas diferentes, preciso me descobrir, me conhecer, mãe. Aprender a sonhar.

– Mabel, aprender a sonhar é coisa de rico. O que você precisa é trabalhar.

Encerro a ligação, coloco um roupão, vou até a máquina de gelo no corredor, encho um pequeno balde de prata que fica no apartamento e coloco meu último vinho branco para gelar.

O que vem à minha cabeça é aquele filme *À Procura da Felicidade*, de Will Smith. Será que somente quem tem família rica pode se dar o direito de sonhar? Ou será que isso foi ensinado para a minha mãe, e por isso ela viveu a vida dessa maneira? Seja qual for o motivo, tem um padrão que preciso quebrar. Não posso acreditar que uma vida seja fadada à alegria ou à tristeza de acordo com sua conta bancária. Se fosse assim, grandes histórias nunca teriam acontecido. Li a biografia da Oprah no último mês, e sei por A mais B que ela não era uma mulher rica, mas que sempre sonhou com mais.

Minha última noite na minha cidade preferida, nessa vida cujo encerramento tanto posterguei. Essa vaga agora é de um novo alguém, de uma nova história.

Enquanto o vinho gela, entro no banho, ligo o jato forte de água e viro para senti-lo em meus ombros, parecendo uma massagem. Por onde começar a sonhar?

Crio uma lista na minha cabeça.

Sonhos:
- Ganhar dinheiro ao ponto de não ter que me preocupar com isso;
  - Poder proporcionar coisas aos meus pais;
  - Viajar somente de classe executiva;

- o Poder comprar as melhores maquiagens e roupas;
- Um emprego que eu ame – que vá trabalhar feliz na maior parte dos dias;
    - o Uma empresa informal, com uma equipe que eu respeite e admire;
    - o Uma empresa que seja publicamente admirada;
    - o Poder trabalhar de qualquer lugar – nômade digital;
    - o Ter uma equipe para chamar de minha;
- Ser referência no assunto de minha escolha, na minha área profissional;
- Ser chamada para dar palestras, para ensinar as pessoas;
- Conhecer muitos lugares do mundo;
    - o Praga;
    - o Cuba;
    - o Bali;
- Ter um par legal, alguém para dividir a vida – que seja companheiro, trabalhador e curioso como eu;
- Morar em uma vila, uma casinha charmosa;
    - o Ter um jardim, um espaço verde para respirar;
    - o Uma cozinha completa com o estilo da Williams Sonoma, marca americana que eu amo;
- Ter saúde, ter tempo para me cuidar;
    - o Poder fazer massagens, *SPA Day.*

Sinto um pouco de pânico por querer tanta coisa e não saber nem por onde começar, mas vou buscar um emprego que me faça feliz – afinal, essa é a bússola que parece estar girando mais rápido agora.

Saio do banho, coloco meu roupão da Skims, chego à sala e encontro um papel jogado por baixo da porta escrito "*Open the door*" (Abra a porta). Observo pelo olho mágico, mas não tem ninguém no corredor. Resolvo espiar, sem tirar a correntinha de segurança e vejo uma caixa branca enorme, com um cartão azul em cima.

Abro o envelope e leio:

Mabel,

Que a vida seja generosa com você, como foi comigo.

Esse é o seu quadro do gênio da lâmpada, mas você só poderá usá-lo quando tiver absoluta certeza do que deseja plantar, regar e colher em sua vida.

Lembre-se de:

1. Nunca colocar pessoas em seu quadro de desejos – o livre-arbítrio é o bem mais precioso que um ser humano tem:

2. Não confunda sua vaidade com sua missão – com certeza não está claro para você o que veio fazer neste mundo, mas comece entendendo esses pontos:
   - Vaidade: tudo que faz para se posicionar para outra pessoa. O carro que tem, bolsas, roupas, fama, status. Isso tudo você foi ensinada a desejar para pertencer. É normal e todo ser humano tem vaidade, mas é preciso mapeá-la e compreendê-la para impor limites, saber quando parar:
   - Missão: sua contribuição para o mundo e a sociedade. Isso não envolve capa de revista, elogios ou a opinião dos outros. Está profundamente ligada ao seu sentimento de "dever cumprido", desejo de deixar um legado e de mudar o dia de alguém:

3. Quando seu pedido não estiver funcionando, pergunte-se:
   - Esse pedido é meu ou, na verdade, pertence ao quadro de outra pessoa?
   - Estou fazendo a minha parte ou esperando um milagre?

O caderno é para ser usado para organizar seus pensamentos durante a jornada. De alguma forma, a capa desse Moleskine dos Rolling Stones me faz lembrar de você: meio romântica, meio rock'n'roll. Comecei anotando tudo o que me disse e o que considero ser importante para você se lembrar ao longo da sua nova jornada.

Seu potencial é claro, basta entender onde vale e onde não vale a pena investir sua energia. Use esse momento para autoconhecimento, não para lamentação. As grandes protagonistas nunca são vítimas.

Espero ouvir sobre você em alguns meses.

Cuide-se,

Nate

Respirar e me organizar. O que me resta é caminhar.

Abro o tal "Caderno da Jornada" e encontro uma lista incrível impressa, intitulada *PERFECT JOB* (Emprego perfeito, em inglês):

- Produtos "sonho de consumo";
- Criar um universo paralelo;
- Válvula de escape no dia a dia;
- Realizar;
- Conciliação (de egos e de agendas);
- Orçamentos;
- Planejamento, programação, organização;
- Coordenar equipes;
- Materializar ideias;
- Pertencer;
- Dinamismo;
- Acesso a culturas diferentes;
- Empresa:
    - Jovem;
    - Informal;
    - Equipe integrada;
    - Reconhecimento público;
    - Estética clean;
    - Identidade coerente;
    - Respeito aos funcionários;
- Equipe:
    - Integrada;
    - Troca de informações rica;
    - Aprendizado mútuo;
    - Liderança inspiradora;
- Rotina:
    - Flexibilidade;
    - Autonomia;
    - Trabalho remoto;

```
        ○ Tempo para criar;
• Produto:
    ○ Acessível;
    ○ Gera desejo de consumo.
```

Logo em seguida, uma lista chamada *PERFIS INSPIRADORES (Admiro)*:

```
Liz Gilbert:
• Liberdade;

Sheryl Sandberg:
• Respeito;
• Recomeçar a vida;
• Senso de missão;

Ashley Graham:
• Ser exemplo para as mulheres;

Glennon Doyle:
• Honestidade;

Dona de um coworking:
• Construção de uma comunidade;
• Trabalho em equipe e/ou em ambiente com pessoas com
  interesses semelhantes.
```

Paro e olho para aquela lista, compreendendo, pela primeira vez, o que significavam os desejos que considerava mais superficiais. Não acredito que, naquele papo idiota de bêbada, ele entendeu absolutamente tudo o que eu quero e busco em um emprego. Em um *post-it* na página seguinte, uma mensagem "Continue a anotar seus pensamentos. Não aceite menos do que você merece", e entendo o recado. Existe algo aqui, eu só não sabia como começar.

Pulo algumas folhas e anoto minha lista de sonhos feita no banho, me sentindo orgulhosa até dos meus pensamentos mais fúteis. É isso, esse caderno será meu arquivo de tudo o que eu descobrir nos próximos meses.

Encho uma taça de vinho e tento imaginar o futuro, mas não consigo. Não quero e não vou voltar para Limeira, essa é a única certeza que tenho. A vida é muito mais do que eu já vi e vivi por lá, e sei do que preciso.

A frase da minha mãe não para de ecoar: "Sonhar é coisa de rico". Começo a listar pessoas que não eram ricas e ousaram sonhar: Beyoncé, Jay-Z, J.Lo... *Okay,* mas eles têm um dom evidente, e eu não sei cantar, não sei dançar... Jack Ma, fundador do AliExpress, foi rejeitado em Harvard dez vezes, inclusive em uma entrevista no KFC. Essa história é uma das mais incríveis que já li, e pensar nela me dá uma certa esperança. Quando achamos que a vida nos tirou a oportunidade que tínhamos, pode ser que ela esteja nos reservando algo melhor. Seria eu o próximo Jack Ma? Gargalho tanto que o vinho sai pelo meu nariz. É, existe uma vida boa após a demissão, sem sombra de dúvidas.

4

Cachorro-quente

A PRAÇA DE ALIMENTAÇÃO do Plaza Hotel abre cedo. Aproveito minha última manhã na cidade que amo para ir caminhando até lá e pensar em tudo o que aconteceu comigo nas últimas 24 horas. Parece que foi há uma vida, mas meu estômago embrulha como se eu ainda estivesse naquela sala de reunião. Desço as escadas rolantes do hotel, já que os restaurantes ficam no subsolo e, segurando meu guarda-chuva colorido, vou até a William Greenberg e compro doze *minicookies* preto e branco, e um café com leite. Sou apaixonada pelos biscoitos deles. William Greenberg é uma doceria tradicional que começou no Brooklyn e hoje chegou a um dos pontos mais famosos da cidade. Será que um dia serei assim? De uma cidade do interior para o ponto mais famoso de São Paulo? Ok, o Brooklyn não chega a ser no interior, é somente um bairro fora da ilha, mas, independentemente disso, depois da conversa de ontem compreendi aquilo que busco para mim: ser bem-sucedida naquilo que amo. Só não sei como.

Pego minha comida e caminho pela calçada, rumo ao Central Park, que fica do outro lado da rua. Observo os cavalos no parque, com antolhos que os permitem olhar somente para a frente, e penso sobre o quanto eu queria ter um desses agora. Tudo o que consigo fazer desde que acordei é me comparar com os outros. Que minha vida é um fracasso, eu sempre soube. Não tenho dinheiro, namorado nem um emprego que eu ame. Mas pelo menos, até ontem, eu tinha um trabalho que pagava bem. Hoje, nem isso. Quando comparo com todas as pessoas que conheço, parece que ainda estou mil passos atrás, muito mais distante de chegar a algum lugar.

Sem falar nas pessoas que acompanho nas redes sociais, que são, em sua grande maioria, mais jovens e bem-sucedidas – ao que parece, com infinitamente mais sucesso do que eu. Queria que existisse um botãozinho no Instagram que mostrasse a vida real, o sentimento por trás de cada foto, se a vida da pessoa é realmente tudo aquilo que ela diz ser. Certa vez, meu irmão falou que meu maior problema era não querer pertencer a nenhum clube que me aceitasse de sócia e, por um lado, ele estava certo. O inatingível se tornou tão desejável que o comum parece sem graça. Aliás, acho um tema interessante essa questão do inacessível; deve ter até um ponto sobre a psicologia do consumo, afinal, tudo que se esgota parece ser muito mais atraente.

Eu me sento num banco próximo ao Tavern on the Green, restaurante que fica dentro do parque, e rapidamente me lembro do meu caderninho. Apoio o saco de *cookies* no banco, procuro o caderno na bolsa e penso em mais uma coisa que preciso melhorar na minha vida: otimização de itens que carrego comigo. Não acredito quando vejo que tenho um guarda-chuva dentro da minha bolsa e estou carregando outro gigante. Comprei os dois no MoMA, o Museu de Arte Moderna de Nova York, e são acessórios que eu adoro.

Um deles é todo colorido, e o outro é preto por fora, mas, quando você o abre, consegue ver que por dentro ele é completamente forrado com um tecido azul-claro cheio de nuvens desenhadas, em um dia claro. Encontro o caderno e o observo, rindo do que Nate mencionou: "Meio romântica, meio rock'n'roll", e é assim mesmo. Um Moleskine cor-de-rosa claro, quase romântico, se não fosse pelo símbolo dos Rolling Stones, uma enorme língua, centralizado em sua capa. Anoto na lista *PERFECT JOB*:

- *Psicologia do consumo: entender o que leva as pessoas a desejarem algo — compras, itens esgotados, etc. (sempre que uma coleção da Kylie Jenner é lançada, se esgota em poucas horas; notar que ela sempre faz coleções temáticas, será que é para aumentar o desejo de compra? Para as pessoas terem a sensação de que compram algo especial, de edição limitada e exclusivo?)*
- *Itens criativos e com personalidade: guarda-chuva do MoMA.*

O Tavern on the Green é um dos meus lugares favoritos em Nova York. Não por ser delicioso, mas pela memória afetiva que tenho. Foi o primeiro lugar onde jantei com Nate, quando achei, por pura ignorância, que estávamos em um encontro.

Assim que ele entrou na empresa, eu o ensinei absolutamente tudo que sabia. Quando cheguei à cidade, Nate disse que me levaria para jantar como agradecimento, mas era um lugar tão romântico e a noite foi tão divertida que achei que pudesse rolar algo mais.

Pedi risoto de lagosta e ele, uma carne que ficou 28 dias sendo maturada. Não entendo muito bem esse processo, mas achei chique. Eu me lembro de que estava com uma saia rosa com prata, uma malha cinza e um sapato de salto alto. Naquele dia, já não fazia tanto frio, mas ainda dava para usar um casaquinho e disfarçar a minha barriguinha. Jantamos, bebemos uma garrafa de vinho inteira e, de sobremesa, nós dividimos um *brownie*. Foi tudo tão perfeito que realmente pensei que pudesse rolar algo mais. Naquela noite, eu estava tão feliz que julguei que a garota de sorte seria eu.

A gente se sentou na parte de fora, iluminada por lâmpadas penduradas em fios longos, que pareciam formar uma tenda. Foi quando eu tive coragem de perguntar se ele saía com alguém. Eu me recordo, como se fosse hoje, do sorriso tímido que ele me deu. Nossos olhos se cruzaram e ele olhou para baixo, dedilhando na mesa como se estivesse pensando na frase certa a dizer... Ele soltou algo como:

– Ah, Mabel, tem tantas mulheres com quem eu gostaria de sair.

Na hora, sorri timidamente e perguntei:

– Quem? Prometo que não vou contar pra ninguém.

Ele apenas riu, mudando de postura, e disse:

– Preciso parar de beber, caso contrário vou te contar todos os meus segredos e ficarei nas suas mãos.

– É o que eu quero -- brinquei, dando um sorrisinho malicioso.

– Nunca é bom que um colega de trabalho saiba demais sobre você, Mabel.

– É isso que eu sou? Uma colega de trabalho?

– Você é meu anjo da guarda.

– Anjo é tudo o que eu não quero ser.

Ele soltou uma risada gostosa e disse:

– Mas é isso que você é para mim, um anjo. E vou protegê-la até de você mesma. Vamos embora?

– Calma que eu pedi sobremesa, um *brownie chip cookie* de chocolate.

– Que delícia, vou comer também.

– Mas não vai mesmo – repreendi, dando uma risada.

Voltamos caminhando até o meu apartamento, mas ele não quis subir. Algumas semanas depois conheceu Mia, então compreendi que era o fim de algo que nem sequer começou. E, como sempre, aceitei o papel de melhor amiga. Mas será que é isso mesmo ou eu que acabo assumindo tal papel automaticamente?

*

ASSIM QUE VEJO UM CARRINHO de cachorro-quente, decido comprar dois e uma Coca *light*. Eu curto o lanche com batata palha, nada daqueles super-recheados, mas como aqui não tem esse tipo de complemento como no Brasil, eu como só o pão com a salsicha mesmo. Coloco um dos cachorros-quentes enrolado em um guardanapo dentro da bolsa e caminho até o Strawberry Fields, um memorial criado para homenagear John Lennon – o que eu particularmente acho meio mórbido, mas sabe-se lá quando voltarei para Nova York. É um mosaico no chão com a palavra *Imagine*, nome da música mais famosa dele. Várias pessoas deixam flores e ficam em volta cantando músicas diariamente. Sim, todos os dias. Eu me sento num banco próximo e fico de cara para o edifício Dakota, em cuja cobertura Yoko Ono mora até hoje. Todo dia 8 de dezembro, ela coloca uma vela na janela, homenageando o aniversário de morte do marido.

Sempre me arrepio ao pensar que ele morreu logo ali, virando a esquina, em frente ao prédio onde morava. Yoko e John estavam caminhando juntos, voltando para casa após um show, e um homem atirou quatro vezes nas costas dele, sem motivo algum. Um fato curioso é que o atirador carregava o livro *O Apanhador no Campo de Centeio*, um dos meus preferidos da vida, no momento do assassinato. Por que será que alguém, com tamanho bom gosto literário, cometeria uma loucura dessas? Não consigo entender. Yoko escolheu o Central Park para jogar as cinzas do marido e por isso o monumento foi criado.

Abro meu celular e envio uma mensagem para Nate: "Comecei o dia acreditando nos meus sonhos...". Ai, não! Essa não sou eu... Apago tudo e reescrevo: "Obrigada pelos presentes, mal sabia que usaria tanto". Em poucos segundos, ele responde:

> Nate: Com grandes poderes vêm grandes responsabilidades.
>
> Mabel: Citando Homem-Aranha, jura?
>
> Nate: O que importa é você absorver a mensagem. Torço por você, Mabel.
>
> Mabel: E eu por você. Tenha uma boa vida na Califórnia.
>
> Nate: Prometo que terei.

Olho meu WhatsApp e vejo um monte de mensagens não respondidas. Pego o outro cachorro-quente e como enquanto penso no que fazer. Parece tão simples contar para as pessoas que transei com um cara no banheiro do bar ou que estourei o limite do meu cartão de crédito, coisas de que muita gente se envergonharia, mas contar que fui demitida... eu não consigo.

Sinceramente, ter sido demitida nem é o pior. O problema foi como tudo aconteceu. As pessoas devem estar em uma mesa de bar rindo da minha cara. Quer dizer, não nesse exato momento, afinal não é nem meio-dia. Mas com certeza estão na copa, tomando um cafezinho e falando do quanto eu sou burra.

Pensar sobre a minha demissão é como uma ressaca mal superada. Sinto que nunca mais vou querer ver as pessoas, como quando juramos que nunca mais voltaremos a beber.

Pensei no meu LinkedIn, que não atualizarei tão cedo. Será que dá para bloquear as pessoas da empresa? Mas, pensando bem, tê-los seria ótimo para quando eu conseguir dar a volta por cima... Se um dia isso acontecer, né? Pode ser que, daqui a um ano, eu esteja em Limeira fazendo *brownie* na AirFryer com a dona Nena.

Saio do parque caminhando pela 72nd Street e começo a sentir as lágrimas escorrendo por trás dos meus óculos escuros.

Caminho até o Lincoln Center e vejo uma feira livre, onde fico observando o que tem para comer. É impressionante como pareço um saco sem fundo quando fico ansiosa. Eu me sento numa das cadeiras, sem parar de pensar na frase dita por Nate: "As grandes protagonistas nunca são vítimas". Agora, como me tornar uma protagonista?

Abro meu caderno, hesito um pouco, mas escrevo numa página em branco: PROTAGONISTA.

PROTAGONISTA
O que grandes protagonistas fazem e como são:
- Tomam as rédeas das próprias escolhas — PARAR DE DEIXAR A VIDA LEVAR;
- Não esperam por milagres, fazem os milagres acontecerem;
- Dão a volta por cima — sempre! Mesmo na merda, como estou agora, acreditam que é possível;
- Têm relacionamentos construtivos;
- Têm um emprego em que acreditam;
- Se desenvolvem emocional e profissionalmente;
- Cuidam da própria mente e do próprio corpo;
- Ganham o próprio dinheiro com algo que as façam felizes;
- Solucionam seus problemas;
- Pagam as próprias contas;
- Sem mimimi;
- Correm atrás dos próprios sonhos.

Agora, o que me faz protagonista ou coadjuvante de uma história? Uma frase de Tony Robbins me vem à cabeça: "As coisas não acontecem com você, e sim para você", e o que eu entendo dela é que o mundo nos dá oportunidades para nos desenvolvermos, cabe a nós enxergar como peso ou como uma porta de entrada. E acho que é exatamente esse o meu problema. Entender que as oportunidades que a vida traz são portas, e não pedradas.

5

Frango ou massa?

CHEGO AO AVIÃO E VOU DIRETO para minha poltrona – 32C, corredor, ainda bem! Nada me dá mais pânico do que ter que pular a perna de alguém para fazer xixi. Meu maior medo é me sentar perto de um homem dormindo e, quando for passar, cair em cima dele. Não sei por que, mas sempre penso nesses micos.

De repente, vejo uma menina com um rosto familiar sentada na poltrona ao lado da minha, mas não consigo reconhecê-la. Cabelos com ondas perfeitas de *babyliss*, em um tom de loiro queimado. De onde será que a gente se conhece? Ela fica em pé e, pela altura, penso que deve ser modelo. Mas de onde...

– Oi, tudo bem? Esse é o meu lugar.

– Opa, tudo e com você? Desculpe, apoiei a bolsa só pra me organizar.

– Sem problema algum! Nossa, não sei por que, mas acho que te conheço.

– *Bah*, jura? Desculpe, não me lembro, sou a Tatu.

– Meu Deus do céu, eu te sigo nas redes sociais! Superlembrei, Tatu Monasck, né? Que tem um Romero Britto na parede de casa.

– Guria, essa é a primeira coisa que você lembra? Tô bem de *branding*, hein? Sim, tenho mesmo, mas o Romero não é meu, nunca leu a plaquinha?

– Li sim, tô apenas brincando. É do proprietário do apê, né?

– Isso, isso. E o que você faz? Qual é o seu nome?

– Sou a Mabel, sou... assistente executiva de uma multinacional, vim pra cá a trabalho, e você?

– Vim a trabalho também, cobrir o SXSW, um evento no Texas, e depois aproveitei para passar uns dias de férias visitando meu namorado.

– Na verdade, estou desempregada, acabei de ser demitida – as palavras saem da minha boca, e me sinto aliviada. – Não sei nem o porquê tô te contando isso, sei que a gente nem se conhece, mas acho que eu precisava contar em voz alta para alguém.

– Que besteira não querer falar, isso acontece com todo mundo! E agora, você tá bem?

– Tô sim, ganhei uma graninha no acordo que fiz e estou pensando em viajar por uns meses, tirar um período sabático – digo, com um ar quase superior, de vida bem resolvida.

– *Bah*, claro que não. Guria, vá trabalhar, guarde esse dinheiro e não mexa nunca nele!

– Nossa, é sério que pensa assim? Você é uma empreendedora superlivre, descolada, li que sua empresa acabou de ser comprada pelo grupo da Magalu...

– Sim, por isso me escute, isso é mais do que sério, tô falando como se você fosse minha amiga. Nem te conheço, mas já me meti. Guarde todo esse dinheiro, não mexa nele. Arrume um emprego o quanto antes e comece a se organizar. A vida não se ajeita enquanto estamos meditando, isso não é realidade. A vida acontece enquanto a gente tá na correria, se ferrando, cansada, mas aprendendo.

– Saquei. Mas, Tatu, como você descobriu que a moda era sua paixão?

– A moda nunca foi minha paixão.

– Não? Mas a sua empresa é justamente de moda, e dá supercerto.

– Sempre fui boa em mapear tendências e sempre tive um faro bom sobre o que está por vir. Essa é minha maior habilidade. Quando descobri que os blogs não criavam um *link* entre os posts e as marcas, entendi que era isso que eu devia fazer, e assim nasceu o meu site. Já a minha plataforma de carreira veio de um festival que vi fora do Brasil. Portanto, não adianta olhar para o morro no Tibet, ou pra lagoa maravilhosa em Bali. Você tem que sair pelas ruas e ver o que as pessoas estão fazendo. Juro pra você, sem brincadeira, só comece.

– Você acha que seria legal fazer algum curso?

– Tem muita coisa gratuita na internet. Assista a lives e TED Talks, e converse com as pessoas. Pergunte do que sentem falta no mundo e comece a pensar que as grandes empresas que estão surgindo estão solucionando problemas. A Uber solucionou o monopólio dos táxis, o Airbnb solucionou o monopólio dos hotéis, a Rappi nos deu o tempo de que tanto precisamos, ela literalmente faz as coisas pela gente.

– Solucionar, entendi. Obrigada.

– Imagina, qualquer coisa me pergunte.

A Tatu rapidamente coloca seu fone de ouvido, e eu abro meu celular para desligá-lo. Em um ato de coragem, chamo meu irmão no WhatsApp:

Mabel: Fui demitida.

Beto: Tô sabendo, a mamãe me contou. Você tá bem?

Mabel: Sinceramente? Péssima, principalmente por perceber que não tenho nenhum plano de vida.

Beto: Nossa, só de você perceber isso já é uma grande vitória.

Mabel: Como assim?

Beto: Maria, de verdade? Você tava empurrando esse emprego com a barriga há muito tempo.

Mabel: Tava na cara?

Beto: Opa, e como. Você tá infeliz há muito tempo. Aliás, arrisco dizer que você nunca foi feliz lá.

Mabel: Beto, eu não quero voltar pra Limeira.

Beto: Então precisamos procurar um emprego, né?

Mabel: Como descobriu o que gostava de fazer? Você parece feliz, e eu tô pesquisando como pessoas felizes se encontram profissionalmente.

Beto: Para ser sincero, eu queria ser independente financeiramente. Depois que tomei o pé na bunda da Carol, parecia que mais nada fazia sentido pra mim. Então prometi a mim mesmo que, pelo menos, uma vida confortável eu me daria, já que nada naquele momento me fazia feliz.

Mabel: Caramba, você nunca me contou sobre isso.

(Mensagem deletada)

Beto: E nunca falei, hahaha. Maria, estou abrindo o que penso porque você precisa de ajuda agora. Foque o hoje, e pense: "Quais passos preciso dar para chegar aonde eu quero?".

Mabel: Mas eu não sei o que eu quero... A pergunta é: você gosta do que faz?

Beto: Eu gosto, mas não sabia no começo o que fazer dentro do mercado financeiro. Fui testando e mudando de área à medida que as oportunidades apareciam. Eu entendi que gosto de pegar empresas que não estão dando certo, e ajudo a achar alguém para comprá-las. Penso sempre nisso e em como o meu trabalho muda a vida das pessoas.

Mabel: Nossa, nunca soube que era isso que você fazia.

Beto: Pois é, é disso que eu gosto no meu trabalho. Além de gostar de ajudar empresas legais a conseguirem investimentos para crescer no mundo e alcançar mais gente. O que você quer causar nas pessoas? O que normalmente as pessoas elogiam que "só você faz, da maneira que você faz"?

Mabel: Decolando. Beijos, te amo.

Beto: Te amo, irmã. Quando você chegar, estarei em Brasília a trabalho, mas nos vemos no domingo à noite.

Abro meu caderno e disparo a escrever. É impressionante como isso tem me ajudado a organizar minhas ideias e meus pensamentos. Não botei muita fé quando Nate me propôs a escrita, mas acho que é a única coisa que está me fazendo não pirar.

O que eu quero causar nas pessoas:
- Surpreender;
- Felicidade;
- Fazer com que as pessoas se sintam confortáveis;
- Deixar a vida mais colorida, mais alegre;
- Trazer bons momentos;
- Que as pessoas possam fugir da realidade em que elas vivem — e não gostam — e encontrem um espaço melhor. Eu saí de Limeira e conheci o mundo;
- Universos paralelos, onde tudo dá certo, onde temos as ferramentas para realizar o que precisamos (isso faz sentido? Comentar com alguém depois);
- Experiências inesquecíveis.

Desejo que as pessoas nunca passem pelo que eu passei, de não se sentirem pertencentes. Durante toda a minha vida, eu me senti um peixe fora d'água, seja por não ter uma relação positiva com o meu corpo, ou por sempre ansiar por mais quando morava em Limeira, por querer desbravar o mundo ou por ainda não estar no patamar profissional que acredito que a maioria das pessoas que conheço está...

Pelo que as pessoas me elogiam e o que gosto de fazer?
- *Solucionar problemas;*
- *Descobrir o que ninguém sabe — trazer novidades;*
- *Planejar, organizar informações;*
- *Lidar com egos;*
- *Apresentar pessoas legais;*
- *Relacionamentos;*
- *Orçamentos — budget;*
- *Organização;*
- *Entender o que as pessoas precisam e esperam de uma situação;*
- *Ajuste de expectativas;*
- *Coordenar grandes times;*
- *Organizar viagens;*
- *Curadoria — seja de restaurantes, de objetos;*
- *Criar experiências únicas.*

De repente, a aeromoça chega e pergunta:
— *Chicken or pasta?* (Frango ou massa?)
— *Pasta.*

E continuo a escrever. Olho para o lado e vejo que a Tatu dorme profundamente. Penso em tudo o que ela me disse e resolvo colocá-la na lista de *PERFIS INSPIRADORES*.

- *Tatu Monasck:*
  - *Informalidade;*
  - *Postura empreendedora;*
  - *Jeito prático de ver a vida.*

Penso nas minhas amigas e no meu irmão, e também os coloco na lista.

- *Carol:*
  - *Mulher de negócios;*
  - *Faz acontecer;*
  - *Confia no próprio taco/É segura;*
  - *Não faz o que os outros desejam só para agradá-los (expectativas).*

Assim que escrevo essa frase, eu me lembro de que uma vez li que não é bom colocarmos a palavra "não" em listas de desejos, então reescrevo:

  - *Respeita o que os outros dizem, mas realiza o que acredita ser certo para si.*

- *Beto:*
  - *Independência financeira;*
  - *Tino para negócios;*
  - *Realiza seus planos;*
  - *Consegue ser mais racional do que passional;*
  - *Deu a volta por cima.*

- *Sophie:*
  - *Estuda o que ama e faz o que quer;*
  - *Construiu uma carreira fora do país;*
  - *Entende as pessoas e seus comportamentos;*
  - *Carreira e amor caminhando juntos.*

- *Ruli:*
  - *Tem um dom monetizável;*
  - *Bom gosto;*
  - *Fala francês — chique;*
  - *Construção de um negócio;*
  - *Organização;*
  - *Criatividade.*

Como rapidamente e penso na caixa de chocolates Godiva que comprei antes de entrar no avião. Brinco que minha "refeição aérea" preferida são trufas e Vitaminwater Zero de açaí, romã e mirtilo. Sim, parece horrível, mas eu gosto, fazer o quê?

Fico impressionada com o tanto que ainda tenho que descobrir sobre mim mesma, o tanto sobre o que nunca pensei... A Tatu acorda nesse segundo e pergunta sobre o que eu estou escrevendo. Comento que é um caderno "mapa" sobre mim, afinal, tem coisas que agora, com a demissão, estou tendo que pensar a respeito.

– Tatu, alguma dica pra quem quer descobrir o que quer fazer da vida?

– Acho que fazendo. Não tem muita saída, a não ser fazer.

– *Okay*. Mais alguma dica?

– Entenda o que você pode e não pode abrir mão. O que é essencial pra sua vida? Flexibilidade de horário, criatividade, autonomia (ser sua própria chefe)?

– Qual impacto você causou quando quis abrir seu primeiro negócio?

— Eu queria democratizar o acesso à informação, que todo mundo pudesse usar um *look* de forma acessível, entre outras coisas.

— Boa, obrigada. Tô tentando ver sentido em tudo que fiz e que quero fazer.

— Alguma pista?

— Eu gosto de criar universos paralelos, gosto de psicologia do consumo, curadoria... Mas, na real, eu apenas gosto, porque não entendo nada de nenhum dos temas.

— Então aprende, ué.

— Sim, mas por onde começo?

— Pelo começo, leia um livro sobre o tema, ou assista a vídeos.

— Obrigada.

Sem perceber, já tenho uma lista nova, "*Essencial para minha vida*", e um sono chegando... mal começo a escrever e adormeço.

*

ACORDO COM O CAFÉ DA MANHÃ, depois de um sonho louco com Nate. O avião logo pousa, eu me despeço da Tatu, a agradeço pelas dicas, e nos desejamos sorte. Que papo bom!

Ligo meu celular, com nada mais, nada menos do que trinta mensagens da Carol, minha melhor amiga de infância, falando que tinha conversado com meu irmão e sabia o que tinha acontecido, que eu era louca e irresponsável. Horas depois, ela mandou: "Me desculpe, te entendo, tô do seu lado, tô bêbada". Conversado com o meu irmão? Carol? Em que mundo paralelo estou vivendo nesses últimos dias? Sinceramente, pouco me importa, tenho os meus problemas para cuidar.

Eu entro no táxi e ligo para minha mãe, sem conseguir fugir muito da realidade. Trocamos poucas palavras, ela continua brava, mas estou me permitindo não me importar. As pessoas tendem a dar lição de moral nos piores momentos. Já estou no chão? Então me deixe, que é aqui que vou ficar, pelo menos por enquanto.

Vou respondendo algumas mensagens e surpreendentemente o trânsito está livre. Chego à minha rua em quarenta minutos. Eu moro em um bairro chamado Itaim Bibi, que é, em grande parte, residencial e com pequenos comércios para facilitar a vida do morador (padaria, mercados, costureira, etc.). Minha vizinha diz que sempre foi um bairro familiar. Chegamos ao número 90 da rua Pedroso Alvarenga e trato de rapidamente tirar as malas do carro e entrar pelo portão. O gentil zelador me ajuda com algumas caixas e logo estou no elevador. Vasculho desesperadamente a minha bolsa com a eterna sensação de que esqueci as chaves em algum lugar. Nossa, Deus, por que sou tão desorganizada com minhas próprias coisas?

O elevador chega ao nono andar e nada da chave. Jogo tudo que está na minha bolsa no chão e encontro a bendita. Estou sentada no chão do hall quando a vizinha abre a porta e tropeça em mim por estar falando ao celular. Ela toma um tremendo susto e eu, sem graça, me desculpo, querendo morrer de vergonha. Desejando ser completamente invisível, como sempre. Ela entra no elevador e eu abro a porta. Amo meu apartamento. O piso de madeira de demolição combina com as paredes de cimento queimado, e a porta da cozinha fica camuflada nelas, perceptível somente por um pequeno vão do puxador.

Nossa cozinha é toda de tijolinhos brancos de cerâmica que, na verdade, foi mais uma escolha da Dani, namorada do meu irmão, do que propriamente nossa, já que o Beto queria que ela participasse da decoração. Entrar ali me lembra um pouco daquelas casas de programas de TV completamente equipadas, num lar habitado por duas pessoas que só comem *delivery*.

Dani é uma blogueira badalada – nascida e criada em São Paulo, tem 1,8 milhão de seguidores e os melhores sapatos da moda. Come apenas alimentos que combinem com seu Kapha Dosha, tipo físico definido pela Medicina Ayurvédica – tema que você pode aprender mais em suas redes sociais, onde ela relata que adotou o vegetarianismo de segunda a quinta-feira, e pratica Hot Yoga diariamente. Autodenomina-se *health coach*, porém nunca atendeu um cliente individualmente. Nas redes sociais, fala sobre aceitação, mas, na vida real, solta frases como "Nossa, Deus não favoreceu a fulana de tal".

Vive compartilhando receitas em suas redes sociais, então uma "necessidade básica" para o seu trabalho de influenciadora era um lugar legal para filmar. Quer dizer, foi isso o que meu irmão disse que ela argumentou e eu não quis nem questionar. Nas prateleiras do lado direito da cozinha, vários potes e objetos de decoração que eles compraram em suas viagens pelo mundo. Meus favoritos são dois saleiros vindos de Londres, um é um policial e o outro, um guarda da família real com um daqueles chapéus compridos. Eles sempre me fazem sorrir, sei lá por quê.

Meus planos para a noite incluem uma comédia romântica, um bom vinho e muito sorvete para afogar as mágoas sem me preocupar. Encho um copo d'água, volto para a sala e entro direto no meu quarto, que é o primeiro no corredor à esquerda. Ele mais parece um miniapartamento do que qualquer outra coisa. Nosso apartamento é cheio de janelas, que são a primeira coisa que vejo ao entrar no quarto. À esquerda, ficam a minha cama e o banheiro, e à direita, um sofá-cama com uma TV e alguns quadros encostados no chão, entre eles, um numa *vibe* Pollock de uma artista brasileira chamada Olivia Lambiasi, que eu adoro.

Eu jogo minhas roupas no chão e logo entro no banho. Pego o shampoo de maçã-verde, coloco em meus cabelos e agora sei que voltei para a minha vida real. Cheiro de casa, sentimento de aconchego e uma página para virar. Assim que acabo meu banho, ainda com a toalha na cabeça, eu pego o celular para encerrar esse sumiço e virar a página de uma vez.

Abro o WhatsApp, entro no grupo Bastidores, que tenho com minhas três grandes amigas, e gravo um longo áudio:

– Oi, meninas, tudo bem? A essa altura do campeonato já devem estar sabendo: eu fui demitida. Não apenas demitida, mas quase fui expulsa da empresa por ter vazado dados confidenciais sobre o salário de toda a equipe, para o meu próprio time. Sim, isso mesmo que vocês ouviram. Foi um caos, fiquei tão nervosa que vomitei na sala de reunião, em frente ao César e a outras pessoas que mais pareciam a equipe da Olivia Pope do corporativo. Lógico que, em menos de uma hora, todo o meu material de trabalho foi confiscado, mas, por causa do meu cargo de confiança, consegui um *non compete* ganhando setenta por cento do meu salário por doze meses, que eu tava disposta a gastar numa viagem no melhor estilo *Comer, Rezar, Amar*. Mas, ao pegar o avião pra cá, me sentei ao lado da Tatu Monasck – vocês seguem ela? –, que ficou falando que eu nunca poderia gastar essa grana com besteira. Escutei o que ela disse e a real é que agora tô em busca de um emprego, mas mais do que isso: tô em busca de fazer qualquer coisa que me aproxime de descobrir do que realmente gosto. Se tiverem alguma dica, eu agradeço.

Continuo em outro áudio:

– Tô tentando encontrar o máximo de respostas possível na minha vida... Algumas horas antes de ser demitida, Nate me contou que estava se mudando para Los Angeles pra morar com a Mia, porque foi aprovado em Pesquisa de Mercado na divisão de *skincare* da nossa empresa. Quer dizer, nossa não, né? Agora, na empresa em que ele trabalha, afinal, fui demitida. Mas que seja. Como toda pessoa que tá por cima e se sentindo um ser evoluído, ele veio me chamar para "crescer" com ele. Num primeiro momento, a gente brigou, ou melhor, eu briguei com ele, mas, após a demissão, ele só tem me ajudado. Se estou chocada por ele ter ido morar com a namorada? Com certeza. Mas agora é foco no *game*, pois não tenho tempo pra ficar choramingando.

Sigo gravando o áudio:

– Com o tempo ele vai ver que é a maior besteira, porque, afinal, ela vive quase que o dia todo à base de sucos de clorofila e aulas de *spinning*. Sabem quem parece? Isso mesmo, Dona Dani. Quem pode ser divertido sem se acabar num vinho? *Affff*, azar o deles. O que preciso de vocês agora? Que não me puxem para o passado. Não quero mais lamentações, afinal, as grandes protagonistas nunca se colocam no papel de vítimas. Assunto encerrado e agora começa a jornada de novas buscas profissionais. E Carol, recebi sua mensagem ontem, dizendo que falou com meu irmão... Nem sei o que te dizer, mas imagino que sua bebedeira tenha sido sozinha, afinal, Otto não devia estar em casa pra você falar com o Beto. Nem vou te responder, porque a última coisa que preciso é de lição de moral de gente que já errou muito na vida e eu sempre estive ao lado.

Sei que encerrar o áudio desse jeito vai tirar completamente o foco de mim e, em partes, me vingará pelas trinta mensagens de superioridade que ela havia me mandado. Coloco um conjunto de moletom verde--bandeira que comprei on-line em uma loja chamada Alaphia (aliás, tudo na minha vida eu compro on-line) e saio para ir ao mercado perto de casa.

Sempre me pego pensando em quantas pessoas no mundo estão vivendo histórias semelhantes à minha. Também penso se vou me casar um dia. Se sim, o que será que essa pessoa está fazendo agora? Que estrada está percorrendo que o fará chegar até mim? Em que momento nossas vidas vão se cruzar? Qual será a etapa de evolução em que ele se encontra? Já tem um emprego que ama? Não gosto de parecer mais romântica do que prática, mas... veio à minha mente.

*

ENTRO NO ST. MARCHE, um mercado que fica a dois quarteirões da minha casa, e pego um carrinho grande. Acho melhor refazer nosso estoque básico: água com gás, frutas, queijos e alguns vinhos baratos. Eu morro de dó de beber as garrafas chiques do Beto; não entra na minha cabeça alguém tomar uma bebida de oitocentos reais, que, em poucas horas, vai sair no xixi. Eu apenas não entendo.

Pego alguns chocolates Milka e um pote enorme de sorvete Ben & Jerry's sabor *Phish Food*. Definitivamente, eu não queria ficar sozinha. Pelo menos não hoje. Abro meu celular e digito "Rodrigo" no meu WhatsApp, um erro que insisto em repetir. Ele tem uma namorada que atualmente mora no Canadá, e eles têm algum tipo de acordo de relacionamento aberto à distância que não compreendo, e também não quero saber. O lema aqui é não se envolver.

Rapidamente, envio uma mensagem:

Mabel: Cheguei de viagem, quer vir aqui em casa hoje?

Rodrigo: Às 20h estarei aí. Levo comida árabe?

Mabel: Adoro.

Rodrigo: E eu adoro seu corpo.

Mabel: 🍑 🍆

Nossa dinâmica era basicamente essa, sem muitos assuntos, porque ambos tinham entendido o sentido da relação. Eu me sento no café do mercado para beber alguma coisa, abro o celular e vejo o grupo

Bastidores fervendo. As meninas foram gentis e, como sempre, amigas de verdade.

Sophie: Poxa, Mabes (elas me chamam assim, e pronuncia-se "Meibes"), que merda. Sinceramente, eu seria a última pessoa a te julgar, porque acho que pode acontecer com todo mundo, literalmente. Estamos todos sujeitos a erros, mas acredito que, no fundo, esse erro vai te trazer coisas boas. Se amasse esse trabalho, seria chato, mas tá longe disso, bem longe. Agora... @Carol, que papo é esse?

Carol: O Beto contou tudo o que aconteceu e acho que mexeu com o meu emocional falar com ele. Principalmente porque o Otto viu e ficou puto da vida... Enfim, desculpe, Mabes.

Sophie: E eu que achava que sua fonte era a tia Nena. Agora me conta... quem ligou pra quem?

Carol: Ele me escreveu, perguntando se podia ligar e, assim que ligou, disse que tava preocupado, porque a coisa tinha sido feia e que o Nate contou a ele que a Mabel tinha ficado muito mal.

Mabel: O Nate??????? Desde quando eles são amigos?

Carol: Desde que você não respondia e seu irmão o adicionou no LinkedIn para saber se você estava sem telefone, mas fique calma que não falaram nada demais, o Nate, pra variar, foi supersolícito, contou educadamente (sem a parte do vômito) tudo o que aconteceu, falou que você que o treinou, disse que aprendeu muito com sua gentileza e disponibilidade.

Mabel: Nate 🌢 🖤

Ruli: Mabes, sinto muito. Você e o Nate se despediram?

Mabel: Com direito a drinques no La Esquina e papos sobre mudar de vida.

Carol: E sexo?

Mabel: Gente, longe disso. Ele tá indo morar com a Mia, pelo visto isso vai ficar pra próxima encarnação.

Sophie: Longe de mim desejar que relacionamentos deem errado. Mabes, logo, logo aparece alguém legal.

Mabel: Gente, e se não aparecer, tudo bem, que mania também de que tudo é relacionamento.

Ruli: Concordo. Somos mulheres independentes, e as prioridades no mundo moderno são outras, gente.

Carol: Na verdade, as prioridades são o que a gente bem entender.

Mabel: *Can I get an Amen?*

Ruli: *Amen!*

Sophie: Sei lá, gente, eu acho que ninguém quer verdadeiramente ficar sem ter com quem enroscar a perna à noite.

Mabel: Mas, gente, e quem disse que eu fico? Hoje vou ver o Rodrigo.

Ruli: Até eu que não sou hétero queria saber o que é que esse Rodrigo tem, porque Nossa Senhora...

Mabel: O melhor pau da galáxia, apenas isso, e uma maneira estranhíssima de transar que dá certo, hahahahaha.

Carol: O sexo de cócoras que nunca vou entender.

Mabel: É mais ou menos assim: eu fico meio frango assado, e ele fica de cócoras e bota o pau pra baixo. Parece que vai mais fundo.

Ruli: Medo.

Sophie: Parece mara.

Carol: Hahahaha, até agora tô achando ele apenas um cara flexível, qualquer praticante de yoga faz isso, gente.

Mabel: Ele tira o pau e bate lá. Do nada.

Carol: Amiga, é pra durar mais tempo.

Mabel: Será?

Carol: Pergunta pra ele, é pra dar "um tempinho" e acalmar o sexo. Vem na minha.

Ruli: Nossa, mulher hétero se surpreende com muito pouco, pelo amor de Deus.

Sophie: Achei isso fraco, hein? Até aqui em casa a surpresa é maior.

E todas gargalham.

*

O INTERFONE TOCA E EU CORRO para atender. Estou com um short jeans larguinho, uma regata preta e uma malha de tricô listrada por cima. Não é o *look* mais sexy do mundo, mas é assim que eu sou. Nunca me considerei sexy, mas amo sexo. Essa parte da sedução, dos nudes e das poses, não é comigo. Mas transar a noite inteira... ah, isso eu sei fazer... e bem!

Na primeira vez que eu saí com o Rodrigo, nós passamos sete horas direto na cama, parando somente para beber água e fazer xixi. No dia seguinte, eu fui trabalhar e tive uma cistite de chorar de dor, inclusive fui parar no pronto-socorro.

Assim que entra, ele já me dá um beijo leve, sem grandes pegações. A gente conversa pouco sobre a vida, não sei muito o que ele sente, e o Rodrigo também não me pergunta muito, mas, de alguma forma, é o suficiente. Eu me arrependi um pouco de tê-lo convidado, mas no impulso foi o que acabou rolando. A real é que qualquer coisa que possa me fazer esquecer da vergonha que passei ajudará nesse momento. Tudo no que eu quero pensar agora é que vou beber e amanhã me arrependerei de qualquer coisa que não seja a empresa – e isso, para mim, já está ótimo. Estou doida para passar uma vergonha nova.

– Comprei a comida.

– Comprei os vinhos.

– Os?

– *Ixi*, se prepare que hoje tem muita história pra contar.

– O que houve, Bel?

Rodrigo é uma das únicas pessoas no mundo que eu gosto que me chame de Bel. Para ser sincera, teve uma época da minha vida que eu era tão de quatro por ele, que até Maria Isabel soaria bem na sua boca. Muitas vezes, eu confundo química na cama com amor, e acabo dando espaço na minha vida para quem não vale tanto a pena.

Com o tempo, fui entendendo que amor é construção, companheirismo e lealdade – coisas que com certeza ele não tem para me oferecer. Hoje sinto que tem muita gente solteira, mas pouca gente disponível emocionalmente para se conectar. O lance ficou ainda mais descartável com os aplicativos de relacionamento... Antes a gente se conhecia para depois transar, e hoje a gente transa para depois se conhecer. E, assim, fui me acostumando com essa relação de PA (Pau Amigo) que temos.

Minha vida hoje é como uma casa em período de mudança. Os móveis estão todos aqui, mas ainda tem muita coisa para organizar.

Enquanto montamos a mesa, começo a atualizá-lo sobre tudo o que rolou, mencionando inclusive o vômito. O bom é que, pela primeira vez, estou contando a alguém que se importa o suficiente para ouvir, mas não a ponto de me dar lição de moral. Pela primeira vez, eu consegui rir da história, contá-la como algo natural, que ficou no meu passado.

– E agora, Bel? Qual é o próximo passo?

— A real é que eu não sei. Queria fazer algo de que gosto, e tô no processo de descobrir o que é. Como você descobriu o que gostava de fazer?

— Eu trabalho com TI, Bel. Sempre fui um adolescente nerd, que ficava trancado em casa.

— Mas um belo dia você acordou e disse: "Vou trabalhar com isso"?

— Não, não. Eu queria fazer jogos de computador, trabalhar com aplicativos. Mas comecei a entender que esse era um mercado em que se trabalhava muito e pagava-se pouco. Então, comecei a buscar quais áreas de tecnologia também poderiam ser legais.

— Eu amo criar realidades paralelas. Tenho colocado isso constantemente nas minhas listas.

— Então, bora pensar: quem são as pessoas com quem você quer trabalhar? *Qual comunidade te agrada?*

— Peraí, vou pegar meu caderno, esse tema de comunidade eu preciso anotar.

— Que caderno?

— O caderno em que tô anotando absolutamente tudo que aprendo sobre carreira e sobre mim. – Pego meu caderno, encho uma taça de vinho branco e volto para o sofá. – Bora lá!

COMUNIDADE
- Pessoas que trabalham com o que amam, se sentem realizadas e estão em busca de desenvolvimento;
- Pessoas que têm vida fora do escritório — que lá não seja ambiente de fofoca e frustrações;
- Equipe com pessoas de todas as idades;
- Diversidade presente — cultural, etária, racial, de gênero;
- Generosas — que me ensinem, e que queiram aprender;
- Curiosas — saibam dos assuntos do momento;
- Criativas;
- Inteligentes.

— Agora pensa, Bel: onde essas pessoas estão? Normalmente em que tipo de empresa?

— Acho que podem estar em todo tipo de empresa, mas eu me imagino muito em lugares jovens, ou com espírito jovem.

— Eu sempre tive em mente que queria trabalhar com quem pudesse me guiar, ser meu mentor. Alguém que me desse uma ideia do caminho, para que eu não me perdesse tanto.

— Como assim mentor? Tipo um guru? Mas você não acha esse papo meio furado?

— Não, é maravilhoso. Pode ser alguém que faça isso profissionalmente, ou não. O mais importante é que a pessoa saiba um caminho que você desconhece, mas que te interessa.

Anoto em meu caderno:

- Mentores formais e informais.

— Como faço para encontrar um mentor?

— Eu tenho vários. Pessoas que admiro e com quem posso conversar, perguntando, trocando conhecimento.

— Mas você pergunta se as pessoas estão disponíveis?

— Normalmente começa com um bate-papo de café, e se a pessoa demonstra ser alguém que admiro, tiro dúvidas, e vou sentindo. Não convido a pessoa pra me mentorear logo de cara. Primeiro, eu preciso saber se é alguém com generosidade, disponibilidade, sinceridade e interessante. O papel de mentor é de grande importância e não deve ser ocupado por uma pessoa qualquer. Você tem que ter claro para si o próximo passo para que a mentoria te ajude a chegar lá.

— Mas o próximo passo pode ser descobrir o próximo passo?

— Claro, no meu caso, eu tinha ideia de um passo muito distante: queria ser diretor de uma multinacional. Mas antes de chegar lá, eu tinha milhares de pequenos passos para realizar. Aí, um dia, um mentor me ensinou a construir pequenas metas dentro de grandes metas. O interessante é você analisar a carreira de pessoas que começaram de forma semelhante a você e alcançaram o seu objetivo. Qual foi o passo a passo delas?

— Mas essa pessoa que você analisa é o seu mentor? Não entendi.

— Pode ser, ou não. Meu primeiro passo foi encontrar executivos bem-sucedidos. Tentei contato, marcar um bate-papo virtual, mas não tive sucesso. Então, com o meu mentor, analisamos as carreiras de vários, para entender como foram parar lá. Aí você vai tendo uma ideia de caminhos possíveis. Bel, uma coisa que já aprendi: não existe apenas um caminho; normalmente são vários.

— Mas se eu não sei o que quero, o que devo fazer?

— Não sou especialista nisso, mas uma das minhas sugestões é olhar a *trajetória de quem você admira*. Quais trabalhos amaria fazer? Comece a conhecer jornadas diferentes das que você conhece. Fuce no LinkedIn, procure reportagens.

Ao encher minha taça de vinho, acabo deixando a garrafa bater na borda de cristal, que se quebra em vários pedacinhos, fazendo o vinho cair no colo do Rodrigo e em toda a nossa comida.

— Bel do céu!

— Milhões de desculpas. Peraí que vou pegar um pano na cozinha. — Eu me levanto rápido e piso em um pequeno caco, o que me faz gritar: — Ai, meu pé!

— Calma, Bel, fica parada que vou pegar uma vassoura. — Ele sai desviando da área com cacos de vidro, pulando para o outro canto da sala.

Rapidamente, Rodrigo chega com a vassoura e um pano. Que caos e que dor. Assim que ele pega os pedaços maiores, me arrisco a ir até o quarto para limpar o machucado e fazer um curativo. Jogo água de leve no corte e observo um micropedaço de vidro dentro da sola do meu pé. Pego uma pinça, mas não sou tão flexível a ponto de conseguir vê-lo de perto, e também não estou tão sóbria para ser cirurgicamente precisa no movimento. Pego um curativo, minha pinça limpa e volto para a sala.

— Rô, preciso de ajuda.

— Taí uma frase que nunca achei que fosse ouvir de você.

— Como assim?

— Admiro você, Bel. Talvez nunca tenha tido a chance de falar isso. Sei que esse não é o nosso esquema, papos profundos e tal. Sei que gosta que entre na sua casa e não na sua vida, mas eu te acho uma mulher foda, bem resolvida, independente. – Ele aponta para o sofá para que eu me sente, e pega a pinça da minha mão, levantando a sola do meu pé.

– Nossa, você está descrevendo uma pessoa que eu sinceramente desconheço. Nunca disse que te quero na minha casa e não na minha vida.

Rodrigo para o que está fazendo assim que escuta minha frase e diz impaciente:

– Nunca disse, mas nunca me deixou dormir aqui, né?

– Não, porque normalmente jantamos e... você sabe.

– Sim, você é prática, sempre deixou claro que não quer namoro.

– Rodrigo, você tem uma namorada que mora no Canadá.

– Bel, nós namoramos por dois anos e ela se mudou pra ficar um ano fora. O combinado foi que fôssemos tocando nossas vidas sem cortar contato, mas sabemos que corremos o risco de que o outro conheça alguém. Te contei isso desde o primeiro dia.

– Sim, contou.

– Então. Mas você nunca quis me conhecer, e tudo bem. Eu respeito. Vamos levando.

– Como assim, Rodrigo? Quando te conheci, fiquei gamadinha em você!

– Ficou? Não é mais? Assim você me magoa.

– Quem vê até pensa que você tem um coração.

– Você precisa deixar rolar. Permitir que o outro entre na sua vida, sem criar uma distância. Se não existe ação ou diálogo, não existe história.

Sinto uma pontada de dor quando Rodrigo, finalmente, tira o caco do meu pé e me entrega. Quase microscópico, mas capaz de me tirar do eixo, como ele. Coloco o curativo na mesma hora.

– Bel, quero te dar uma dica. *Escreva como você se vê, e convide amigos para responderem como eles te veem.* Acho que você não tem ideia de quão reservada é.

Eu me levanto, pego a garrafa de vinho quase no fim e a balanço, chamando sua atenção.

– Bora abrir a segunda?

– Claro. Não é a Bel e o Rodrigo se não tiver muito vinho.

– Adoroooo. Mas como posso fazer isso, Sherlock? Escrever minha história.

– Eu te conto se você me deixar fazer parte dela.

– Até a sua namorada voltar e você me dispensar? Nunca!

– Deixe eu te surpreender.

De repente, ele me puxa para o seu colo e começamos a nos beijar. Fico de joelhos, com as pernas entre as suas e ele tira meu casaco. Puxo-o para o quarto, um lugar onde me sinto mais confortável, pois sei que é meu. Paro em frente à cama, abaixo o short, tiro minha blusa e deito na cama. Ele começa a beijar o meu rosto, puxa o meu cabelo e para, me olhando.

– Hoje vamos fazer algo diferente. Me empresta sua caixa de som.

Olho curiosa e um pouco apreensiva, confesso. Será que ele vai me fazer passar vergonha? Abro a gaveta, pego a minha Jambox e entrego em suas mãos. Assim que Rodrigo sincroniza com seu celular, a música *Amazing*, de Seal, começa a tocar.

Ele começa beijando os meus pés e sobe até a minha virilha. Coloca o nariz bem perto da minha calcinha e suspira, sentindo o meu cheiro. Puxa a calcinha para baixo, até que saia pelos meus pés, abre minhas pernas e coloca sua língua quente em mim, me fazendo gemer de prazer no mesmo instante. Sinto um tesão enorme subindo pelo meu corpo, e me contorço para trás, me segurando para não gozar. Ele faz movimentos bem rápidos para cima e para baixo com a língua e para de repente. Ele fica de joelhos na cama, me olhando. Então, me vira bem rápido e começa a beijar a minha nuca, e assim vai descendo pelas minhas costas, até chegar na minha bunda. Ele dá uma mordidinha de leve, e me deixa de quatro, segurando meu quadril com força.

Ficamos um pouco nessa posição, mas tanto eu quanto ele, preferimos olho no olho. Deito na cama, e apoio meus pés sobre os seus ombros. Ele fica de cócoras, coloca o pau pra baixo e começa a enfiar com força. Quando estou quase gozando, ele para, tira o pau de dentro, e dá umas batidinhas em mim, e eu estou completamente encharcada.

– Hoje a estrela é você.

E foi assim até o sol raiar.

6

Bolo de cenoura

ACORDO COM UMA RESSACA LOUCA e vejo Rodrigo deitado ali. Pela primeira vez, nós dois passamos a noite juntos e não faço ideia de como será esse amanhecer. Penso em Nate e nos nossos cafés da manhã na empresa, em como a gente se divertia.

Nunca namorei nem cheguei perto de nada que fosse parecido com um relacionamento sério, mas algo parece diferente. Enquanto Rodrigo não desperta, aproveito para tomar um banho e fazer aquela maquiagem maravilhosa que só eu sei fazer.

Eu coloco um vestido cinza-claro de malha, uma camisa jeans por cima, amarrada com um nó na frente, e separo minha sapatilha camuflada para calçar assim que sair do apartamento. Sinto meu pé doer e me lembro do corte da noite passada, mas opto pelo sapato fechado mesmo assim. Faço *babyliss* nos meus cabelos e percebo, ao sair do banheiro, que Rodrigo ainda está dormindo profundamente. Resolvo sair para comprar café da manhã para nós, então pego a chave de casa e o meu cartão.

Envio para ele uma mensagem via WhatsApp:

Mabel: Fui até a Mr. Baker aqui na rua comprar café da manhã para nós. Deixei uma toalha no banheiro para você, caso acorde antes de eu chegar.

Assim que entro no elevador, eu me dou conta de que não tenho a menor ideia do que Rodrigo come no café da manhã. Sei que curte jantar bem, mas vou ter que arriscar comprar algo que pode ser que ele não goste.

Saio do prédio pelo portão cinza, e cumprimento o porteiro, Seu Joilson, que sorri alegremente para mim.

Começo a descer a rua, e me pergunto se as pessoas sabem que eu transei ontem. Sempre acho que está escrito na minha testa "Dei muito ontem", embora saiba que não está. Será que as pessoas que fazem sexo têm uma energia diferente das que não fazem? Como será que as pessoas mais sensíveis veem?

Paro de pensar besteira assim que chego à padaria, e já peço um pão de queijo para comer ali mesmo enquanto decido o que vou levar de café da manhã. Resolvo pedir também um café com leite, e aproveito para me sentar, já que o balcão de madeira está vazio.

Começo a olhar o cardápio e penso que Rodrigo tem cara de ser alguém que come de tudo, então resolvo pedir um *toast* de figo com creme de queijo de cabra para ele e, para mim, um *toast* de shitake com o mesmo creme. Dois pedaços de bolo de cenoura de sobremesa para nós, e dois sucos de laranja. Será que ele vai ficar com fome? Resolvo pegar mais três *croissants* simples e três com recheio de chocolate.

A conta fica caríssima, quase R$ 153,00. É impressionante como o dinheiro no Brasil está desvalorizado. Tudo fica mais caro a cada dia, e é quase impossível não pensar nisso quando se foi demitida. Agora não terei mais vale-alimentação nem vale-refeição, ou seja, preciso controlar o que como fora de casa.

Pego meu café e saio pela rua. Coloco meus óculos escuros e penso que eles seriam a única coisa do meu *look* que daria para vender caso eu precisasse de uma grana. Na verdade, minhas pulseiras Cartier são a primeira coisa que eu venderia, ou pelo menos que deveria vender. Como pude ser tão impulsiva e gastar todos os meus bônus em joias? Na verdade, se eu pensar bem, dizem que joia é um investimento, assim como uma bolsa. Mas, nesse caso, eu não tenho a menor ideia do que fazer com elas, nem mesmo sei onde poderia me desfazer delas. Em um ourives? Tenho que pesquisar isso no Google, caso um dia eu precise.

Chego em casa e Rodrigo está acordado, de banho tomado e completamente vestido. Eu tomo um susto porque percebo que ele está de saída assim que abro a porta.

– Aonde você vai? – pergunto, dando-lhe um beijo na boca.

– Bel, eu trabalho hoje, e já são 7h40.

– Poxa, mas eu comprei comida pra gente.

– Tenho uma novidade. Vi uma vaga aberta no LinkedIn na empresa de um amigo meu, e mandei uma mensagem pra ele.

– Como assim uma vaga? Pra você?

– Não, pra você!

– Mas eu ainda nem sei o que eu quero.

– É uma vaga na área de atendimento ao consumidor de uma *startup*, achei a sua cara!

– Mas, Rodrigo... eu odeio lidar com pessoas, principalmente as frustradas.

– Tenho certeza de que você vai se dar bem. Peraí, ele acabou de me responder – diz ele, pegando o celular. – Oba! Ele pediu para mandar o seu currículo. Me manda?

– Mando... Quer dizer, preciso atualizá-lo.

– Então aproveita que você não tem nada para fazer e corre com isso. Agora me dá um beijo e esse suco de laranja que eu preciso ir.

Assim que ele sai pela porta, me pergunto o que acabou de acontecer. Eu nunca disse que queria uma vaga como essa, mas também não estou em posição de negar nada. Por um lado, acho fofo que ele tenha se preocupado comigo, e penso sobre aquilo que ele me disse ontem de querer fazer parte da minha vida.

Pego o *toast* de shitake, que me parece o mais gostoso, e o coloco em um prato. Começo a cortá-lo em cima da mesa, enquanto ligo o notebook para atualizar o meu currículo. Não tem nada como começar o dia sem ter absolutamente nada para fazer. Se eu estivesse de folga, seria uma manhã perfeita, mas preciso me lembrar de que fui demitida, e por isso estou nessa situação.

Como tudo do meu prato e bebo o suco rápido demais, então ele desce machucando minha garganta, como se tivesse "descido errado". Abro o arquivo de Word e começo a atualizar minhas informações, colocando a Future como minha última experiência. Li que devemos sempre começar as frases com palavras de impacto, como *gerenciei, geri, performei, economizei, liderei*. Então, é o que faço. Começo a buscar alguns modelos de currículo on-line, para ver se a estética mudou desde a última vez que fiz um, mas vejo que basicamente continua tudo igual. Se tem um mercado que não se atualiza, esse mercado é o de Recursos Humanos.

Eu me lembro de sempre rir com Nate de como as mulheres do recrutamento da nossa empresa eram engessadas. Uma vez surgiu uma oportunidade de me candidatar para uma vaga em Manhattan, mas logo fui excluída por não ter quatro anos de empresa. Tinha exatos três anos na época, mas elas nem consideraram repassar a minha candidatura para os gerentes, mesmo eu sendo perfeita para a vaga. Dizíamos que eram robôs sem coração, trabalhando no automático.

Envio o arquivo para Rodrigo e fecho o computador. Ainda não está na hora de atualizar o meu LinkedIn nem de entrar para ver possíveis oportunidades de emprego. Não estou pronta para cruzar, mesmo que virtualmente, com nenhum rosto que soube da minha humilhação.

Abro o pacote com o bolo de cenoura, e Rodrigo me escreve:

Rodrigo: Está livre essa tarde?

Mabel: Humm… entre desfazer minha mala e pedir um delivery para jantar, diria que minha tarde está bem tranquila.

Rodrigo: Então se arruma porque você tem uma entrevista hoje às 14h.

Mabel: Como assim?

Rodrigo: Isso mesmo, meu amigo acabou de me ligar. Ele encontrou com o gestor da vaga no elevador e disse que você é perfeita para o cargo.

Mabel: Mas eu odeio pessoas reclamonas.

Rodrigo: Sim, mas ninguém sabe disso.

Mabel: Mas Rô, e todo aquele papo que tivemos ontem sobre eu buscar um mentor, encontrar algo que eu queira fazer?

Rodrigo: Sim, você vai fazendo isso em paralelo. Agora você precisa trabalhar. E nada de delivery hoje à noite, vamos sair para jantar e comemorar.

Mabel: Comemorar o quê?

Rodrigo: O seu novo emprego.

Mabel: Eu nem sei se vou passar.

Rodrigo: Claro que você vai, Bel. Confia no seu taco.

Apoio o celular na mesa e começo a ficar sem ar. A respiração forte vai e vem, e minhas pernas começam a tremer sem parar. Eu não quero esse emprego, não quero ouvir reclamações de clientes o dia todo, e não quero sair da minha casa hoje. Começo a sentir as lágrimas escorrendo pelo meu rosto, e ligo para Carol no FaceTime, mas ela desliga a ligação.

Carol: Não posso falar agora.

Mabel: Acho que estou tendo uma crise de pânico.

Em trinta segundos meu celular toca, e eu me ponho a chorar assim que escuto "O que houve?". Conto tudo que aconteceu com Rodrigo, sobre eu dar uma chance para ele entrar na minha vida, e agora essa insistência para ir à entrevista na qual eu claramente não estava interessada.

— Carol, eu entendi como o mecanismo funciona. Nate me explicou muita coisa. Eu sei do que preciso agora, e não é de um novo emprego.

— Mas o que é que tem demais ir fazer uma entrevista?

— Tem que, pela primeira vez, estou descobrindo o que eu quero. Se estou nesse caminho, rumo ao emprego certo, por que pegar o errado? Por que devo me comprometer com uma empresa e um time em que não quero estar?

— Mabel, porque ganhar experiência é necessário. Claramente você está traumatizada e precisará vivenciar isso algumas vezes até que se torne normal. Vá conversar. É até melhor que você não queira a vaga, assim não existe uma pressão para conquistá-la.

— Eu não quero ir.

— Mas isso é ser adulta, Mabel. Fazer coisas de que não gostamos para nos tornarmos quem desejamos ser.

— Isso não faz o menor sentido, a pessoa que eu quero ser não iria nessa entrevista.

— A pessoa que você quer ser sabe que são necessárias estradas ruins para se chegar a uma boa.

— Te ligo assim que sair de lá.

Resolvo enxugar minhas lágrimas e comer o último pedaço de bolo, enquanto penso em que roupa usarei para essa bendita entrevista. Uma camisa roxa, minha saia rodada preta e branca, e minha sapatilha de oncinha. É isso, se vou nessa entrevista, irei do meu jeito.

Saio de casa às 13 horas, logo após comer o *toast* de figo no almoço. Estou maquiada, com um rabo de cavalo e o cabelo com um pouco de *frizz*, passando uma imagem bem moderna e um pouco menina. Tudo o que não quero é essa vaga e algo me diz que eu vou pegar.

Entro no carro do Beto, que continua em Brasília, e coloco o endereço no Waze, que calcula 43 minutos da minha casa até lá. Mais um motivo para não querer essa vaga de jeito nenhum é o trânsito que pegarei todos os dias. Imagina duas horas do meu dia trancada em um carro? Nem pensar!

Coloco um podcast para ouvir o *Além do Meme*, de Chico Felitti, que conta histórias dos bastidores de pessoas que viraram memes na internet. O jornalista faz um trabalho documental maravilhoso e me entretenho enquanto dirijo. Escuto um episódio no qual ele conta a história da Magali Frita, uma jovem chamada Tássia que ganhou fama na internet dançando com uma fantasia da personagem da Turma da Mônica. Ele narra como a viralização abriu portas na sua vida, que tempos depois foram fechadas. Foi de ganhar um papel em uma novela da Globo a não poder mais usar a sua fantasia, proibida pelo próprio Mauricio de Sousa.

Tássia entrou em depressão com a proibição do uso da personagem, e perdeu todas as oportunidades de trabalho que o meme havia lhe dado. Fico chocada ao parar para pensar sobre como a vida pode tomar caminhos inesperados, e como coisas que acontecem do dia para a noite mudam o rumo de uma história inteira.

Chego ao lugar da entrevista, mas, como tenho alguns minutos até começar, opto por acabar de ouvir o episódio. Agora, Tássia canta louvores a Deus em uma igreja e acredita que esse é o caminho certo que deve seguir. Ela tem tanta certeza e paz em sua voz que a invejo; penso em como deve ser bom ter todas as respostas da sua própria vida.

Eu, que não tenho nenhuma resposta, apenas muitas dúvidas, saio do carro e arrumo minha saia, que está um pouco amassada no bumbum.

Chego à recepção e peço para falar com Daniel, o amigo do Rodrigo. A recepcionista pede para eu colar uma etiqueta adesiva de identificação na minha blusa – eu detesto isso, pois tenho medo de estragar o tecido, mas o faço mesmo assim. Mais um ponto negativo para essa empresa: estragar a blusa nova que eu comprei. Minutos depois, o homem chega, e eu fico sem palavras: ele é muito gato. Alto, com barba bem-feita, careca e cara de homem árabe.

Solto um risinho sem querer, estendo minha mão e me apresento. Ele me puxa para um abraço e eu não sei bem como reagir. Eu me lembro de que não passei desodorante e sinto um leve desespero, mas me cheiro rapidamente e vejo que está tudo bem.

– A famosa Maria Isabel, que bom te conhecer!

– Caramba, vai pegar mal se eu falar que nunca ouvi falar de você?

– Hahahaha, já gostei de você. Sincera. Tudo bem, afinal, o Rodrigo não perde tempo falando dos amigos, somente das belas mulheres que cruzam seu caminho.

– Belas? São muitas então?

– Se são muitas, eu não sei, mas sei que ele fala de você. Vamos tomar um café antes de a sua reunião começar? Você vai adorar essa empresa.

– Vamos sim. Preciso pegar um crachá?

– Não, esse adesivo na sua blusa já tem um código de barras para poder entrar.

– Ah, essa coisa linda?

– Hahaha, Mabel, você é engraçada. Eu sei que é feio, mas juro que estamos melhorando isso.

– O que exatamente essa empresa faz?

– Café puro? – pergunta ele, apontando para uma máquina Nespresso.

– Com adoçante, por favor.

Ele pega duas xícaras transparentes, modernas e aparentemente caras, e me oferece uma. Esguicho bastante adoçante e apoio o café em cima da mesa.

– Vai esfriar.

– Eu prefiro café frio.

– Você tá de brincadeira? Uma mulher cheia de surpresas.

– Me explica o que vocês fazem aqui.

– Claro. Nós somos responsáveis pela importação de itens de luxo para o grupo LVMH.

Meu coração vem até a boca, e eu percebo que não devo ter entendido bem.

– Calma, mas eu sei onde fica o escritório do LVMH. Ele não fica aqui.

– Sim, nós somos uma importadora. Na verdade, eles são nossa maior marca, mas também cuidamos de muitos carros de luxo do mercado.

– Nossa, parece ser bem legal.

– Na verdade, o trabalho em si é chato, mas a equipe é bem legal. Eu cuido da parte de negociação internacional, e você ficaria com o atendimento ao cliente.

– Daniel, eu preciso ser sincera com você.

– Diga.

– Eu odeio atender clientes reclamões.

– Mas os clientes aqui são as marcas, e não as pessoas físicas.

– Mas gente reclamando é tudo o que eu não quero para o meu dia.

– Entendo. Mas e se eu te contar que você tem trinta por cento de desconto em todos os produtos das marcas que cuidamos?

– Até dos carros?

– Não, os carros têm quinze por cento, mas imagino que não esteja pensando em comprar um Porsche agora.

– Agora não, mas quem sabe um dia? Poxa, trinta por cento, você mexeu comigo.

– Era esse o meu objetivo: convencê-la. Rodrigo disse que você ia se fazer de difícil.

– Me conta da vaga.

– Bom, basicamente você representa os clientes aqui dentro. Tem que entender como solucionar todo e qualquer problema que tenham, e retornar o mais rápido possível. Você seria como uma *concierge* de luxo e estaria em contato com as marcas o tempo inteiro.

— Eu tenho bastante experiência como assistente executiva, fiz esse trabalho durante anos numa multinacional — surpreendo-me assim que as palavras saem da minha boca. Estou tentando convencê-lo a me contratar.

— Ótimo, sinal que você está acostumada a gerenciar conflitos.

— Sim, e egos.

— Sua chefe é, digamos, uma pessoa metódica.

— Sem problemas. Eu tenho liberdade de trabalhar remotamente?

— Hummm, não que eu saiba. Pelo menos não conheço ninguém da empresa que tenha essa liberdade.

— Você mora aqui perto?

— Moro, cinco minutos de carro.

— Mas não é muito fora de mão de tudo?

— Um pouco, mas eu fico perto do trabalho e isso vale a pena. Eles nos oferecem academia e acabo tendo muita qualidade de vida. No meu prédio tem apartamento vago, se você quiser olhar.

— Calma, eu nem sei se vou pegar a vaga.

— Trinta por cento de desconto, Mabel.

— Sim, eu ouvi. Agora preciso ver se os benefícios acompanham esse ritmo.

— Acho que você vai gostar.

— Tem viagens internacionais?

— A princípio não. A não ser que queira trabalhar comigo, aí viajaríamos muito, já que vou com os *buyers* ao redor do mundo negociando todas as compras que eles fazem.

— Esse sim é um trabalho que eu quero. Onde me candidato? — digo, e logo em seguida sinto vergonha da minha fala.

— Infelizmente não tenho nenhuma vaga aberta no momento, mas posso ficar de olho. Mabel, me escuta, vale muito a pena trabalhar aqui.

— Mas é tão longe da minha casa, e eu sinceramente não sei ainda o que eu quero fazer. Tô aproveitando esse período sabático para me conhecer um pouco melhor, sabe?

– Opa, sua chefe está me mandando mensagem. Ou melhor, sua futura chefe.

– O que ela disse?

– Ela se chama Ana Maria, e disse que está pronta para recebê-la. Vamos lá?

– Vamos.

Deixamos as xícaras em uma pequena pia, e começo a me sentir nervosa como há tempos não me sentia. Estarei vinculada a marcas de luxo, ganhando trinta por cento de desconto em tudo que comprar de tais marcas, e ainda perto desse gato. Nossa Senhora, eu quero esse emprego. Entramos em um elevador pequenino, e ele aperta o terceiro andar, o último daquele miniprédio. Chegamos em poucos segundos, e deixo que ele saia primeiro para conferir rapidamente no espelho se meus dentes estão limpos.

Ana Maria é uma mulher magra e alta, que me espera assim que saio do elevador. Ela estende a sua mão, nos cumprimentamos, e me despeço de Daniel com um beijo e um abraço. Ele passa as mãos nas minhas costas e diz: "Te vejo em alguns dias, parceira", o que me arrepia a espinha.

Ela aponta para uma sala, caminhamos juntas na mesma direção e me sento na cadeira de linho que está à direita. Ela se senta à minha frente, pega um caderno com diversas anotações e começa a falar comigo em inglês. *Okay*, o primeiro teste começou.

– Então, Maria Isabel. Fiquei sabendo que você tem um currículo impressionante de atendimento ao cliente.

– Na verdade, minha maior experiência é como assistente executiva, mas com certeza tive que lidar com muitos clientes internos ao longo de todos esses anos.

– Certamente não teve clientes exigentes como os nossos. O mercado de luxo é algo difícil de se replicar.

– Com certeza é um mercado diferente do que eu trabalhei, mas pode ficar tranquila, eu tenho jogo de cintura para lidar com os mais diversos perfis e personalidades.

– Você se surpreenderia ao ver como é difícil trabalhar aqui.

– Qual é o ponto bom, então? – pergunto, me lembrando do que Nate disse sobre entrevistar o seu gestor.

– O ponto bom é a rotina, a vida é sempre igual, apesar de os problemas serem diferentes. Nosso horário de entrada aqui é às 8h30 em ponto. Nós chegamos, verificamos as pendências do dia e começamos a resolvê-las, de acordo com a ordem de prioridade que eu organizar. Você deverá me copiar em todos os e-mails que trocar, para que eu tenha controle do seu trabalho, e te ensinarei como quero que fale com os clientes.

– Posso trabalhar remotamente?

– Não, nem chegar mais tarde em dia de rodízio. Preciso que você esteja aqui, ao meu lado, para resolvermos os problemas juntas.

– Sim, mas imagino que, com o tempo, eu vá conquistando mais independência, né? À medida que você for confiando em mim.

– Sim, com o passar dos anos, com certeza. Mas o começo é puxado. Lembre-se de que trabalhamos com produtos em dólar, ou seja, se não formos eficazes, e deixarmos um contêiner passar um dia a mais em estoque, isso pode nos custar milhares de dólares.

– Perigos de vida ou morte – digo, ironizando, mas ela leva a sério.

– Exatamente. Pegou o espírito. Todo final de mês não temos hora para sair, então se prepare. Os dois últimos dias são de loucura total por causa da cotação do dólar, que muda mensalmente.

– Todo mês?

– Sim, mas são dois dias apenas. É uma adrenalina surreal, você vai amar. Quanto mais tensas vão ficando as negociações entre os clientes, mais eles precisam da nossa ajuda.

– Entendi...

Comecei a ouvir ela falar sobre o salário, um pouco menos que o da outra empresa, mas já estava certa de que aquela vaga não era para mim. Duas horas de trânsito, nenhuma flexibilidade, horas de trabalho extra com uma pessoa que não consegue agir de forma espontânea em momento algum. Sim, os trinta por cento mexeram comigo, mas não o suficiente para passar por tudo isso.

Saio da entrevista e Daniel está me esperando no estacionamento, próximo ao meu carro.

– E aí, como foi?

– Péssimo. Não quero trabalhar para essa mulher de jeito nenhum.

– Nem o nosso papo de antes te convenceu?

– Ah, tudo aquilo foi porque você já sabia que eu a odiaria?

– Digamos que ela não seria a melhor parte do trabalho, mas o resto é bem incrível, você tem que concordar.

– Sim, incrível, mas nada vale minha saúde mental.

– Nem os trinta por cento?

– Nem se fosse cinquenta por cento. Se tem uma coisa que aprendi nesses últimos tempos é que a nossa felicidade no trabalho depende oitenta por cento do nosso chefe.

– E se o seu chefe fosse eu?

– Se o meu chefe fosse você, eu ia cobrar o dobro do salário.

– Hahaha, engraçadinha – diz ele, olhando o celular. – Sinto em te dizer, mas você não passou na entrevista.

– Eu não passei? Que merda.

– Não.

– Imaginei que isso aconteceria.

– Por quê?

– Porque eu detestei e acho que não fiz muita questão de esconder isso.

– Se abrir uma vaga na minha equipe, trato de te avisar.

– Será que você poderia não comentar isso com o Rodrigo?

– Claro, por quê?

– Porque ele quer que eu pegue esse emprego, custe o que custar.

– Claro, será o nosso segredo. Quer me passar seu telefone para te avisar caso abra uma vaga na minha equipe?

– Beleza, mas, como eu disse, você vai ter que ter verba pra me contratar – digo, enquanto digito meu número no aparelho dele.

Assim que as palavras saíram da minha boca, eu percebi que não devia ter falado nada. Nunca construa uma cumplicidade com um homem gato, amigo do seu (quase) namorado.

7

Penne ao melão

BETO CHEGOU DE VIAGEM antes e, assim que eu abro a porta do apartamento, consigo ouvir a voz da Dani, com quem ele fala no viva-voz. Às vezes, gostaria de morar sozinha, mas ele precisa de mim e eu preciso dele. Quando éramos pequenos, dormíamos no mesmo quarto de tanto o Beto chorar. Todas as noites, meu irmão vinha para o meu quarto, abria a bicama e deitava com o seu cobertor do Popeye, que era azul e cheio de pelinhos. Dávamos as mãos e dormíamos por horas, até nossa mãe nos acordar para irmos à escola.

Mas hoje... hoje eu não quero falar. Tudo o que me aconteceu nos últimos dias tem feito com que eu repense toda a minha vida e sei, por conhecer meu irmão, que ele pode me atrapalhar. Acho que o grande segredo de um bom relacionamento também envolve saber a hora de se calar.

Começa a me dar fome e abro o aplicativo de *delivery* só para pensar. Beto ama de paixão comidas cruas, mas eu detesto. Abro a porta e pergunto se ele quer comer o de sempre, então peço um *steak tartare* para ele e um *penne* ao melão para mim.

Depois que a comida chega, finalmente nos sentamos para conversar à nossa mesa de jantar.

— Maria, tenho uma novidade pra te contar.

— Não me diga que você foi demitido, porque seria muito azar.

— Não fui, não. Só voltei antes porque tinha que pegar uma encomenda importante.

— Diga.

— Vou pedir a Dani em casamento.

– Quê?

– Já comprei um anel, quer ver?

– Anel?

– Isso, anel. Quero te mostrar pra você ser a primeira a saber.

– Mas calma, Beto. Você tem certeza de que pensou bem?

– Bom, nós namoramos há três anos, acho que é um pouco óbvio que eu pensei a respeito, né?

– Mas, Roberto, ela não tem nada a ver com a gente. Ela chama Limeira de *Lemons*, e eu nem entendo o que isso quer dizer. Ela tá debochando? Tá sendo carinhosa?

– Maria, pelo amor de Deus, claro que ela tá sendo brincalhona. Ela adora todos vocês.

– Você a levaria em um churrasco na casa da tia Vandinha?

– A tia Vandinha morreu.

– Sim, mas e se ela estivesse viva? Com o tio Pépe falando aquele monte de asneira, sem camisa, com aquela barrigona de chope, contando como ele saía com todas as mulheres do bairro e arrumava confusão. E com a tia Deise completamente chapada dançando Alcione. Você a levaria?

– Maria – ele me olha, pegando na minha mão –, tá tudo bem.

– Eu sei, Beto.

– Ela não é do mundo de Limeira. Mas ela é do meu mundo. Temos vários amigos em comum, aliás, todos hoje em dia são amigos de ambos. Nossas profissões conversam entre si, ela entende o ritmo do mercado financeiro, e me faz bem. Fora que é divertida, e temos as mesmas prioridades.

– Mas você a ama?

– Claro que sim. Agora posso te mostrar o anel?

Ele se levanta e volta com uma caixinha vermelha com detalhes dourados inconfundíveis: Cartier. Eu sinto o cheiro de novo, de algo que acabou de sair da loja. Dentro, um anel deslumbrante, com uma pedra azul oval no centro, e várias pedrinhas pequenas ao redor da aliança.

– É para combinar com os olhos dela.

– Beto... que lindo! Tô feliz, desculpe... é que, você sabe.

– Eu sei, Maria, eu também achava que me casaria com a Carol, mas ela não quis, e deixou isso bem claro quando me largou para curtir as micaretas da faculdade. Fica tranquila, eu tô feliz.

– Nossa, irmão – digo, com os olhos cheios de lágrimas –, fico emocionada em te ver dar um passo tão importante. Dona Nena vai pirar.

– Vai sim, vai querer que a gente se case na Disney, do jeito que ela é.

– Hahahahaha, com certeza. Mas fique tranquilo que a Ruli pode fazer um vestido lindo pra ela sossegar. E o pai, hein?

– Contei pra ele. Papai disse que preciso pedir aos pais dela, então vou lá amanhã. Marcamos um café na casa deles às 14h30 para ela não estar.

– Quer que eu vá com você?

– Não precisa, irmã, consigo me virar – diz ele.

– Sim, eu sei que você consegue, mas tá oferecendo uma chave de um mundo novo para ela. Você não acha que, pelo menos, devia ser tudo mágico? Podemos bolar algo legal, eu te ajudo.

– Você tá falando sério? Você nem gosta dela.

– Mas eu amo você. Olha, o que a gente sabe sobre a Dani? Que ela ama vida saudável, que ama divulgar as experiências dela para seus seguidores. Ou seja, tem que ser algo ligado ao tema, e instagramável.

– E se fizermos num hotel?

– Tenho uma ideia melhor. E se conversarmos com um hotel, fingindo que vão chamá-la para um final de semana de divulgação, mas daí, quando ela entrar na suíte presidencial, você estará lá, cercado de flores, para fazer o pedido de casamento?

– Como assim cercado de flores?

– Vou te mostrar a foto do pedido de casamento da Lorelai, de *Gilmore Girls*. Ela foi pedida em casamento com mil girassóis amarelos. Podemos fazer um ambiente lotado de flores, mas com um tom mais verde, porque acho mais *cool*.

– Gosto de verde.

– Então, colocamos vasos com costela-de-adão e outras folhagens, eu posso ir e organizar tudo de manhã.

– Mas você acha que devemos dar alguma pista antes?

– Não, a Dani sempre está no controle das situações. No caso dela, acho que a surpresa seria maravilhosa. Vamos pegá-la no susto, porque, se souber, com certeza vai querer controlar tudo. Liga para o hotel Exclusive Garden, que eles têm essa pegada e podem nos ajudar.

Beto pega o celular e, superanimado, liga para eles. Fico feliz pelo meu irmão, e pela realização desse sonho de ambos. Nada mais justo que o início de uma vida a dois ser marcada por um momento romântico e cheio de cumplicidade. Ele volta cheio de sorrisos, e diz que amaram a ideia.

– Eles vão ligar para ela hoje, e fazer o convite. Deixei bem claro que vou pagar tudo, mas não quero que ela saiba. Então vão oferecer como um convite, e eu vou fingir que não posso ir. Assim que ela chegar no quarto, estarei lá dentro, ajoelhado.

– Perfeito. Vamos essa sexta?

– Isso mesmo, foi o dia que eu marquei. Eles falaram que têm um fornecedor de plantas, você só precisa falar com a RP deles.

– Combinado, me passa o telefone. O que você acha de mil balões transparentes no teto do quarto?

– Acho que você é louca, mas eu topo. Eu vou dormir, mas estou animado. Obrigado, irmã, por me ajudar nesse momento.

– Quero que tudo seja perfeito como você merece. Nada menos do que isso.

Eu entro no meu quarto e penso em como vou contar isso para a Carol. Uma das coisas de que ela mais tem medo nos últimos tempos é que isso aconteça. Embora more com Otto, sempre se recusou a casar. Diz que são tradições cristãs desatualizadas e que se recusa a se encaixar num discurso no qual a mulher é constantemente reduzida à parideira que serve ao homem. E eu superentendo.

Acho que, no fundo, a Carol esperava que o Beto fosse terminar e que um belo dia eles se encontrariam em algum jantar, já que todos os nossos amigos de infância são os mesmos. Meu Deus, que barra. Penso se é melhor contar hoje mesmo, já que está de noite e ela pode chorar em paz, ou se conto amanhã enquanto ela estiver no trabalho, para que não tenha brecha para se lamentar. Mas e se ela tiver um piripaque no meio do expediente? E se cair no choro assim que ouvir a bomba? Envio uma mensagem: "Me liga assim que o Otto capotar".

Dois minutos depois, ela me liga:

– Oi, tô no banheiro.

Nesse minuto, abro a varanda do meu quarto e pego um vinho para acompanhar.

– Tá sentada?

– Já te disse que tô no banheiro, então, sim, estou sentada.

– O Beto vai pedir a Dani em casamento. Eu já vi o anel, tenho certeza de que vai mesmo rolar, antes que você pergunte tudo isso.

– Casamento?

– Isso, onde duas pessoas juram...

– Eu sei o que é casamento, Maria Isabel. Bom, paciência.

– Paciência? Você tá bem?

– Tô ótima. Preciso ir, ouvi o Otto desligar a TV.

Respiro aliviada, mesmo sabendo que acabei de partir o coração da minha melhor amiga. Prefiro que ela saiba por mim o que está prestes a acontecer e chore em casa sem ninguém para interromper. A vida é feita de pequenos momentos que mudam tudo. Esse foi um deles. Tudo o que poderia ter sido – os sonhos que sonhamos na infância, o casamento dela que tanto planejamos – nunca vai acontecer. Ser adulta só me mostra, cada dia mais, que a vida não é como idealizamos ser. Ela é como uma dessas ondas que você até pode surfar, mas que não tem como conter.

*

NA SEXTA-FEIRA BEM CEDO, eu acordo e me encaminho rumo ao badalado hotel onde acontecerá o pedido. Passo em um supermercado chique e compro tudo: *champagne*, frutas, chocolates, presunto parma e castanhas. Vou montar uma mesa linda, porque hoje é um dia em que a Dani pode comer de tudo, já que é vegetariana apenas de segunda a quinta-feira.

Rio assim que escuto meus pensamentos e desacredito nas coisas que as pessoas se condicionam a fazer. Adoraria só comer doce aos finais de semana, e talvez seja até uma meta que eu deva cumprir. Não acredito que estou pegando dicas de organização alimentar com a mala da Dani, mas vamos lá.

Pego a estrada e coloco minha *playlist* de fossa preferida. Amo uma música deprê, que expresse toda raiva e frustação que sinto. Ligo Alanis bem alto e começo a cantar no carro, aliás, a berrar. Grito pensando em César, no vômito e na vida. Grito, apenas grito.

Depois de uma hora, eu chego ao hotel e começo a organizar a vida. Encontro com Samantha, a RP do lugar, que me mostra onde estão as plantas e me dá a chave da suíte presidencial. Quando eu entro... UAU!

Uma mesa vermelha fica ao centro da sala, cercada por sofás cinza, lotados de almofadas. Um estilo moderno, com tapetes cinza e vermelho, e paredes com painéis amadeirados. O lugar é tão lindo que nem vejo necessidade de colocar as plantas, mas já estamos com tudo pronto, então começo a distribuí-las. Vou criando um caminho para a Dani seguir até a varanda, onde Beto estará com o anel, ao lado de uma mesa para jantarem com direito a *champagne*. Deixo uma garrafa no gelo, e vou fotografando tudo conforme vai ficando pronto e envio por mensagem. Meu irmão ama tudo, o que me deixa feliz e em paz. Posso ser uma porcaria em tudo na vida, mas vou tornar o dia do Beto o melhor que ele poderia viver. Ele merece, e sei que para Dani esse tipo de coisa é muito importante.

No quarto, uma banheira toda de pedra vermelha deixa o lugar ainda mais lindo. Pego um *spray* para roupa de cama da Trousseau e borrifo no lençol, para que tudo fique com um cheiro maravilhoso.

Os moços dos balões chegam e começam a distribuí-los pelo quarto, criando um ambiente que parece um sonho. Em algum momento, temos a sensação de que são nuvens cobrindo todo o quarto, e estamos em meio a uma floresta. Ficou incrível.

Beto chega na parte da tarde, e damos um abraço daqueles demorados, de quem sabe que a vida está prestes a mudar para sempre. Uma nova família se forma, um novo clã. Agora Beto não é apenas o meu irmão, e sim o marido de alguém, um dia talvez seja pai. Uma nova estrutura se cria, e eu sei o que isso significa, principalmente para mim.

Quando será que as coisas vão começar a acontecer na minha vida? Será que o Rodrigo é o cara que vai fazer tudo mudar? Será que a história dele é comigo ou estou sendo coadjuvante na história de alguém?

Volto para casa aos prantos, e sei que ainda tenho muito a melhorar. Como é complicado esse processo, porque eu sei, e sinto no meu coração, que no final tudo dá certo. Mas até chegar a esse momento, por quanta coisa ainda terei que passar?

Quando a minha vida vai começar a acontecer de forma legal, como a das pessoas nos filmes e nas redes sociais? Quando é que vou deixar de passar perrengue? Quando é que vou brilhar?

*

ACORDAR DESEMPREGADA é uma das piores sensações que existem. Eu não tenho nada para fazer, mas não posso ficar na cama, porque isso seria o cúmulo da ociosidade. Então, o que uma pessoa com nenhum plano e nenhum compromisso faz?

Pego o meu Caderno da Jornada e o releio. Tem muita informação sobre mim, mas ainda nada que me deixe confiante sobre qual caminho seguir. Tenho amado escrever minhas percepções sobre o mundo, tem sido uma boa terapia.

Preciso de mais informações e não sei como consegui-las. Talvez deva seguir a sugestão de Nate e conversar com as pessoas ao meu redor. Ou talvez possa ficar em casa, vendo Netflix e comendo sorvete, só por hoje.

E é o que eu acabo fazendo, pelos próximos 43 dias.

8

Se a vida te der limões...

MINHA CALÇA NÃO FECHA, então me deito na cama e encolho a barriga para fechá-la. Estou louca para ir embora de Limeira, faz dez dias que cheguei e tudo o que eu ouvi foi o quanto preciso de um emprego e que não dá para viver comendo assim. Sinceramente, não quero dizer *não* para o universo e mandar a mensagem errada, mas também não quero um emprego agora. Pelo menos não enquanto não souber o que, de fato, estou buscando.

Faço questão de me sentar à mesa para tomar meu café quando todos já saíram. Bem, quase todos, já que meu pai é marceneiro, mas trabalha em casa, na nossa garagem. Ele é especializado em fazer varandas *gourmets* para os condomínios mais chiques da região e faz umas mesas cem por cento de madeira maravilhosaaaas. Ele é um pouco extremista nas ideias, acha que o desmatamento é uma invenção das gigantes do mercado para que as pessoas comprem mais móveis prontos, mas, tirando isso, é uma das minhas pessoas favoritas no mundo. Ele fala pouco, escuta bastante e corta minha mãe quando necessário.

Meus pais têm um casamento bem estável, parece meio morno, mas os dois não se importam. Saem todo dia para caminhar juntos, de mãos dadas, e conversam sem parar. Durante esses dias, eu tentei acompanhá-los, mas estou evitando de qualquer maneira ser o foco de alguma roda de conversa. De repente, minha mãe chega.

— Mabel, te arrumei uma entrevista.

— Ah, não, mãe. Ah, não, você tá de brincadeira.

– Ué, menina, e eu lá tenho cara de quem brinca com um assunto importante desses?

– Eu não vou. Simples assim.

– Ah, mas você vai sim, senhora. Por acaso tá sobrando dinheiro na sua conta?

– Eu tenho um ano de salário sendo depositado. Dá pra me dar um pouco de paz?

Nessa hora, meu pai se intromete:

– Maria Isabel, esse dinheiro é para uma emergência, caso você não consiga arrumar algo. Não é para bancar suas férias. Nem eu nem sua mãe podemos ajudá-la se esse dinheiro acabar, e não é obrigação do seu irmão te sustentar. Ainda mais agora, com o casamento vindo.

– Eu sei, pai, eu sei. Mas acabou de acontecer, não faz nem dois meses que saí da empresa. Ainda tenho dez meses para me movimentar, precisa ser agora?

– Você precisa pegar o ritmo de fazer entrevistas. Pode ser que consiga de primeira, pode ser que leve um tempão. – Eu não contei a eles da primeira entrevista que fiz porque era capaz de a minha mãe rezar uma novena só para me ajudar. – Aproveite que você não quer essa vaga e vá apenas para treinar. Faça o máximo de entrevistas que puder, para se conhecer melhor, entender o que soa bem falar, ou que é melhor deixar de lado.

– Mas se não sei nem a área que eu quero, tô desperdiçando o tempo da pessoa e o meu.

– Esse que é o negócio: toda conversa é uma oportunidade de aprendizado. Vá conhecer as pessoas.

Minha mãe, no mesmo instante, diz:

– Vá fazer *networking*.

– Em Limeira, mãe? Quais as chances?

– As pessoas têm internet, Maria Isabel, podem ter amigos em outra cidade. Ou você acha que a gente passa o dia todo se comunicando por fax?

– Combinado, gente, eu vou. Se é para vocês ficarem felizes, eu faço esse esforço.

*

À NOITE, EU ME ENCONTRO com as meninas no ateliê de Ruli. Carol pediu alguns dias de *home office* no trabalho, e hoje vamos tomar um vinho e conversar. O espaço aqui é aberto e cheio de verde, uma delícia para se divertir e relaxar.

Carol está visivelmente abatida, mas espero ela mencionar o meu irmão. O pedido de casamento do Beto para a Dani viralizou e foi um dos vídeos mais compartilhados no Instagram na semana passada. Ele me contou que muita gente perguntou quem era a organizadora, e minha cunhada contou que fui eu, o que provavelmente deixou a Carol ainda mais irritada, mas ela não comentou nada. Minha amiga chega reclamando dos pais, que criticam seu ritmo insano de trabalho (e eles têm razão). Seu pai é francês, e conheceu a mãe dela em Salvador, em um carnaval. Apaixonaram-se, e ele pediu transferência para a filial da sua empresa que fica no interior; nove meses depois, nasceu a Carol. Acho que o fato de o relacionamento com Beto não ter dado certo tem muito a ver com a criação liberal que ela teve, diferente da nossa.

Ela e Beto começaram a namorar no Ensino Fundamental, e foi assim durante todo o Ensino Médio. Quando foi prestar vestibular, seu pai insistiu para que a Carol fosse para Paris, mas ela queria cursar Direito, então era inviável. O pai dela a incentivou a sair de casa para se tornar mais independente. Ela começou a morar com algumas meninas da faculdade e entrou no ritmo acelerado dos barzinhos e micaretas. Beto detestou um amigo novo que ela arrumou e pediu para a Carol não falar mais com o cara. Ela se recusou, disse que era livre para ser amiga de quem quisesse, e eles terminaram. Duas semanas depois, Carol beijou o tal amigo em uma cervejada, e os dois ficaram juntos por um ano e meio.

Beto ficou na fossa, semanas sem sair de casa. Ele teve que trancar a faculdade naquele semestre, porque não tinha a menor condição de estudar ou focar nada. Nessa época, eu fui morar em São Paulo para cuidar dele, e a Carol e eu brigamos feio. Ficamos cerca de três anos sem nos falar, e reatamos a amizade apenas quando ela se formou.

Foi a Ruli quem sofreu durante esse tempo, pois eu me recusava a frequentar qualquer lugar em que a Carol estivesse. Por ter um ateliê de alta-costura, ela sempre fez muitos eventos para reunir a mulherada, e eu sempre chegava no fim das festas. Ficava para ajudar com a faxina, mas me recusava a me magoar. O que Carol nunca entendeu é que quando terminou com Beto, de certa forma encerrou uma história comigo também e nunca nem me pediu desculpas por ter feito meu irmão sofrer daquela forma. Até hoje a Carol diz que é um exagero da minha parte, mas eu prefiro nem argumentar.

Ruli está com uma namorada nova, e louca para nos contar. Assim que chego, ela mostra as fotos da bióloga que roubou seu coração.

— E aí? Essa é pra valer?

— Acho que sim... Tão difícil conhecer alguém legal aqui no interior.

— Ruli, é difícil conhecer alguém legal em qualquer lugar. Mas tenho uma teoria: eu acho que a pessoa certa para mim está no mundo, em algum lugar, aprendendo tudo o que precisa para chegar até mim. Tudo tem um *timing* perfeito para acontecer, para as pessoas se encontrarem. Precisamos estar no mesmo momento de vida, querendo as mesmas coisas, e no mesmo lugar, para começarmos algo.

— Ela não é assumida.

— Nem você.

— Claro que sou, para os meus pais eu sou. Só não gosto de abrir minha vida para clientes, pois não quero que meu trabalho seja definido por isso.

— Por você ser a pessoa maravilhosa que é?

— Obrigada, amiga. Enfim, ela podia pelo menos se assumir para os pais.

— Acho que não se deve tirar ninguém do armário à força. Se ela é legal, vai vivendo. Uma hora as coisas acontecem naturalmente, Ruli.

— Já passei da fase de me esconder, sabe?

– Eu sei. Mas cada pessoa tem uma história de vida, e talvez esse assunto ainda esteja sendo processado internamente por ela. Respeite. Se tiver que ser, vai acontecer naturalmente com o tempo.

– E o Rodrigo? Como está?

– Estamos ótimos, nos falamos todos os dias. Pela primeira vez, eu acho que pode ser algo sério, diferente do que tínhamos antes.

– Não sei, Mabel... Acho essa história tão arriscada.

– Mas quantas certezas a gente tem na vida? Certeza é uma ilusão.

– Pode ser, mas, ainda assim, ele não começou um relacionamento com você estando com o coração totalmente livre. E começou sem terminar uma história com outra pessoa, com a energia dividida.

– Engraçado, mas eu não sinto nada disso quando estamos juntos.

– Não estou dizendo que ele não gosta de você. Estou dizendo que ainda não fechou o ciclo com a outra. Por exemplo, ele não pode ser protagonista no seu filme se ainda está atuando como protagonista em outro. Entende?

– Tem personagens que somem para depois voltar. O que eu sei é que estou feliz agora.

– E você, Carol? Não abriu a boca a noite toda – Ruli diz, se virando para Carol.

Ela começa a contar tudo o que aconteceu. O telefonema quando eu estava viajando, a bebedeira, e depois o noivado. Contou que isso a fez procurar uma terapeuta (fiquei chocada) e que está repensando tudo agora. Seu relacionamento com Otto, sua vida no Brasil e o vínculo com seus pais.

Parece que, de uma forma ou de outra, nós três estamos passando por momentos de grande mudança na vida. Nossa fiel escudeira, Sophie, é a única que está com a rotina mais estável, fazendo mestrado em Los Altos, na Califórnia.

Ela conheceu o marido quando foi fazer intercâmbio no Ensino Médio e eles namoraram virtualmente durante sete anos. Passaram por todas as fases tecnológicas: ICQ, Orkut, MSN... Depois que se formaram na faculdade, moraram por seis meses no Brasil, para o Nick aprender a falar português, e foram para os Estados Unidos. Eles têm dois filhos, o mais novo tem 6 meses. Às vezes, eu penso que ela deve achar os nossos problemas todos uma grande bobagem se comparados à maternidade. Porém vibra, torce por nós e morre de curiosidade das histórias (principalmente as sexuais).

– Carol, eu acho que você tá tentando, tá buscando ajuda, fazendo terapia e refletindo sobre suas escolhas.

– Eu sei, eu sei. Mas é que tinha uma sensação dentro de mim que sempre me dizia que, no final, eu ficaria com o Beto. E agora que essa certeza acabou, eu preciso me perguntar se é do Otto que eu gosto mesmo.

– Ele é um cara incrível, mas só você pode saber.

– E se eu não arrumar ninguém?

– Amor, com esse carisma, essa inteligência, essa cara de Meghan Markle e essa bunda, se você não arrumar alguém vai ser impossível eu arrumar, não é, Ruli?

– Carol, nunca te vi como uma pessoa dependente de relacionamentos. Você é tão bem resolvida, que medo bobo é esse?

– Talvez eu nunca tenha tido medo porque tinha essa certeza dentro de mim.

– Como as coisas estão no trabalho?

– Uma merda. Amo ser advogada, mas minha paciência está zero para tudo. Com essa jornada da Mabel de mudar de carreira, confesso que tenho refletido também. É sempre assim, né? Alguém muda ao nosso redor e sacode o grupo inteiro.

– É? Nunca reparei.

– Pode reparar. Tenho pensado também em pedir demissão e ir morar um tempo na França com a minha avó.

– Mas pensa em parar de trabalhar?

– Arrumar um bico, alguma coisa para me sustentar e ir viver um pouco a vida.

– Eu vou com você, amiga – digo sem pestanejar.

– Você tá falando sério?

– Bom, eu tenho o dinheiro e o tempo, só me falta o visto.

– Mabel, cai na real! Você está numa jornada diferente da Carol. Não começa a pirar e fugir dos seus problemas. Ela sabe do que gosta, só precisa de um tempo porque se afundou em trabalho ao longo dos anos. Você não tem ideia do que quer.

– Ruli, eu sei disso, mas, sinceramente, eu posso recomeçar em qualquer lugar do mundo, a única coisa que me prende aqui é o Ro...

– Até a namorada dele voltar, né?

– Pare com essa cisma, ele mudou.

– Gente, se o Beto se casar mesmo, eu vou para a França. Agora tenho uma dúvida: será que o procuro antes disso para ver se ainda temos alguma chance?

– Náoooo – respondemos em coro.

– Carol, não é porque não acabou para você que isso não chegou ao fim. Eu estava ao lado do Beto e te digo: ele viveu esse luto, agora é você que precisa viver.

– Mas eu vou sofrer.

– Vai se curar. Uma hora ou outra essa história precisa acabar.

*

NO DIA SEGUINTE, acordo e me arrumo para ir me encontrar com a Márcia, entrevistadora da Whirlpool. Eu chego cedo e pareço uma senhora de 60 anos com as roupas da minha mãe. Mas conversei com Beto e falamos sobre a importância de treinar, principalmente em momentos como esse, em que precisarei contar repetidas vezes porque saí do meu antigo emprego.

Eu me sento na recepção e pego o celular. São 10h32, dois minutos após o horário marcado, então devo ser chamada em breve. A vaga é de assistente executiva, não paga nem metade do que eu ganhava antes, mas não posso negar que o local é lindo, todo reformado. Alguns sofás de couro ocupam a recepção, onde ficam três recepcionistas em silêncio absoluto. Há uma grande movimentação de pessoas, a maioria de roupa social, para quem as recepcionistas sorriem, sem aumentar o tom de voz uma única vez. São pequenas coisas que nos mostram o nível de formalidade de um lugar, e aqui com certeza é um lugar bem formal.

São 10h45 e nada de alguém vir me chamar, ou me oferecer uma água. Eu me levanto e pergunto pela entrevistadora. A recepcionista sorri, tapa o telefone com uma das mãos e aponta para o sofá onde eu estava e diz:

– É só aguardar, ela está terminando uma reunião e vem em breve.

Já são 11h03 e sigo por aqui. Até agora ninguém veio me avisar o que está acontecendo. Não que tenha algo melhor a fazer, mas já estou começando a achar que é um desrespeito ficar esperando assim. Uma das coisas em que mais acredito é que a vida nos mostra sinais, e o que essa situação está me dizendo é que aqui ninguém se importa com o tempo do outro. Impressionante como eu nunca tinha notado isso, mas a gente pode saber muito de um lugar só de vivenciar situações como essa.

São 11h38 quando me levanto para ir embora. Absolutamente ninguém me pergunta aonde eu vou, ou me avisa se a tal da Márcia está para chegar.

Pego minha bolsa, coloco no ombro e saio em direção à porta.

– Maria Isabel? – Escuto alguém me chamar.

– Oi – respondo na maior má vontade do mundo, me virando para trás.

– Sou a Márcia. Vamos?

– Vamos.

Entro em uma sala pequena, com duas poltronas pretas de couro. Eu me sento na que dá de frente para a porta porque uma vez assisti num documentário que a pessoa de maior poder numa sala nunca está de costas para o local de entrada, sempre tem uma visão estratégica.

– Então, sua mãe me disse que você está louca para trabalhar conosco!

Começou bem, eu penso.

– Para ser sincera, estou começando a fazer entrevistas agora.

– Olha, nossa empresa é disputadíssima. Você teve sorte de essa vaga abrir este mês. Na verdade, uma das nossas funcionárias saiu de licença-maternidade e acabou sendo desligada.

– Durante a licença?

– Isso. Acabou acontecendo, sabe? Reestruturação.

– Nossa, que coisa horrível.

– Porém boa para você, né?

– Na verdade, não imagino uma mãe no puerpério tendo que receber uma notícia dessas.

– Ah, mas ela recebeu todos os benefícios.

– Sim, porque é lei, né?

– Mas me conte, sua experiência de mercado é enorme. Por que você saiu do seu antigo emprego sem ter nada em vista?

– Bem, eu... – digo e começo a olhar para as minhas mãos, suadas.

Logo de cara, a pergunta que eu não queria responder. Começo a passar as mãos nos meus joelhos para secá-las e vejo que meu esmalte da mão está descascando. Fecho as mãos rapidamente para que ela não perceba e não me ache descuidada.

– Foram alguns fatos que aconteceram – digo, sem saber o que falar.

– Como assim?

– Na verdade, o relacionamento se desgastou – respondo, pensando em todas as respostas genéricas que já ouvi sobre términos.

– Com o seu chefe?

– Sim, com ele.

– Mas não seria melhor ter procurado algo antes? – ela me pergunta, desconfiada.

– Bom, estou procurando agora.

– Mas como vou contratar você e confiar que não irá embora a qualquer momento, nos deixando na mão?

– Fiquei três anos no meu último emprego. Fui uma excelente profissional na vaga anterior também. Esse tipo de postura não costuma ser a minha, apenas aconteceu um desvio de rota.

Aqui estou eu. Tentando convencer uma mulher, que sem dó no coração demitiu uma puérpera, de que eu valho a pena, para uma vaga que eu claramente não quero, que paga mal e em uma empresa cuja cultura não combina com o que eu idealizo.

Impressionante como busco a aprovação das pessoas que me rejeitam, e eu não sei por que isso acontece. Realmente preciso treinar mais para vir a essas entrevistas, porque estou com raiva de mim antes mesmo de sair da sala.

– Bom, você tem conhecimento em Excel e pacote Windows?

– Tenho sim, e também em Workflow, Salesforce e SAP. Falo inglês fluentemente e um pouco de espanhol.

Jesus, Mabel, pare de se esforçar.

– Isso é incrível, uma profissional bem qualificada.

– Obrigada.

– Se você pudesse me contar um desafio que enfrentou com sucesso no seu último ano, qual seria?

Vomitar em público e vazar toda a lista de salários de um time será que conta?

– Ah. Participo de muitas negociações e sempre que consigo um bom acordo, considero uma vitória para o meu time – respondo, sem ânimo algum.

– Garota que gosta de gastar pouco. Gostei de você, Maria Isabel. Agora me conta algo que você precisa desenvolver em si mesma.

– Minha independência... Digamos que acho desafiador trabalhar em equipe – digo, sendo bem sincera.

Quem quer um funcionário que não sabe trabalhar em equipe?

– E o que você tem feito para melhorar?

Vazado a lista de salários da empresa?

– Tenho tentado me conhecer melhor.

– Tenho certeza de que aqui você vai melhorar esse ponto. Temos muitas reuniões, *happy hours*... Oportunidade perfeita para socializar.

– Que bom!

O que eu estou fazendo?????, penso.

– Então agora vamos falar de assuntos importantes: salário e carga horária.

– Posso fazer algumas perguntas antes?

Boa, Mabel, vá, retome as rédeas!

– Uau, não é comum os candidatos terem perguntas.

– Nem todo mundo se sente à vontade para perguntar as coisas. Você gosta de trabalhar aqui?

– Eu?! – pergunta ela, surpresa.

– Sim, você.

– Acho que, para o meu currículo, é muito bom. Uma empresa de renome e de peso. Não paga bem, mas é uma escola, oferece muito aprendizado.

– O ambiente é gostoso?

– O ambiente é isso que você está vendo. Uma correria louca, somos muito ocupados.

– Entendi.

– Você está aprovadíssima para a próxima fase! Te ligo para marcarmos a entrevista com o presidente.

Meu Deus. Nãooooooooooooo!

– Vou ser bem sincera, Márcia. Acho que talvez seja melhor você deixar essa vaga para alguém de Limeira mesmo. Será difícil eu voltar de São Paulo.

– Uma vaga como essa não aparece todo dia, mocinha.

– Ah, com certeza! Desejo sorte a quem aceitar – falo, já me levantando e alisando minha roupa.

Chego ao carro e a única certeza que eu tenho é de que preciso de terapia. Não que eu possa investir meu dinheiro agora em algum tratamento, mas... o que acabou de acontecer?

Pego meu caderno e volto à lista que criei no avião.

Essencial para minha vida – do que não posso abrir mão no trabalho?
- *Respeito;*
- *Local que tenha uma cultura colaborativa;*
- *Que eu me sinta à vontade, sem medo de errar;*
- *Acolhimento;*
- *Trabalhar perto de casa, ou trabalhar em casa.*

Do que posso abrir mão?
- *Emprego fixo – no momento;*
- *Ganhar bem – mesmo que uma empresa pague mal, se tiver um ambiente maravilhoso e possibilidade de crescimento, eu vou;*
- *Flexibilidade de horário.*

Em outra página, começo a escrever:

> *Busco aceitação de pessoas que me diminuem. Por que isso acontece? Acabei de sair de uma entrevista em que eu claramente não tinha interesse, que não se alinhava com nenhuma bússola interna minha, e mesmo assim, tentei a vaga.*
>
> *Ser aceita, de alguma forma, faz com que eu sinta que valho a pena. Que tenho valor. Mas por que preciso que alguém de fora me diga isso? Por que não posso dizer para mim mesma o quanto eu sou foda?*
>
> *Mas será que eu sou foda? Sou uma desempregada, sentada em um carro, suando em uma roupa emprestada. Não tenho um namorado só meu e, sinceramente, não tenho grandes planos de futuro. No único emprego em que eu era boa, eu estraguei tudo.*

Pronto. É isso. Eu perdi a única oportunidade boa da minha vida porque errei. Fui burra, preguiçosa e não valorizei tudo de bom que eu tinha: vida em Nova York, muitas viagens, dinheiro na conta todo mês... e estraguei tudo. Estraguei a única coisa que eu tinha. Sinto as lágrimas escorrendo pelo meu rosto. Sei que não era feliz lá, muito pelo contrário, mas era tudo que eu tinha. No mesmo instante, seguro o caderno em pé, e o cartão de Nate cai no chão do carro. Seguro, e meus olhos vão diretamente para a frase final: "As grandes protagonistas nunca são vítimas". Ah, Nate, até de longe, e nos piores momentos, você me ensina.

Ele tem razão quando diz isso, mas, convenhamos, é muito mais fácil ser vítima do que protagonista. Protagonismo requer sair da zona de conforto, e eu sou péssima nisso. Péssima mesmo. Se bem que eu nem deveria chamar o que estou vivendo de zona de conforto, porque estou tudo, menos confortável com a minha vida. Quando imaginei que estaria hoje, dentro de um carro em Limeira, chorando e colocando no pedestal um trabalho que eu odiava? Que bosta de zona de conforto é essa?

Sinto, no fundo do meu coração, que estou destinada a mais. Não é possível que eu tenha nascido só para pagar contas e me foder. Deve ter algo nesse mundo que nasci para fazer, alguém que eu precise ajudar. Ao mesmo tempo que tenho muita fé no destino, não confiar em mim me deixa sem fé nenhuma.

Eu preciso de um plano, é isso. Mas como saber para onde ir, quando eu não gosto de nada? Será que tenho que me candidatar para todas as vagas do mundo e esperar um milagre? Talvez seja uma opção. Eu me recordo da mulher me chamando de "profissional bem qualificada" e isso me irrita. Se as pessoas reconhecem que sou boa, por que eu mesma não posso reconhecer?

Simples: eu vejo minha vida sem edição. Vejo todos os erros, pensamentos bobos e defeitos. Eu me tornei especialista em julgar todos os meus defeitos e não vejo nenhuma das minhas qualidades. Talvez porque elas não sejam tão chamativas quanto o que tenho de ruim. Será que nunca fiz nada de bom?

Será mesmo? Pego o meu caderno e faço uma lista.

Conquistas — coisas que eu consegui:
1. Aprendi inglês;
2. Consegui diversos empregos sem a ajuda dos meus pais ou amigos;
3. Me formei na escola;
4. Me formei na faculdade;
5. Tirei carteira de motorista;
6. Viajei para fora do país diversas vezes;
7. Fui promovida;
8. Consegui independência financeira;
9. Sou uma excelente profissional, quando eu quero;
10. Sou uma boa amiga;
11. Comprei meu carro;
12. Aprendi a pedir desculpas, deixar o rancor de lado;
13. Aprendi a esquiar sozinha;
14. Superei todos os pés na bunda que levei;
15. Busco a evolução pessoal diariamente;
16. Tive coragem de me retirar de uma entrevista e de uma situação em que não estava sendo valorizada e respeitada.

Só de escrever essa lista, eu já me sinto melhor. Até que não sou de se jogar fora, só preciso me lembrar disso mais vezes. Agora... como me lembrar? Grande parte do tempo fico pensando que não sou boa o suficiente... Será que usando a escrita eu consigo me ajudar?

Volto à minha lista de sonhos e a releio. Como vou conseguir realizá-los? Começo a ler novamente o caderno inteiro e crio outra lista.

> Empregos que combinam com o PERFECT JOB:
> - Decoração de ambientes — criar universos para as pessoas;
> - Marketing — gerar desejo de consumo;
> - Criação de produtos;
> - Assistente executiva — parte de conciliação;
> - Planejamento estratégico — organização;
> - Recursos Humanos — parte de cultura;
> - Algum trabalho em uma startup — ambiente informal;
> - Empresas com uma cultura colaborativa;
> - Planejamento de eventos;
> - Escritora;
> - Ser freelancer — trabalho remoto;
> - Empresas de branding, de Relações Públicas.

Se eu fosse uma protagonista e tivesse certeza de que tudo vai dar certo no final, qual eu escolheria? Amo a ideia de planejamento de eventos, porque envolve criar universos e a parte de organização, que eu amo, mas não me permitiria trabalhar de qualquer lugar e eu ficaria muito presa durante os finais de semana.

Amaria trabalhar na criação de produtos, mas, sinceramente, não quero fazer uma faculdade nova, e não levo o menor jeito desenhando.

Adoraria criar universos para as pessoas por meio da decoração, mas não sei se gostaria de atender os clientes diretamente, lidar com suas frustrações e ter que resolver perrengues com fornecedores.

Talvez a escrita fosse muito legal, já que posso trabalhar de qualquer lugar, amaria criar universos novos e ter a liberdade de criar o mundo que eu quiser. Mas como faria alguém comprar o meu livro? Nunca escrevi uma página e, do nada, viro escritora? Deve ser muito complicado.

Acho que gosto da parte de ser assistente executiva, gosto de estar no poder e no controle, mas eu teria que admirar muuuuito o meu chefe. Ainda assim, acredito que prefiro um trabalho criativo.

Ligo para a Carol no FaceTime:

— Amiga, quer saber quando a gente chega ao fundo do poço?

— Quando seu ex vai se casar e você só pensa nisso?

— Não. Pior. Quando você tem uma crise de choro no estacionamento do local de uma entrevista de trabalho que odiou, usando as roupas da sua mãe.

— Tá bom, você tem a minha atenção.

— Por um lado foi bom. Peguei meu Caderno da Jornada mais uma vez.

— Que bom, Mabes, tava torcendo pra você voltar a se animar. E o que descobriu sobre si?

Leio para ela toda a lista, e vou explicando o porquê de cada carreira.

— E aí? O que acha? Alguma se parece comigo?

— Nossa, eu amaria trabalhar com eventos.

— Você? Jura? Mas você ama o Direito.

— Eu amo, mas também gostaria de um pouco de harmonia. Meu trabalho é sempre guerra, só pepino pra resolver.

— Mas você não se incomodaria de trabalhar aos finais de semana?

— Talvez sim. Ou eu poderia pegar apenas eventos durante a semana, ué.

— Queria criar universos para as pessoas, tirá-las um pouco da realidade. Melhorar o dia de alguém, sabe?

— Você vive repetindo isso. Me explica um pouco melhor.

— Ai, Carol... A vida toda eu sonhei. Sonhei com uma vida diferente, sonhei em realizar tantos planos, e nunca me mexi. Antes, não conseguia realizar porque minha família não tinha recursos. Depois, porque me faltou coragem e confiança. Me sinto muito coadjuvante da minha própria vida, se é que isso é possível. Então, eu sonho. Penso em vidas que seriam mais legais que a minha. Parece um pouco mágico, sabe? Poder deixar as pessoas entrarem em vidas que elas nunca imaginaram.

— Mabel, e se você fizesse isso? Criasse situações inimagináveis?

— Como assim?

— Sei lá. Tô pensando aqui com você. E se você se especializasse em produção? Construísse cenários para as pessoas viverem momentos únicos.

— Tipo um pedido de casamento?

— Pode ser. Ou a pessoa te contrata para que você a ajude a realizar o sonho de alguém.

— Mas daí eu caio em eventos novamente.

— E se você criasse os projetos e colocasse outra pessoa para executar?

— Ah, mas eu não sei desenhar, não sei mexer nesses programas de computador.

— Aprende, ué, ou contrata alguém que saiba.

— Acho que ainda não é isso... é na área de criatividade, mas não é isso.

— E presentes personalizados?

— Eu gosto, mas seria algo tão único que nunca conseguiria delegar, ou ter ajuda.

— Você que pensa. Dá pra ter ajuda, e dá pra delegar.

— Não precisa ser algo grande, só quero ser muito feliz fazendo, sabe? Sem chefe.

— Você está traumatizada com o César, mas nem todo chefe é mau.

— Eu sei, é que essa experiência foi muito ruim.

— Você quer vender um produto ou um serviço?

— Acho que todo produto presta um serviço, você não acha?

— Como assim?

— Uma cadeira presta o serviço pra você se sentar. Uma caneta presta o serviço de contar uma história. Vi isso em um TED Talk sobre *Design Thinking*. Faz sentido?

— Mais ou menos. Meio viagem, mas entendi.

— Basicamente tudo pode ser visto como um serviço.

– E como você pode prestar o serviço de proporcionar um universo novo para as pessoas?

– Só penso nesses que eu falei. Mas todos têm um contra.

– Tudo na vida vai ter um contra.

– E como você está? Com o Beto, e tudo mais.

– Péssima. Não tenho do que reclamar da minha vida, tenho um namorado que me adora, nunca ganhei tão bem, e ao mesmo tempo nunca estive tão infeliz.

– Vá para Paris, amiga. Vá recomeçar a sua vida.

– Vou largar esse emprego e abrir um negócio com você, isso sim. Topa?

– Se eu achasse que seu lugar é aqui, eu toparia. Mas, sinceramente, não acho. Quem sabe a gente abre algo mais pra frente?

– Sério, estamos no fundo do poço, hein, amiga?

– Eu não acho. Vejo como um momento de virada. Sabe quando, nos filmes, a pessoa fica na pior? Nesses momentos que acontecem grandes coisas, e é aí que a vida muda.

– Você realmente acha que nossa vida vai melhorar?

– Carol, eu não costumo ser a otimista entre nós duas, mas de algo eu tenho certeza: pior que tá, não dá pra ficar.

9

Suco verde e paz

CHEGO A SÃO PAULO e encontro com Dani e Beto em casa. Ela está com uma pasta em cima da mesa, e logo me chama para ver as coisas do casamento, que deve acontecer na praia, só não conseguiram decidir em qual.

— Sempre achei lindo casar fora do país. O que você acha, amor?

— Acho que meus pais não têm nem passaporte, fica um pouco inviável.

— Mas, gente, é só tirar.

— Eu sei, meu amor, só digo que é bem fora da realidade deles. A primeira vez que vão sair do país é para ir no casamento do filho? Não vão conseguir falar com os garçons, com o pessoal do hotel, e não vou poder ficar por perto para ajudar.

— A Mabel fica, ué.

Olho para o meu irmão e apenas reviro os olhos assim que escuto.

— Por que vocês não se casam em Ilhabela? Tanta gente bacana casa lá.

— Ai, é muito comum. Quero algo diferente. Aliás, por falar em diferente, trouxe umas roupas que ganhei para ver se você quer algo, Mabel.

— Mas, Dani, nada que você usa me serve.

— Tem umas coisas maiores, tipo tamanho 40. Dá uma olhada, deixei no seu quarto.

Agradeço com a plena consciência de que visto 46 e sei que ela sabe disso. Agora não sei se faz isso para agradar meu irmão, ou se para debochar de mim. Seja como for, eu deixo passar. Estou evitando conflitos e focando a minha energia somente no que importa: meu desenvolvimento pessoal.

– Dani, você é feliz no seu trabalho de *influencer*, não é?

– Sou sim, super.

– E como você descobriu que era isso que queria fazer?

– Na verdade, eu comecei a compartilhar a minha vida, e percebi que as pessoas tinham interesse, aí a coisa foi crescendo naturalmente.

– Você nunca teve vergonha?

– De quê?

– De se expor, de dar a cara a tapa. Ou medo de ser cancelada.

– Já fui cancelada algumas vezes, no trabalho e na vida. Mas eu sabia que esse era um risco que correria, se quisesse realizar o meu sonho.

– Qual é o seu sonho?

– Gosto de contar as novidades para as pessoas, mostrar o que está rolando no mundo da moda e da alimentação. Gosto de descobrir algo novo e compartilhar com a minha comunidade, gosto que marcas cresçam graças ao meu trabalho. Gosto de saber que uma pequena empreendedora esgotou o estoque por causa de um *post* que eu fiz.

– Mas como sabia que alguém ia querer te contratar? No começo você não tinha insegurança?

– Claro, eu fiquei uns três anos fazendo isso de graça. Primeiro falava dos produtos que eu comprava. Depois comecei a falar dos produtos que eu ganhava, só numa terceira etapa as marcas começaram a me pagar. Primeiro tive que construir a minha comunidade, depois mostrar serviço e aí comecei a cobrar por isso.

– Nossa, três anos sem ganhar?

– Eu trabalhava numa loja na época, e acabava vendendo muita coisa deles por postar nos *stories*. Aí comecei a crescer em seguidores e a coisa foi indo.

– Nunca pensei que alguém pudesse fazer um trabalho de graça por três anos.

– Eu fazia *dupla jornada*. Trabalhava como vendedora, e depois chegava em casa e gravava meus vídeos para postar no dia seguinte.

– Talvez seja um caminho para mim, a dupla jornada. Enquanto não descubro o que quero.

– Olha, Mabel, sei que não somos próximas, mas, se me permitir, eu vou falar.

– Claro.

– Não fique com os pés em dois barcos. Você tem uma oportunidade única agora, que é uma estabilidade financeira por mais alguns meses. Dedique-se a descobrir o que você quer. Faça disso um trabalho. Acorde cedo, coloque uma roupa diferente, sente-se em frente ao seu computador e pesquise. Leia sobre tudo o que te interessar. Porque se entrar em outro trabalho agora, até pegar o ritmo já se passaram seis meses e você nem pensou mais em si.

– Tem razão. Preciso encarar a busca pelo que realmente quero fazer da vida como um trabalho em tempo integral. Mais uma dúvida... Você considera um peso ser a protagonista do seu trabalho o tempo todo?

– Às vezes, sim. Mas eu estou viva, vivendo um dia após o outro. Melhor ser protagonista do que coadjuvante, né?

Mal sabe ela como aquilo me tocou. Eu preferindo ser a coadjuvante durante uma vida toda, e ela optando por ser a protagonista. Talvez o que me irrite tanto na Dani é que ela tem uma coragem de ser ela mesma que profissionalmente eu não tenho. Ou pelo menos não tinha.

*

NO DIA SEGUINTE, eu acordo assim que o despertador toca, às 6 horas da manhã. Tomo um banho, faço uma maquiagem maravilhosa, das que só eu sei fazer, e me arrumo. Coloco um vestido, um sapato de salto alto e vou para a varanda trabalhar no meu projeto.

Se estou considerando trabalhar em alguma dessas áreas, preciso conversar com pessoas que entendam de cada mercado.

Abro meu grupo Bastidores e pergunto:

Mabel: Meninas, tô pesquisando algumas carreiras e queria conversar com algumas pessoas que: sejam freelancers (qualquer trabalho remoto), planejem eventos, vivam da escrita e trabalhem com branding.

Sophie: Oi, Mabes, tenho uma amiga que planeja casamentos e uma amiga roteirista. Vou te passar os contatos.

Ruli: Tenho duas amigas designers freelancers com quem você pode conversar.

(Compartilhamento de contato)

Carol: Tenho uma amiga que conecta marcas a influenciadores, pode ser?

Mabel: Nossa, parece legal, pode sim. Obrigada, meus amores.

(Compartilhamento de contato)

Abro o *chat* e escrevo uma mensagem genérica:

Oi,

Sou amiga da Sophie, ela me passou o seu contato. Me chamo Mabel e queria conversar com alguém que trabalha na sua área, porque estou em um momento de repensar a minha carreira e gostaria de tirar algumas dúvidas sobre o seu mercado de atuação. Topa tomar um café ou fazer um Zoom?

Um beijo, obrigada.

Envio as mensagens e, em poucas horas, tenho todos os encontros agendados. É impressionante o poder do universo quando a gente começa a se mexer.

Meu primeiro papo é com a amiga da Sophie que organiza casamentos. Nos primeiros trinta minutos de papo, ela atende a mesma noiva três vezes ao telefone, que está tendo um surto por causa do tecido de uma toalha que está em falta e, na hora, tenho certeza de que eu não teria o jogo de cintura, muito menos a paciência que ela tem.

Meu segundo encontro é com Alexa, a amiga da Sophie que escreve roteiros para uma agência de publicidade. Marcamos numa frutaria para tomar um suco e conversar. Chego um pouco antes e peço um suco verde. Alexa entra vestindo um quimono lilás por cima de um jeans e uma regatinha branca. Reconheço pela foto do WhatsApp e aceno de longe. Como é estranho encontrar com quem não conhecemos. Acho que nunca me cadastrei em aplicativos de namoro justamente por conta desse momento estranho em que você vai se sentar com um completo desconhecido para conversar. Considero a troca de energia a conexão mais poderosa que existe, e é difícil nos conectarmos quando estamos tensas, ou com a guarda alta. Ela caminha pelo restaurante calmamente, e logo que me vê abre um sorriso enorme. Sabe aquele tipo de pessoa que ilumina o ambiente? Já gosto logo de cara.

Damos um abraço rápido e ela apoia a bolsa na cadeira ao lado dela. Começa a me contar do ritmo louco que é trabalhar em uma agência, e pergunta como eu estou.

— Desculpe estar um pouco acelerada, mas preciso esperar a adrenalina baixar. Acabei de fazer uma grande apresentação, que foi um sucesso, o cliente amou!

— Parabéns! Que máximo. Mas você não parece nada acelerada, fique tranquila.

— Costumo ser mais calma que isso, você vai ver. Agora me conte sobre você.

Falo da minha vontade de criar universos, e ela me entende na hora. Conta da sua vontade inicial de ser roteirista de Hollywood e refletimos sobre como a vida acontece enquanto estamos fazendo outros planos.

— O problema é que só tenho ideias, nunca me sentei para escrever nada.

— Olha, se você for esperar a criatividade vir, nunca vai escrever mesmo. Se tem uma coisa que aprendi com anos sendo roteirista, é que a escrita envolve disciplina, prática e absorção de conteúdo. Os melhores escritores são os que mais leem livros — e não necessariamente precisa ser sobre o seu tema, viu? Apenas leia, veja o que está rolando por aí.

— O último livro que li foi *Grande Magia*, da Liz Gilbert, mas já faz muito tempo. Confesso que andava tão acomodada na minha antiga vida, que abandonei até as coisas que gostava de fazer. Impressionante como é fácil se largar.

— Opa, e como! O compromisso mais difícil é com nós mesmos, mas é também o mais importante. Você tem que entender também sobre *homeostase*.

– O que é isso?

– Nosso corpo busca funcionar sempre de maneira igual. Toda vez que tentamos mudar algo no nosso comportamento ou na nossa rotina, a homeostase "força" o corpo a voltar ao equilíbrio antigo. Por isso hábitos são tão difíceis de mudar.

– Ah, por isso que precisamos de 21 dias, né?

– Sinceramente, eu não acredito nisso. Acho que fórmulas servem para vender livros. O que vejo é que leva um tempo para que o novo comportamento se torne normal. A bolha precisa ser furada. Se vários pensamentos negativos vêm, provavelmente são para te proteger do desequilíbrio. Não sou nenhuma *expert* no assunto, mas quando ouvi sobre isso, fez muito sentido pra mim.

– Nossa, sinto muita dificuldade em mudar.

– Você e a grande maioria das pessoas. Entenda que isso não é uma falha sua, e sim o seu organismo tentando manter o ritmo padrão. Algo que ocorre com os seres humanos de forma geral, não é uma falha específica da Mabel. Faz sentido?

– Muito. Nossa, tô me sentindo melhor agora. Acreditando um pouquinho mais no meu potencial.

– A confiança também vem de comprovarmos nossa capacidade de fazer as coisas. Quanto mais você se propõe e realiza, mais você confia na sua capacidade.

– Nossa, então deve ser por isso que não confio em mim, no meu taco.

– Pode ser. O que você tem se proposto e realizado?

– Quase nada, sinceramente. Sonho muito. Por exemplo, gostaria de oferecer algo legal às pessoas, surpreender, talvez até mesmo empreender, mas não faço isso.

– Você tem medo de falhar?

– Não é nem medo de falhar, eu apenas queria que as coisas já estivessem acontecendo. Ou que pelo menos pudesse contratar alguém para me ajudar a fazer acontecer. Só que minha grana tá contada pelo próximo ano.

– Geração do imediatismo, é desse mal que sofremos.

– Como assim?

— Nós temos tudo prontamente e com facilidade na palma das mãos. Não precisamos esperar por nada. Queremos falar com alguém? WhatsApp. Queremos comer algo? Inúmeros aplicativos de *delivery*. Temos uma dúvida? Google. Acabamos perdendo o costume de passar pelos processos, de esperar e construir.

— Nossa, faz muito sentido.

— A vida nada mais é do que uma eterna construção. Se você pula as etapas, pula os aprendizados, pula o amadurecimento.

— Sabe que sinto isso em relação a cozinhar? Mais fácil pedir comida que já chega pronta do que olhar a receita, comprar os ingredientes, esperar assar algo...

— Sim, estamos poupando tempo, mas estamos também perdendo um hábito muito importante: o da construção. Não espere uma carreira meteórica, busque uma construção sólida.

— Mas eu estou no ponto zero. Ou melhor, abaixo do zero, já que nem saber o que quero eu sei.

— Mas quando você encontrar o que quer, a jornada será prazerosa. Isso se você não focar apenas os ganhos ou conquistas. Entende? A vida acontece todo dia em que você trabalha, não quando o salário cai na conta.

— Uma vez assisti a um TED do monge Matthieu Ricard que explica que a felicidade é um estado, o prazer é um momento e tem limite. Podemos ter o prazer de comer um bolo, mas se comermos demais, enjoamos. Ou o prazer de ficar perto do fogo, mas se chegarmos perto demais, nos queimamos. Você está falando do pico de felicidade de quando o dinheiro cai na conta. Que dura minutos, e depois voltamos à vida normal.

— Isso. Você chegou ao ponto. As pessoas buscam viver somente prazeres momentâneos, não se preocupam em criar uma jornada que traga um sentimento de construção e evolução constantes.

— Vim pedir um conselho de carreira e ganhei uma aula de vida. Nossa, Alexa, muito obrigada. Queria te fazer um convite.

— Oba! Diga!

— Você topa ser minha mentora?

— Claro que topo! Será um prazer e uma honra te acompanhar.

– Mas eu não posso te pagar.

– Jamais cobraria por isso. Sou mentora de algumas pessoas da agência, e acredito que é minha contribuição para o universo. Quando trabalhamos na energia da evolução, evoluímos junto.

Concordo e agradeço demais.

– Então, qual é a primeira dica que você me dá?

– Se quer construir universos, sabemos que pode ser em diversas áreas. Mas precisamos trabalhar a sua criatividade. Tem um livro bem legal que se chama *O Caminho do Artista*, e ele passa duas tarefas que considero importantes. A primeira é: escreva diariamente três páginas sobre qualquer assunto. Deixe o pensamento fluir e apenas escreva para trabalhar o fluxo de pensamentos. A segunda tarefa é: separe um dia da semana para consumir criatividade. Ir a museus, teatros e galerias. Também se atente aos seus processos internos e à sua possível resistência. Abrace-a e entenda que é normal, algo do organismo. Não quer dizer que você não deseja o suficiente, apenas precisa furar a bolha.

– Combinado.

Eu entro no carro, pego meu caderno e começo a escrever sem parar. Que encontro maravilhoso! Durante grande parte da minha vida, achei que minha resistência a mudanças era um defeito meu, não algo normal. Quando dizem que só olhamos para o nosso umbigo, é a mais pura verdade. Esquecemos que algumas coisas também podem ser desafiadoras para os que estão ao nosso redor, só não temos o costume de falar a respeito.

Meu celular toca, e é uma mensagem de Rodrigo. Temos nos falado quase todos os dias, e ele tem acompanhado essa reviravolta que eu chamo de vida. Confesso que estou gostando de ter com quem compartilhar essa fase, trocar afeto e receber atenção. É muito difícil me entregar sabendo do risco que existe de ele voltar com a tal da namorada, mas... Por que não dar uma chance para viver um amor?

Meu irmão e Dani foram passar o final de semana com alguns amigos chiques na Fazenda Boa Vista, um condomínio que fica numa cidade próxima a São Paulo, então tenho a casa toda para mim. Ou melhor, a gente tem. O Rô mora com um amigo e quase nunca me leva lá, o que não me incomoda, porque acho a casa dele bem bagunçada, nem mesa de cabeceira tem. Acabamos ficando mais no meu canto, e eu gosto disso.

— Como foi sua semana? – ele quer saber.

— Foi cheia de aprendizados, de *insights*. O universo mexendo os pauzinhos para me ensinar algumas coisas. E a sua?

— Foi ótima. Fiz algumas entregas de projetos, saí com uns amigos.

— Saiu?! – falei, me arrependendo no mesmo instante.

— *Ihhh...* Tá com ciúmes, Bel?

— Eu? Claro que não! É que nos falamos todos os dias, e você não mencionou nada de sair com seus amigos, fiquei surpresa, só isso.

— Um amigo estava dando um jantar e me falou para passar lá. Vamos pedir o quê?

— Na verdade, hoje eu queria cozinhar. Topa? O mercado é tão pertinho, podíamos comprar os ingredientes e conversar enquanto preparamos. Um risoto com uma carne, o que acha? Aprender a curtir os processos, é disso que preciso.

— Acho uma delícia, mas antes quero você – ele diz, me puxando para perto, e sinto minhas pernas enfraquecerem.

Começamos a nos beijar e ele coloca a mão por dentro da minha calça. Mal começamos e eu já estou completamente molhada. Rodrigo sente, dá um sorrisinho e abaixa a minha calça. Ele me deita no chão da sala, onde estávamos conversando, e sinto a madeira de demolição completamente desigual raspar em minha pele. Os pés das cadeiras da mesa de jantar estão próximos a minha cabeça e é para onde jogo minha calcinha assim que a tiro.

Rodrigo começa a cheirar o meu pescoço e a minha boca, me puxando e me beijando com força. Tiro sua camiseta e passo a mão no seu peito bronzeado e bem definido. Ele já me disse algumas vezes que odeia falar do período que foi para o Exército, mas não posso deixar de achar que fez um bem danado ao seu corpo.

Aperto seus braços, que estão apoiados no chão e ainda mais definidos pela força do seu corpo. Cravo minhas unhas com força, olho em seus olhos, e nos beijamos. Sinto seu pau duro na minha virilha e coloco a mão em sua calça para abri-la. Puxo o zíper para baixo, coloco-o para fora, e Rodrigo põe a camisinha enquanto apoio minha perna direita em cima do seu ombro. Ele fica de cócoras, coloca seu pau para baixo e começa a me comer com força. E olha em meus olhos como ninguém nunca olhou, sinto o suor do seu rosto pingar no meu. Ele vai cada vez mais rápido, mas para de repente, colocando o pau para fora e batendo-o na minha virilha para acalmar o ritmo.

Ele para um pouco, sai de cima de mim e fica me olhando sem parar. Começa a chupar meu peito e a me masturbar ao mesmo tempo.

— Eu quero que você goze primeiro.

— Vamos juntos?

— Não quero. Quero você, sua cachorra.

Eu dou uma risadinha e me concentro em aproveitar. Adoro quando falamos baixaria na cama, mas toda vez que ele fala a palavra "cachorra", eu tenho vontade de rir, porque ele coloca um acento que não existe, e sai como "cachórra". Detesto erros de português, mas como ele é muito bom de cama, não me apego a isso.

Quando sinto que estou quase gozando, eu trato de avisá-lo e apoio novamente minha perna em seu ombro. Ficamos em um ritmo rápido e sincronizado, até que ele para e deita seu corpo em cima do meu, me beijando. Gozamos.

*

APÓS UM BOM BANHO, chegamos ao mercado, e vou direto procurar arroz arbóreo para o risoto. Pensei em fazer algo com queijo *brie* e uva verde, que ficaria uma delícia. De repente, Rodrigo some. Começo a procurá-lo, de um lado para o outro, e o vejo conversando com uma mulher mais velha, muito bonita.

Eu me aproximo, ele me vê, mas não me apresenta. Ignora completamente a minha presença até o momento que a senhora se vira em minha direção.

— Vocês estão juntos?

— Sim — respondo.

— Não — ele responde ao mesmo tempo. — Digo, sim. Essa é a Mabel, uma amiga minha. Mabel, essa é a Vera, minha sogra.

Sinto um refluxo, uma vontade louca de vomitar. E agora, o que eu faço?

— Oi, Mabel, tudo bem? — diz ela, me estendendo a mão. — Você é amiga do Rodrigo?

— Mais ou menos isso. Tudo bem?

— Tudo melhor agora. Nossa menina está voltando, hein, Rodrigo? Você conhece a Andreia, Mabel?

— Hum, não, ainda não.

— Então de onde vocês se conhecem?

— Amigos em comum.

— Vocês estão aqui sozinhos?

— Estamos, sogra, nós vamos assistir a um jogo na casa de alguns amigos. Ficamos responsáveis pela comida.

Ela olha para dentro da minha cesta e diz:

— Vão fazer risoto para assistir ao jogo? Que romântico.

Eu sei, ela sabe, nós todos sabemos. Essa situação é humilhante e não tenho mais o que fazer, além de ir embora. Vou dizer o quê? Rodrigo mesmo já estabeleceu meu papel em sua vida quando me apresentou como amiga.

— Licença, vou acabar de pegar o restante das coisas. Rodrigo, te vejo no caixa? — pergunto, olhando para ele. — Muito prazer, senhora.

— Tchau, tchau! Depois pede para o Rodrigo te levar na nossa casa para você conhecer a Deia. Vem, Rô, vamos mandar uma foto nossa para ela, que está morrendo de saudades suas.

Eu me viro e tenho vontade de chorar. Tenho vontade de jogar as compras no chão e ir embora. A minha vontade é nunca mais olhar para a cara dele, mas eu sempre soube da verdade. Ele nunca mentiu, nunca disse que tinham cortado relações. Mas, à medida que fomos nos aproximando, achei que era comigo que ele ia ficar. Aparentemente, nossa relação está com o fim mais marcado do que eu poderia imaginar.

Paro em frente ao *freezer* de sorvetes, apoio a cestinha e fico olhando para o nada, me colocando a pensar em tudo o que acabou de acontecer.

— Bel?

— Oi.

— Desculpe, eu... não sabia o que falar.

— Ela está voltando, então?

— Está.

— E você já tomou a sua decisão?

— Bel... não fala assim. É mais complicado do que parece. Eu adoro você, adoro o que temos, a nossa química.

— Mas...?

— Mas eu ainda não tomei a minha decisão.

— Você disse que eu devia te dar uma chance, para você entrar na minha vida.

— Sim, eu sei exatamente o que eu disse.

— Você entrou e agora bagunçou tudo. Você está me magoando.

— Me desculpe, mas eu gosto de você. Não consigo pensar em não te ver, em não te beijar. É que, com ela, eu tenho uma história de anos, envolve família, é muito mais complicado. Os pais dela me consideram da família.

— Sim, mas os namoros acabam, isso é normal. Vocês não seriam o primeiro casal da história a se separar.

— Mabel, não faz isso.

— Isso o quê?

— Não me coloca contra a parede.

— Eu não estou te colocando contra nada. Estou apenas sendo prática: namoros acabam.

— Vamos esquecer tudo isso e curtir a nossa noite?

— Sinceramente, eu não consigo. Prefiro que você vá embora e me procure quando escolher. Se eu ainda estiver disponível, nos falamos.

— Você quer que eu vá embora agora?

— Sim, porque não quero me envolver mais. Estou fora dessa, agora a bola está com você.

Eu o vejo partir e me ponho a chorar. Apoio a cesta no chão e saio, descendo a rua para ele não me encontrar.

10

Brigadeiro

AS ÚLTIMAS SEMANAS têm sido de muita reflexão. Agora não tenho emprego, sem o Rodrigo e sem nada. Já engordei uns seis quilos desde que eu fui demitida e, sinceramente, não consigo e não quero parar de comer.

Desde que conversei com a Alexa, eu fico pensando no quanto já me esforcei na vida para fazer algo só meu, ou para realizar um plano. Profissionalmente as coisas aconteceram, e eu deixei. Amorosamente, agora, as coisas pareciam estar se encaixando, com a coragem para me entregar. De resto, nunca tive grandes ambições. Sempre fui consumista, gostava de ganhar dinheiro para gastar, mas isso é tudo.

Pensar no que eu quero para o meu futuro é algo novo, mas tem sido basicamente o que faço durante o dia. Fico horas olhando vagas no LinkedIn e pensando se elas se encaixam com o que tenho visto que gosto de fazer. *As perguntas que me faço são:*

- Quais das minhas bússolas internas vou atender?
- O que sei fazer bem que poderei usar aqui?
- Qual impacto vou causar nas pessoas?
- O que me fará feliz nesse emprego?
- Tenho chance de crescer profissionalmente? Qual será meu futuro aqui?
- Esse futuro me agrada?
- Do que terei que abrir mão?
- A cultura da empresa tem a ver comigo?
- Financeiramente, vale a pena?

Mas é claro, nem sempre consigo responder. Muitas empresas têm uma cultura no site, e outra na vida real. Tenho entrado bastante nesses sites em que o funcionário pode colocar um *feedback* anônimo, e a maioria me decepciona.

Já descobri que o que eu chamo de bússolas, as empresas chamam de valores. Li outro dia em um *post* no LinkedIn que os valores funcionam como uma escada rolante. Eles sempre estão ali, mas cada hora um está no topo, pedindo atenção. Então, aquela percepção de que estamos sempre querendo mais, eu vejo hoje como atenção às necessidades do momento.

Tenho muita dificuldade de me imaginar por mais de cinco anos em qualquer uma das empresas que eu pesquiso. Tenho, dentro de mim, essa vontade de ser livre e fazer as coisas no meu próprio ritmo. *Onde eu gostaria de estar em um, três e cinco anos?* Pego meu Caderno da Jornada e anoto:

1 ANO
- Empregada em um lugar legal;
- Morando sozinha — já que não poderei mais morar com Beto;
- Praticando algum esporte;
- Namorando alguém bacana;
- Fazendo terapia.

3 ANOS
- Morando fora do país;
- Transferida pela empresa;
- Trabalhando com criatividade;
- Morando com alguém;
- Tendo guardado 100k ou mais.

5 ANOS
- Casada;
- Diretora de algum cargo de criatividade;

- *Tendo guardado 500k ou mais;*
- *Tendo conhecido Cuba e Tailândia;*
- *Comprando uma casa própria.*

Está na hora de começar a avisar os meus contatos que estou em busca de algo. Acho que estou pronta para mudar meu *status* no LinkedIn e encarar o mundo de frente.

Então, coloco meu vestido mais bonito, passo meu batom vermelho preferido da linha da Bruna Tavares e me sento para escrever o *post* que vai mudar o rumo da minha *timeline*.

> Amigos do LinkedIn,
> Na vida, vivemos muitos ciclos e, recentemente, o meu ciclo profissional na empresa Future chegou ao fim. Sou muito grata por tudo que aprendi, pela liderança que tive e pelos colegas que conheci.
> Nem todo fim é fácil, mas com certeza este foi necessário. Quando entramos no piloto automático, acabamos não nos questionando se estamos no caminho certo e dando o melhor de nós. Convido a todos que reflitam sobre suas escolhas, é mais rápido replanejar a rota durante o percurso do que com o carro parado.
> Embarquei nos últimos meses numa profunda jornada de autoconhecimento (recomendo!), e entendi que o meu lugar é em uma empresa criativa. Gosto de criar universos variados, gosto de proporcionar o diferente às pessoas e gosto de conviver com almas artísticas.
> Sou excelente em organização, produtividade, boa comunicação, gerenciamento de agendas e apoio à coordenação de grandes equipes.
> Estou aberta para novas experiências. Caso saibam de alguma vaga com o meu perfil, adoraria se pudessem me indicar.
> Um beijo,
> Mabel

Em poucos minutos, eu começo a receber uma chuva de comentários. Pessoas que nem imaginava me desejando sorte e sucesso e me parabenizando pela coragem de postar. Respiro aliviada e sinto meus ombros ficarem mais leves, como se tivesse tirado um peso deles. Rapidamente, recebo uma mensagem de Alexa:

> Alexa: Quando temos coragem de fechar uma porta com chave de ouro, outras mil se abrem. Bem-vinda ao novo ciclo. Estou com você!

Volto a olhar as vagas abertas e coloco na busca do LinkedIn a palavra "*creativity*" (criatividade). De repente, aparece uma vaga no Pinterest.

Só o texto inicial já fala comigo de uma forma que nenhuma empresa jamais falou.

> Milhões de pessoas ao redor do mundo acessam o Pinterest para encontrar novas ideias todos os dias. É onde elas se inspiram, sonham com novas possibilidades e planejam o que mais importa. Nossa missão é ajudar aqueles que querem encontrar inspiração e criar uma vida que amem. Neste cargo, você será desafiado a trabalhar para manter essa missão e levar o Pinterest adiante. Você crescerá como pessoa e líder na sua área, enquanto ajuda os Pinners a melhorar suas vidas no cantinho positivo da internet.
>
> Ajude marcas a tornar realidade essas inspirações. Estamos em busca de um gerente de contas automotivado para ajudar nossos parceiros estratégicos a crescer seus negócios com sucesso dentro do Pinterest. Você trabalhará diretamente com agências e será o consultor de confiança de seus negócios. Seus conselhos estratégicos e coaching são valores essenciais que trazemos como uma plataforma. Se isso lhe parece divertido, amaremos conhecer você!

Meu Deus! Essa vaga é a minha cara. Não que eu sonhe em ser gerente de contas, mas trabalhar no Pinterest pode ser uma porta de entrada para um mundo muito criativo, e é isso o que eu quero.

Eu envio o *link* para o meu irmão, e ele responde: "Uau, a sua cara! Tenho um amigo que trabalha lá, me dá dez minutos". Começo a tremer, tremer de verdade. Será que a minha sorte está mudando? Eu mostro a vaga para a Alexa, que também adora.

Faço algo que eu nunca fiz, falo com o universo:

— Deus, mundo, universo e astros. Não costumo pedir as coisas, então pode ser que nem esteja fazendo isso da forma certa, mas vamos lá. Sou a Mabel, brasileira, filha da Nena e do Raí, que nasceu em Limeira. Os últimos meses têm sido de muito aprendizado para mim, e eu agradeço por isso. Comecei a olhar para a minha vida e os meus planos do futuro como nunca havia feito, e agora tô tendo a chance de redirecionar a rota. Encontrei essa vaga no Pinterest, que parece uma empresa perfeita para mim. Por favor, deem uma força e façam isso acontecer.

O telefone toca, e é o Beto.

— Bel, seguinte. Meu amigo conhece o gerente da vaga e vai mandar o seu perfil. Tudo que você precisa fazer é mandar seu currículo em inglês e alguma carta de recomendação.

— Carta de recomendação? Eu literalmente fui expulsa do meu último emprego.

— Bel, tente com sua antiga chefe. A esposa do César.

— Eu não tenho coragem.

— Você nunca fez nada que a prejudicasse Bel, tente.

Ligo para a Alexa, e conversamos um pouco. Ela se oferece para fazer uma carta de recomendação como mentora, mas me aconselha a ligar para Thalita e ser sincera. Acho que vou vomitar, meu Deus do céu. O quanto eu quero essa vaga?

Eu pego o celular e envio uma mensagem pelo WhatsApp:

Mabel: Oi, Thalita, tudo bem? Quanto tempo. Sei que você deve estar com raiva de mim por tudo o que aconteceu, e somente agora tive coragem de vir te escrever para pedir desculpas. Você confiou em mim, me indicando para a vaga com o César, e eu pisei na bola. Os últimos meses têm sido de profunda reflexão e aprendizado. Sou grata por tudo que me ensinou e pela nossa jornada.

Thalita: Mabel querida, como você está? Realmente um furacão passou na vida do César durante o período de sua saída da empresa, mas agora as coisas já se acalmaram, e ele está conseguindo reconstruir o time. Muitas pessoas saíram, mas ele conseguiu se reerguer. Te desejo sorte na sua carreira, sem mágoas por aqui, fique tranquila.

Mabel: Muito obrigada, te desejo muito sucesso. Sei que pode parecer um abuso te pedir isso, mas preciso de uma carta de recomendação e não tenho como pedir ao César, obviamente. Porém acho que fui uma boa funcionária para você, e queria saber se pode me escrever uma carta de recomendação. Tô morrendo de vergonha de pedir, mas preciso de um emprego, e uma oportunidade surgiu.

Thalita: Claro, Mabel. Posso falar apenas do período que esteve comigo, ok? Mas escrevo, sim. Te mando por e-mail.

Mabel: Muito obrigada.

Eu respiro aliviada e vou buscar algo para comer, para comemorar. Chego à cozinha e dou de cara com a Dani, para o meu azar. Ela está comendo um pote de salada e gravando uns *stories*.

— Oi, Mabel, como você tá?

— Bem, Dani, e você?

— Acabei de chegar do meu Hot Yoga, tô maraaaa.

— Que bom, vou fazer um brigadeiro, você quer?

— Não, amiga, brigadeiro leva manteiga e sou vegetariana de segunda a quinta, lembra?

— Ah, é verdade... Como pude esquecer?

— Tudo bem. Tô numa megadieta para o casamento.

— Mas não é só daqui a um ano?

— Sim, por isso preciso me preparar. Para casar na praia, tem que estar com o corpo seco.

— Na verdade, para casar na praia, basta você estar na praia, né? – digo, e dou risada.

— Sim, mas eu gosto de um *look* mais *skinny*, sabe?

— Sei sim.

— Você já quis emagrecer, Mabel? Tudo bem eu te perguntar isso?

— Claro, Dani, tudo bem. Eu já quis, já emagreci, mas sou de fases, sabe? Tento não deixar meu corpo guiar a minha vida, as minhas escolhas.

— Mas você não se sente mais bonita quando emagrece? Seu rosto é tão lindo.

Paro, respiro e tento me acalmar. Já perdi as contas de quantas vezes ouvi que meu rosto é lindo. Essa é uma frase que muita gente diz como se fosse um elogio, mas, na verdade, acaba negativando um corpo que não é padrão.

— Dani, durante muito tempo me senti um peixe fora d'água. Muito tempo mesmo. Conforme fui amadurecendo, eu aprendi a amar minhas curvas e minha estética da forma que são. Os corpos não são iguais, assim como as almas. A partir do momento em que aceitei que sou diferente, eu comecei a valorizar tudo de bom que ser única me trazia. Hoje, já vejo como um ponto positivo para mim. Nunca quis ser igual aos outros, por que ia querer ter um corpo padrão?

— Te admiro, sabia? Sou escrava do meu corpo e da minha imagem. Às vezes, cansa.

— Obrigada, Dani. Eu não encaro a vida como um peso, muito menos o meu corpo. Sou grata por ele carregar a minha alma, por me movimentar, por ter saúde e paz. Talvez, quando você descobrir que tem algo a mais para oferecer, esse peso passe. Você já é magra como deseja, não precisa se torturar.

— Mas o Beto adora, você sabe, né?

— Mulher magra? Primeira vez que escuto falar isso – digo, pensando na Carol, cheia de curvas.

— Ah, você deve estar se referindo à ex dele, né? Que era, digamos assim, mais cheinha.

— Dani, a Carol usa manequim 42, ela é uma mulher normal.

— Claro, claro. Como eu uso 36, sei que sou fora da curva.

— Dani, pode acreditar. Isso pouco importa para o Beto. Talvez esteja mais na sua cabeça que na dele. Nenhuma vez o vi mencionar a sua magreza como fator decisivo em nada na vida.

— Você diz isso, mas a realidade é que eu sei o que importa. Ai, Mabel, vou trabalhar, esse cheiro de brigadeiro tá me deixando mal.

Eu me lembro de tudo o que falamos e me ponho a pensar. Quantas mulheres hoje vivem escravas do seu corpo para agradar alguém? Seja um amigo, marido, contratante de alguma campanha publicitária. Fico feliz pelo mundo estar mudando, mas confesso que nem sempre é fácil. Já cansei de entrar em provador e chorar. Já cansei de me sentir triste por não poder pegar uma roupa emprestada com uma amiga. Ou de receber elogios somente quando perco peso. Eu já cansei de tentar não ser eu mesma e de ser pressionada a me encaixar em um modo de vida que não é o meu.

Mas olho meus últimos meses e tenho uma certeza: nada teria sido mais fácil se eu fosse magra. Para enfrentar os verdadeiros desafios, é a alma que precisa evoluir. Aliviada em descobrir, a cada dia, que sou mais que um corpo e, ainda assim, sou mais eu.

11
Caipirinhas e sanduíche

O ESCRITÓRIO DO PINTEREST é belo e moderno, como se espera de uma marca assim. Parece um galpão industrial, cheio de estações de trabalho sem divisórias e alguns sofás vermelhos para se sentar.

Chego trinta minutos antes do combinado, porque estou uma pilha de nervos e preciso me acalmar. Tomo quase um litro de água com gás enquanto espero, e logo preciso ir ao banheiro.

Assim que me levanto em direção ao toalete, escuto alguém chamar meu nome. Era só o que me faltava, uma entrevista inteira segurando o xixi, mas *vambora*. Respiro fundo, me viro e dou de cara com Marcus, o líder da vaga. Ele abre um sorriso grande e aperta minha mão de forma firme. Bonito, mas não é meu tipo, graças a Deus. Cabelo loiro, sem barba, mais baixo do que eu, e usa roupas que exibem de que marca são – o que eu acho cafonérrimo em um homem. Apesar de tudo, ele me parece familiar. Tem uma cara de alguém conhecido, que não vejo há muito tempo... Não sei, mas algo me diz que esse aqui será, por um bom tempo, o meu lugar.

– Maria Isabel, que bom ter você conosco aqui no Pinterest! Vamos?

– Oi, Marcus, pode me chamar de Mabel.

– Mabel, combinado. Separei uma sala de reunião para conversarmos com calma, para que eu possa ouvir um pouco da sua experiência.

– Claro, vamos lá.

Assim que chego à sala, com uma parede de vidro transparente, vejo uma mesa de reunião grande e bonita, em tom de madeira clara. Eu me sento em uma das cadeiras que tem vista para a porta e peço um café. Segundos depois, me lembro de que preciso fazer xixi, mas agora preciso ter paciência.

– Mabel, me conta de você. Onde se formou?

– Me formei na Unicamp. Estudei Administração porque não sabia o que queria da vida, para ser sincera.

– E quem é que sabe aos 18 anos, não é mesmo?

– Pois é. Sempre fui assistente executiva, e nos últimos três anos trabalhei na Future.

– Então me explica um pouco sobre o que você fazia lá.

Começo a relatar meu trabalho, todas as ferramentas que eu usava e as negociações-chave que coordenei. Explico sobre os meus cursos extracurriculares, entrego a carta de recomendação da Thalita, junto com meu currículo e diversos certificados.

– Que bom, você já trouxe tudo. Vou te explicar um pouco da vaga e você me conta sobre suas expectativas. Aqui você precisará manter um relacionamento com nossos times parceiros: executivo, operacional, criativo e agências. Se posicionará como uma conselheira de confiança.

– Sou ótima em manter relacionamentos profissionais, ser simpática sem ceder às vontades do parceiro. Isso costuma ajudar muito nas negociações.

– Ótimo. Também terá que falar aqui dentro sobre as soluções que esses parceiros precisam para ter sucesso no negócio deles e trabalhará com times internos de métricas, marketing e estratégia criativa.

– Combinado. Ficam todos aqui no mesmo escritório?

– Não, algumas pessoas trabalham remotamente. Você terá que ter claras as metas desses parceiros, computá-las, trazer *insights* e dados para que sejam bem-sucedidas. Vai precisar comandar esses diálogos, aconselhar estratégias para serem utilizadas com o público-alvo, modelos de negócios e métricas.

– Marcus, vou ser sincera: sou ótima em negociar e atender as demandas do cliente. Eu seria a pessoa perfeita para fazer essa ponte, mas nunca trabalhei somente com estratégia digital. Se me sugerir um curso, eu me cadastro hoje mesmo.

– Tranquilo, Mabel, você faria um treinamento em São Francisco, para entender como padronizamos nossas entregas e como usamos nossas ferramentas de análise. Você tem visto, né?

– Tenho sim, eu trabalhava durante um mês em Nova York, ficava três meses em São Paulo, e depois voltava pra lá.

– Eu sei, conversei com o... César? Acho que é esse o nome do seu antigo chefe. Temos o costume de checar o *background* dos candidatos antes de entrevistá-los.

Acho que vou vomitar. Olho para baixo e sinto meus olhos se encherem de lágrimas, mas eu não posso chorar. Não aqui, não agora. Respiro fundo, olho para minha bolsa no meu colo e levanto a cabeça.

– Sim, o César. Excelente chefe – digo, com um sorriso sem graça no rosto.

– Legal você falar isso. Ele pareceu um pouco... intenso nas opiniões.

– Foi um grande aprendizado trabalhar para ele, só tenho coisas boas a dizer desse período.

– Que bom, Mabel. Nós entraremos em contato com você em breve.

Eu não posso deixar o papo acabar assim. Simplesmente não posso. Porque agora sei que ele sabe, e ele sabe que eu sei. O pior que poderia acontecer já está acontecendo. Ou melhor, seria pior se eu vomitasse aqui também, mas graças a Deus isso não aconteceu. Se ele me chamou, apesar de tudo, é porque vê potencial, então tenho que me manter firme. Ele se vira, começa a andar, e eu digo:

– Olha, Marcus, até pouco tempo, eu estava no piloto automático da minha vida. Ganhando muito bem num emprego de que eu não gostava, para fazer uma tarefa que não significava nada para mim. Tirei um período sabático – falei isso por orientação da Alexa – e me dei um ano para acertar a minha vida. Descobri que amo construir universos para as pessoas, seja através da decoração, da escrita ou de experiências. Eu amo criatividade, e é isso que quero focar. A empresa que mais representa esses universos é o Pinterest. Eu não estou aqui por acaso, essa não é mais uma entrevista para mim. Essa é A entrevista e, se me der uma chance, tenho certeza de que não vai se arrepender.

Ele sorri e diz:

– Bom saber, Mabel. Eu costumo dar uma chance para que cada pessoa conte a própria história, como você acabou de fazer. Em até uma semana o pessoal de Recursos Humanos entrará em contato dando uma posição.

– Posso te fazer algumas perguntas?

– Claro que pode – diz ele, voltando a se sentar.

– Você gosta de trabalhar aqui?

– Sou apaixonado pela empresa, pela cultura e pelo meu time. Se me perguntar do meu chefe, te digo que já tive melhores, mas mal convivo com ele. Isso fica entre nós, ouviu?

– Claro, obrigada pela sinceridade. Você acha que vocês vivem os valores da empresa na prática?

– É o meu papel garantir que sim.

– E todo mundo aqui tem um plano de carreira?

– Se o gestor for bom e atencioso, sim. Mas não sei se todo mundo tem, sinceramente.

– Todos da sua equipe têm?

– Todos. Incluindo eu mesmo.

– Obrigada, Marcus.

– E como eu me saí na entrevista? Bem?

– Digamos que você foi aprovado como um bom gestor – digo, rindo.

Ele ri, aperta minha mão, e nos despedimos.

Saindo da reunião, eu ligo para o meu irmão, mas ele não me atende. Penso no Rodrigo e é inevitável não querer compartilhar esse momento com ele, então envio uma mensagem bem curta: "Acho que encontrei a empresa dos meus sonhos!".

Entro no carro, coloco a música *Good as Hell* bem alto e vou para casa cantando. Que entrevista maravilhosa, que dia foda! Pinterest, me aguarde que estou chegando com tudoooo!

Chego ao apartamento, a Dani está no quarto, mas nem me importo, cantarolo Lizzo sem parar com meus AirPods. Olho para o celular, mas nada do Rodrigo me retornar. Ele visualiza, mas não responde. Realmente deve ser o fim, nem meu amigo ele quer ser. Será que os últimos meses não significaram nada para ele?

Dani e Beto me chamam para jantar, e eu vou. Fico triste por não ter ninguém para compartilhar sobre o Pinterest, então decido que farei isso com eles mesmo. Digo inclusive que estou ouvindo músicas felizes desde que saí do escritório e não consigo me acalmar. Dani tem feito alguns cursos de energia e yoga, e acredita que a vibração da música influencia na energia das pessoas. Costumo achar que tudo que ela fala é bobagem, mas isso faz sentido. Começamos a conversar sobre o que atraímos para nossa vida, e conto sobre o quadro que Nate me ensinou a fazer.

– Mabel, esse sim é um cara bem legal, o Nate.

– Ele é um cara legal, sim. Às vezes pega um pouco no meu pé, mas é uma pessoa do bem.

– Ele disse que não sabe o que seria do emprego dele sem você. No dia da sua demissão, ele me manteve informado sobre tudo, me passando até mesmo os dados do seu voo.

– Pois é, a Carol me disse – digo, sem querer.

– A Carol? Como ela sabia? – pergunta Dani, já levantando a voz.

– Acabamos nos falando no dia em que a Mabel foi demitida, amor.

– E você se esqueceu de mencionar?

– Não achei que era importante, só isso – ele diz, sem perder a calma.

– Você fala com seu grande amor de adolescência, que te persegue até hoje, e acha que não deve me contar?

– Ela não o persegue coisa nenhuma – digo, bem irritada.

– Claro que você vai defender a sua melhor amiga, Mabel. Você nunca gostou de mim.

– Eu não tenho nada contra você. Tá louca?

– Claro que tem. Pensa que não vejo que você revira os olhos toda vez que eu falo algo sobre saúde ou alimentação? Claramente essa não é a sua prioridade de vida, mas é o meu trabalho, o meu ganha-pão.

– Como assim claramente? Só porque eu sou gorda?

— É você que está dizendo, não eu. Olha, Beto, eu vou para minha casa. Sinceramente, você tem que pensar bem se quer se casar comigo, porque não vou ficar tolerando papinho escondido com ex-namorada.

— Pare de besteira, Dani, é claro que eu quero me casar com você. Fique, vamos terminar de jantar.

— Eu vou embora sim, Beto. Amanhã tenho um *job* para entregar, e você não vai me atrapalhar – diz ela, se levantando.

Dani sai sem se despedir, e eu penso como essa noite saiu de forma diferente do que eu imaginava. Peço desculpas ao meu irmão e pego uma garrafa de vinho.

— Vamos beber?

— Mabel, amanhã eu tenho que trabalhar e não quero ficar de ressaca. Esse pequeno fora que você deu hoje vai me dar um bom trabalho.

— Desculpe, Beto. Mas, você sabe, a Dani não foi a única que ficou chateada com esse papo.

— Como assim?

— A Carol também ficou. A história de vocês se falarem e o casamento que vai acontecer, as coisas bagunçaram bastante a cabeça dela.

— Ela disse?

— Disse sim. Não que mude algo para você, mas mexeu bastante com ela.

— Não muda nada pra mim. Ela perdeu a chance dela.

— As pessoas mudam, irmão... Só acho que talvez vocês devessem conversar antes de você fazer um movimento tão sério como esse, de se casar.

— A Carol é problema, Mabel. Tudo que não preciso agora é de problema.

*

VOU ME DEITAR. Às 3 horas da madrugada, recebo uma mensagem do Rodrigo, falando que ficou sem bateria e dormiu, mas que amanhã me ligaria para a gente se falar. Respondo apenas "Ok" e trato de esperar.

No dia seguinte, nada de ele me ligar, e muito menos escrever.

Depois de cinco dias perdendo o sono e já tendo descascado todas as unhas, marco com a Tati, uma cartomante que eu amo, e peço um horário para a gente conversar. Pinterest não retornou e Rodrigo só faltou evaporar da Terra. Quando a vida começa a ficar assim, enrolada, nada melhor do que a ajuda dos astros para a gente se acalmar.

Ela demora dois dias para conseguir um horário e, então, começamos a conversar.

— Oi, Mabel, como é que você tá? – pergunta, com o tom de voz mais calmo do mundo.

— Péssima, Tati. Péssima. Minha vida está um caos. Não consigo um emprego, e agora o meu talvez ex-namorado tenha sumido. Sei que tenho que construir minha própria sorte, por isso vim aqui hoje, quero um direcionamento para não errar mais.

— Então vamos ver o que os astros falam para você hoje. Olha, abrindo o jogo aqui, já vejo ruptura. A carta da Torre deixa bem claro que algo está mudando, mas a carta da Justiça também vem para mostrar que você está plantando e irá colher.

— Tô fazendo tudo que eu posso, me desdobrando em mil para evoluir.

— Mas a evolução leva tempo mesmo, é assim. Nada que você plante agora, conseguirá colher no dia seguinte. Confie no processo, e confie em você.

— Tenho confiado cada vez mais. Há seis meses eu jamais diria que entenderia minhas paixões dessa forma, meu comportamento e minhas limitações. Esse novo ciclo veio com tudo, e o Rodrigo foi um grande símbolo dele.

— Olha, aqui aparece um homem que está colhendo os frutos com você.

— Conseguimos saber se é ele? E o que aconteceu?

— Deixe eu perguntar... – diz ela, distribuindo as cartas de um montinho na mesa. — Ele aparece aqui ao lado de uma mulher, e você está distante.

— Ele tem uma irmã, será que é ela?

— Não, é uma parceira afetiva. Aparecem eles e um caminho, que eles devem percorrer juntos.

– Então é a ex, mas ela mora no Canadá.

– Ela não aparece distante dele, aparece ao lado. Peraí, deixe eu ver... – diz, virando novas cartas. – Sim, eles estão lado a lado.

– Entendi... então ela voltou.

– Aparentemente, sim.

– E em relação ao trabalho? O que aparece?

Ela embaralha as cartas e as observa. Respira fundo e pensa. Embaralha mais, distribui mais cartas na mesa.

– Aparece aqui que, a princípio, não será a vaga da sua vida. Será algo bem parecido com o que você já faz, mas abrirá portas para colher os frutos que deseja no futuro.

– Como assim?

– Inicialmente não vai parecer atraente, mas pegue uma vaga na empresa que você pode crescer. Lá, com o tempo e alguns cursos adicionais, vai conseguir uma vaga que preencha sua alma. Os caminhos estão completamente abertos para você, espere o tempo agir.

Saio da consulta pensativa. Sei que as coisas acontecem no tempo certo, mas achei que a vida estava ficando mais desenhada. Eu envio uma mensagem para o Rodrigo, que responde na hora.

Mabel: Sua ex voltou, né?

Rodrigo: Sinto muito, Bel, sinceramente não sei o que pensar.

Mabel: Não precisa pensar. Desejo que você colha o que plantou, e que a vida te ensine como tratar as pessoas direito.

Rodrigo: :(

Ligo para a Carol chorando e conto tudo o que aconteceu. Marcamos de nos encontrar em um bar perto de casa, e eu chego rápido, pois é só descer a rua.

– Eu achei que dessa vez fosse diferente. Por favor, não me diga "tava na cara".

– Não vou dizer nada. Quem sou eu para criticar algum erro, Mabes? A vida é assim mesmo, nós vamos tentando até encontrar a pessoa certa. Todos vão dar errado, até que um dê certo.

– Sim, eu sei, e confio muito no poder do universo. Mas não sei quantas lições os deuses estão querendo me ensinar este ano, porque, olha... é coisa demais.

– Eu sei, amiga, eu sei. Mas pense só: você não poderia começar um novo ciclo arrastando energia velha. Então, fez uma limpa de emprego e de boy lixo. Agora tudo o que vier tem a sua cara e a sua nova energia.

Nesse momento, recebo uma mensagem do Beto e gravo um áudio contando tudo o que aconteceu com o Rodrigo e com a vaga que, até agora, ninguém me retornou. Digo que estou com a Carol, e percebo que ele evita puxar muito papo, talvez para que ela não saiba nenhum detalhe da vida dele. Diz que está indo dormir na Dani, que se acertaram e eu não preciso esperá-lo para jantar. Carol finge não perceber que eu estou falando com ele, e também decido não comentar nada. Continuo falando:

– Hoje, olhando para trás, vejo como eu estava acomodada. Aceitando tudo que aparecia pela frente. Agora quero um emprego bom, numa empresa que combine com os meus valores, com a minha nova visão de vida, mas a Tati disse que não vai ser exatamente o que eu quero.

– Calma, Mabel, as cartas nem sempre dizem tudo. Vamos fazer uma *lista de empresas que combinam com você*? Assim você pode fazer uma busca mais focada, o que acha? Tá com seu caderninho aí?

– Claro, estou sim. Está sempre na minha bolsa – digo, sacudindo-o nas mãos e enxugando minhas lágrimas. – Carol, quando eu digo que mudei, agora é focar o jogo e com força total.

– Boa, então faça uma lista dos seus principais valores e das empresas que parecem tê-los como pilares.

– Meus principais valores, ou bússolas internas, são: bom humor, sucesso, produtividade, contribuição, conhecimento, ter impacto, criatividade, pertencer a uma comunidade, aprender, ensinar, independência... – digo, e começo a listar inúmeras empresas.

– Isso, agora você tem mais ou menos um direcionamento de onde procurar, correto?

– Sim, boa ideia. Vou ler os *feedbacks* de cada uma e também ler em seus sites quais são os pilares das marcas.

– Olhe as campanhas também. Que tipo de influenciadores eles escolhem, as causas que apoiam.

– Foi-se o tempo em que apenas a empresa analisava o candidato, né?

– Hoje é uma escolha dos dois lados, como sempre deveria ter sido, por sinal.

– E como tá no escritório?

– Mabel, sinceramente, desde que você começou essa jornada, eu tenho me questionado muito sobre minhas escolhas. Tenho vontade de trabalhar na área da moda, amaria montar uma vitrine, por exemplo.

– Nossa, nunca ouvi falar nessa profissão.

– Sim, chama-se *Visual Merchandising*, tem um curso em Paris só para isso.

– Jura?!

– Tenho conversado bastante com o Otto e pensado em tirar um período sabático para estudar. Agora estamos acabando de pagar as contas do apê e ele consegue segurar as pontas por um tempo.

– Mas ele iria com você?

– A princípio não, mas não sabemos. Talvez seja uma coisa que eu tenha que fazer por mim, assim como você.

– Olha, não é fácil, mas te garanto que muda a vida. Hoje me sinto muito mais segura em relação às minhas escolhas. Sinto que tenho um caminho, sabe? Não estou mais na *vibe* "deixa a vida me levar".

– E por que você quer um cara dividido como o Rodrigo? Nem combina com essa nova Mabel. Você merece um cara que queira escrever um livro ao seu lado, não que abra apenas um capítulo para te receber, sabe?

– Gostei dessa analogia. Também quero isso, alguém para escrever uma bela história comigo. E para isso estou me tornando a protagonista que devo ser.

– Como é a frase do Nate sobre o assunto?

– "As grandes protagonistas nunca são vítimas." Mas hoje já discordo um pouco. Toda estrada tem seu erro de percurso, seu problema. O que nos torna protagonistas da nossa história é como lidamos com os perrengues do dia a dia, não é uma vida mágica cheia de atitude.

— Nossa, tô longe de querer uma vida mágica, sinceramente.

— Sabe, me orgulho de mim. Com esse ano horrível, tô me sentindo melhor do que jamais me senti. Estou com 95 quilos, mas nunca me achei tão poderosa. Digamos que, se tivesse um filme da minha vida, eu ia querer assistir.

— E onde você acha que vai dar? Como você se imagina lá pra frente?

— Olha, eu sempre faço uma visualização quando vou meditar sobre o futuro. Se é que posso chamar de meditação, mas penso o seguinte: é meu *aniversário de 80 anos*, e eu vou comemorar com uma grande festa. Me imagino acordando, ligando o chuveiro de um box enorme, e entrando num *closet* com um tapete lindo para escolher a roupa. Sou uma velhinha inteiraça, estilo Jane Fonda, sabe? Coloco uma roupa branca, leve, e desço as escadas da minha casa. Lá embaixo estão meus filhos, com seus respectivos pares, e meu marido. Vamos para o jardim, onde um palco está sendo montado para a minha festa de aniversário. E escuto as pessoas me falarem "Nossa, 80 anos muito bem vividos, que vida maravilhosa até aqui", ou então "Você sim pode dizer que viveu e mudou a vida de tantas pessoas". Sabe, Carol, não quero uma vida para passar despercebida. Sempre quis mudar a vida de alguém, de alguma forma.

O garçom chega, pedimos mais duas caipirinhas, e peço um sanduíche. Tô começando a ficar bêbada e tudo que eu não quero é passar perrengue hoje. Quando fico emocionalmente abalada, a minha imunidade baixa e acabo ficando só o pó.

— Amiga, se você sente isso, deveria começar a *trabalhar na sua marca pessoal*, sabia? Não sinto que você ficará no corporativo pelo resto da sua vida. Almas criativas têm sempre projetos paralelos.

— Mas você não acha que marca pessoal é uma coisa em que só pessoas públicas têm que trabalhar?

— Não acho, não. Aliás, hoje todo mundo que tem uma conta aberta no Instagram é uma pessoa pública. O que eu acho é que deve focar a mensagem que vai passar. Por exemplo, se eu for realmente fazer esse curso na França para mudar de carreira, vou começar a trabalhar meu perfil mais voltado para a moda. Um grande ponto é pensar: como você quer ser vista? Que mensagem quer passar?

– Que sou uma alma criativa, e que ajudo as pessoas a entrarem num mundo mais leve, as transporto para um universo melhor. Gosto de mostrar que podemos ter uma pitada de um universo lúdico em um dia normal de trabalho.

– Mas então como você faria isso naquela vaga do Pinterest?

– A vaga que eu não peguei? Simples: o Pinterest por si só já é um universo que permite as pessoas explorarem sua criatividade. Acho que isso é algo importante, que todo ser humano vivencie o poder que a criatividade tem.

– Então poderíamos dizer que o seu *propósito* é "permitir que as pessoas vivenciem universos criativos"?

– Ai, eu acho esse papo de propósito tão cafona. Mas sim, diria que é isso, sim. Então tenho que trabalhar minha marca pessoal voltada para isso, correto?

– Exatamente. Pense em uma *reportagem que gostaria de ler sobre você no futuro*.

– Amiga, esse sanduíche tá muito bom, você tem certeza de que não quer?

– Tenho. Estou fazendo um *detox* pesado, hoje só estou bebendo por sua causa, e te digo que já tô bem altinha.

– Caroline Cadeau, você tá de porre? Então comece a comer agora! Ninguém merece passar mal.

– Mabel Munhoz, estou de porre, sim, mas não queria sair da minha dieta.

– Vou pedir um *petit gâteau*, você come comigo?

– Nossa, de jeito nenhum. Detesto misturar bebida com doce.

Assim que termino a sobremesa, vejo que preciso muito fazer xixi e não dá mais para esperar. Chamo a Carol para ir até lá em casa, já que hoje é um território seguro, sem a Dani para incomodar.

Caminhamos pela rua falando bobagens e sonhando com nossas vidas no futuro. Ela com sua vida de vitrines e rotina *fashion*, e eu criando sem parar. Entro numa leve deprê ao me lembrar do Rodrigo, mas tenho mais com o que me preocupar.

Chegando em casa, a Carol se esparrama no sofá e pega a foto de Beto que está na mesinha ao lado. Ele e Dani sorrindo em St. Barths. Tudo de que você não precisa durante uma bebedeira é ver uma foto em que seu ex olha apaixonado para a atual. Logo ela começa a chorar e eu tomo um baita susto no banheiro. O lado europeu dela faz com que eu a considere muito fria na maior parte do tempo, tanto que achei que era o cachorro do vizinho assim que ouvi pela primeira vez.

Entro na sala e ela está mexendo na Netflix e chorando horrores, sem parar. Seca as lágrimas e diz: "O que é que eu fiz com a minha vida?". Pego uma colcha, tiro os sapatos dela e falo para ela se deitar no sofá. A melhor coisa é ela dormir aqui hoje, já que não tem o risco de ninguém chegar. *Detox* e bebedeira são uma combinação péssima. Ligo para o Otto e aviso que estamos sozinhas em casa, e que é por aqui mesmo que a Carol vai ficar. Ele, desconfiado, imediatamente nos liga no FaceTime, e começa a rir ao ver a cara dela, que está com a maquiagem completamente borrada.

Assim que a Carol dorme, eu entro no meu quarto e me sento na varanda. Tem duas coisas importantes que não posso esquecer sobre hoje. Pego meu Caderno da Jornada e anoto:

- *Reportagem que desejo ler no futuro;*
- *Marca pessoal.*

Tomo banho, depois coloco meu pijama cor-de-rosa com estampa de cerejas da Ava Intimates, passo minha Niacinamida da Simple Organic no rosto e vou dormir.

Por volta das 11 horas da noite, acordo, escutando vozes que vêm da sala. Com certeza a Carol esqueceu a TV ligada; bêbado é um horror, não dá para deixar sozinho. Caminho até lá e fico em choque com o que eu vejo: Carol e Beto no maior beijo na varanda, sem nem parar para respirar.

12

Mimosas

ACORDO BEM CEDO, tentando me esquecer do que vi ontem à noite. Se o caos está próximo de se estabelecer na vida de Beto, eu preciso ter consciência de que minha vida não pode estremecer. Tenho um emprego para arrumar e uma marca pessoal para trabalhar.

Decido descer para fazer ginástica e penso na história de homeostase que Alexa tanto me explicou. O corpo resiste a qualquer mudança de rotina, então vou precisar forçar para me acostumar com essa nova vida que eu quero para mim.

Sou muito comprometida com todos a minha volta, menos comigo. Meu primeiro impulso é querer ajudar o Beto, conversar com a Carol, mas penso que eles são dois adultos que conseguem se virar. Eu preciso cuidar do que é importante para mim: minha saúde mental e meu futuro.

Como o meu prédio não tem academia, decido subir e descer as escadas algumas vezes. Vai ser ótimo trabalhar a perna e as celulites, que ultimamente estão um pouco exageradas.

Por que é tão fácil me comprometer com o outro, mas é difícil me comprometer comigo mesma? Parece que a autogentileza é quase que uma perda de tempo. Coloco mil coisas na minha lista de tarefas a fazer e poucas delas realmente fazem bem para a minha alma. Dizem que a ginástica faz bem para a depressão, tira a cabeça da tristeza e faz o cérebro oxigenar. Então é por esse caminho que sigo, antes de começar a trabalhar nas minhas coisas.

Passados quarenta minutos do sobe e desce de escadas, chego em casa. Sem sinal do casal caótico, a casa está em completo silêncio.

Se não tivesse acordado ontem, eu juraria que Beto nem passou por aqui. Aliás, talvez fosse o melhor a ser feito, mas agora é tarde demais.

Entro no banho com uma sensação de estar realizada. Passo meu shampoo de maçã-verde e um creme para hidratar os cabelos. Como é bom cuidar de mim.

Saio do chuveiro, coloco uma das roupas que a Ruli fez, finalizo com uma maquiagem maravilhosa e me sento no meu escritório na varanda do quarto. Um novo dia, uma nova chance.

De repente, meu celular toca, chamada de um número bloqueado. Normalmente eu não atenderia, mas com essa fase de busca de emprego, prefiro atender.

— Maria Isabel?

— Oi, sou eu.

— Aqui é o Marcus, do Pinterest, se lembra de mim?

— Oi, nossa, claro! – digo, quase sem acreditar.

— Olha, é o seguinte... Desculpe a demora em retornar, mas acabei saindo uma semana de férias e cheguei hoje. Pensei muito na reestruturação do time e vou ser sincero com você. Outro candidato combinou mais com a vaga que tínhamos em aberto.

— Ah, tudo bem, Marcus, eu entendo.

— Sim, mas tenho uma proposta a fazer.

— Jura? – digo e já sinto que a minha mão começar a suar.

— Preciso de uma assistente executiva, e sei que você tem muita experiência nessa área. Você disse que quer trabalhar com criatividade, então pode ser uma porta de entrada para o universo aqui dentro. O que acha?

Dou uma forte suspirada. Tati me avisou que não seria exatamente o que eu buscava, mas que seria uma porta de entrada. Eu sinceramente diria não, se não fosse por esse aviso dela. Mas, agora, pensando estrategicamente, é uma empresa que tem os valores parecidos com os meus e vou poder conhecer esse universo de perto. Se tem uma coisa que eu sei que a assistente executiva de um cargo alto tem acesso é às vagas que vão abrir.

— Nossa, Marcus, fico feliz por confiar no meu trabalho. Eu tenho interesse na vaga, sim.

– Então vou falar para alguém do setor de Recursos Humanos te ligar para decidir as questões contratuais, te explicar sobre os benefícios e sobre o treinamento em São Francisco.

– Combinado. Obrigada.

Puta. Que. Pariu. Eu tenho um emprego, e na empresa dos meus sonhos! Meudeusdocéu, eu não acredito que isso está acontecendo! Realmente, se nos mexemos, o universo tende a fazer acontecer.

Uma vez ouvi de um amigo: "Não se preocupe com COMO as coisas vão acontecer. O universo sempre dá um jeito de entregar as coisas mais absurdas. Só faça a sua parte". E foi isso que eu fiz.

Sei que a minha maratona está apenas começando e que não posso esquecer que o Caderno da Jornada está cheio de pendências para eu trabalhar.

Converso com o setor de Recursos Humanos, o salário é um pouco mais baixo do que o que eu ganhava, mas respondo que aceito. Viajo em uma semana para São Francisco. Eu, que achava que nunca mais voltaria aos Estados Unidos, aqui estou, oito meses depois. Dei a volta por cima e estou me recuperando. Universo, prepare-se que agora eu vou dominar. Foram mais de quarenta currículos enviados e horas pensando se eu era realmente capaz. Pois bem, acho que sou.

Curiosamente, o voo é marcado para a véspera do meu aniversário, um domingo à noite. Resolvo almoçar com as meninas em Limeira no final de semana, e vamos todos para lá: Beto, eu e... Dani.

Na sexta-feira de manhã, eu passo no ateliê de Ruli para tirar as medidas para as roupas novas, que ela disse que consegue me entregar em duas semanas, na véspera do voo. Pelos próximos quatro meses, eu receberei o salário das duas empresas, então resolvo renovar o guarda-roupa. Gosto de usar vestidos que valorizem meu corpo, como os da DVF que são caríssimos e eu ainda não posso comprar. Então levo alguns modelos de inspiração e as costureiras dela fazem acontecer.

Sinceramente, eu acho que a Ruli devia ir para São Paulo, pensar em abrir uma marca lá. Ela recebe gente de todas as cidades vizinhas para fazer roupas de festa, mas se nega a sair de Limeira. Diz que prefere ser rainha no interior do que mais uma na cidade grande.

Entendo o lado dela, mas sempre acho que acaba perdendo um pouco a liberdade por ficar presa perto dos pais. Ela nunca sai para jantar com a namorada, e conhece gente nova somente pela internet ou quando viaja...

— Ruli, já te disse mil vezes, mas vou repetir: em São Paulo, seus vestidos seriam joias raras.

— Obrigada, Mabes, mas eu estou bem aqui.

— O seu ateliê é a coisa mais linda que já vi. Você toma tanto cuidado com cada detalhe, que a alta sociedade em São Paulo ia pirar. Aliás, conversei com a Dani e ela quer passar aqui mais tarde para te conhecer, pode ser?

— Claro, mas ela quer orçar vestido de noiva?

— Não, não, esse ela vai fazer em São Paulo, aliás, acho que já fechou com alguém de lá. Mas é que eu falo tanto do seu trabalho que ela quer vir conhecer. E se ela postar algo, é legal para você também, né?

— Claro, seria superlegal, sim.

— Ruli, preciso te contar uma coisa. Eu acho que vi a Carol e o Beto juntos na minha casa, e agora não sei o que fazer com essa informação.

— Você acha ou tem certeza?

— Tenho certeza.

— Então ferrou. Como assim? O que aconteceu?

— No dia que eu levei um fora do Rodrigo, fomos beber perto da minha casa e ela tava fazendo um *detox*. Bebeu demais, o Beto disse que ia dormir na Dani, mas voltou para casa em algum momento. Quando acordei, eles estavam se pegando na varanda de casa.

— Não tô acreditando. O que isso significa? Então ele não vai mais se casar?

— Eu não tenho a menor ideia. Tô esperando alguém me contar, e isso não aconteceu.

— E se você falar que viu?

— Mas você não acha invasivo?

— Invasivo é estarmos discutindo isso às 10 horas da manhã, tomando café espresso numa xícara de borboletas e debatendo a vida deles como se fosse uma série de TV.

– Você tem razão, eu não devia nem ter contado para você.

– Tá louca que eu não ia querer saber de um bafo desses? Pena que a Sophie não tá aqui, ela perde tanta coisa por morar fora.

– Aliás, acho que vou tirar uns dois dias para visitá-la. O que você acha?

– Acho ótimo, você vai adorar a casa dela. Tem um jardim enorme.

– Tem lugar pra eu dormir?

– Tem sim. Bem tranquilo, você vai amar.

Eu pego o telefone e ligo via FaceTime para Sophie, contando as novidades da viagem e me convidando para ficar dois dias lá.

– Amiga, que tudo! Vem sim, e aproveitando que está em Limeira, pode trazer uma mala pra mim? Vou pedir para minha mãe organizar com coisas que quero comer e não tem aqui. Aliás, Ruli, não tem nenhuma roupa aí de pronta-entrega do meu tamanho?

– Tem sim, Soso, você ainda tá amamentando? Quer vestidos mais fáceis de abrir?

– Quero, porque ainda estou sim. Ótimo, assim vou me sentir mais bonita e bem cuidada.

Volto para casa, e dona Nena me espera cheia de felicidade. Agora que tenho um emprego, ela não tem mais um A para falar de mim, mas, no fundo, eu chego a sentir raiva. Gostaria de um acolhimento maior nesses momentos de desafio, mas nem sempre tenho. As pessoas acham que a gente se resolve no tranco, mas saber que não estou sozinha era tudo que precisava em um momento como esse.

Desde que fui demitida, Beto não me cobrou uma conta de casa, e achei isso legal. Apesar de poder pagar, foi melhor porque consegui juntar um dinheirinho a mais e agora vou poder usar na viagem.

Minha mãe me chama na cozinha, onde está tomando um café com a Dani, e me sento para mais uma rodada de café e biscoitos. Escuto ela contar dos planos do casamento, e minha mãe deslumbrada parece adorar.

– Aí, dona Nena, faremos uma festa luau com todo mundo vestindo branco um dia antes, já para esquentar, e no dia seguinte será o casamento. Quero entrar às 10 horas da manhã na cerimônia, assim todo mundo almoça na festa. O que a senhora acha?

— Acho belíssimo, tudo muito chique. Então, Dani, precisaremos de duas roupas mais arrumadas?

— Fique tranquila que vou na Ruli com a senhora. Te ajudo a escolher tudo, e os modelos vão ficar bem bonitos. Vamos hoje à tarde?

— Nossa, mas assim de bate-pronto? Tenho uns quilos pra perder, preciso me preparar, minha filha.

— Ué, dona Nena, se emagrecer, aperta o vestido, simples assim. O mais importante é o modelo.

— Pode deixar que eu vou com ela, Dani, fique tranquila – digo.

— Eu faço questão de ir com vocês.

Ela faz questão de controlar, isso sim. Mas como a minha mãe usa camiseta do Mickey para tomar café com as amigas, eu acho melhor ela ir. Tudo é justificável no universo das noivas, porque não imagino o estresse que deve ser organizar um casamento. Você tem um dia para que tudo saia absolutamente como sonhou a vida inteira.

*

À NOITE VAMOS COMER uma pizza no centro da cidade, e é estranho como o Beto parece realmente muito feliz. Sempre jurei que a Carol era o amor da vida dele, mas agora, vendo que ele está em paz ao lado da Dani, eu começo a duvidar.

Tenho a impressão de que, às vezes, achamos que algumas histórias não se encerraram, mas é apenas porque elas não terminaram como nós as idealizamos. Fins nem sempre são lindos, poéticos e profundos. Às vezes machucam, doem, mas nos fazem aprender. Talvez, para Beto, esse tenha sido o fim, quando ele viu que Carol não estava no pedestal que ele a colocara tanto tempo atrás.

Sei que não sou a maior fã da Dani, mas sei também que grande parte de tudo isso é um lado muito mal resolvido meu, que a considera o símbolo de tudo pelo que fui cobrada a minha vida inteira: magreza, sucesso na carreira e um relacionamento legal. Agora, vendo o quanto ela faz meu irmão feliz, me pergunto se sou justa com ela quando me posiciono de forma tão dura. Acho que um lado meu tem que amadurecer e admirar o sucesso de outras mulheres que, como ela, fazem tanto para acontecer.

– Mabel, como estão os planos pro Pinterest? – ela pergunta.

– Estão indo bem, Dani. Estou pronta para viajar, um pouco chateada que passarei metade do dia do meu aniversário viajando, mas tudo bem.

– Você acredita em energia, não é mesmo?

– Acredito sim, claro.

– Então vou te dar um presente: uma revolução solar. Todo ano me consulto com uma astróloga e ela diz onde devo passar o meu aniversário, e com base nessa informação ela me conta como será meu ano, mês a mês. O que acha?

– Nossa, eu acho que seria muito legal da sua parte, Dani. Muito obrigada.

– Mabel, agora somos família, eu quero mais é que você dê supercerto na vida.

– Obrigada, nossa, nem sei o que dizer.

Continuo a comer em silêncio, pensando que realmente preciso rever muita coisa na minha vida. Assim que acabo meu prato, vejo a Carol entrar com os pais pela porta do restaurante e sinto meu estômago embrulhar. Olho para Dani, desesperada para ela não notar. Tarde demais.

Os pais da Carol nos veem antes que ela, e acenam de longe. Graças a Deus não se aproximam da mesa nem tentam parar para conversar. Beto abaixa a cabeça para não fazer contato visual, mas percebo que ele está incomodado com a situação, assim como todos nós.

Peço licença da mesa e vou até lá para cumprimentá-los. Melhor que eu realize esse movimento do que o contrário.

– Mademoiselle Mabel, que bom te ver.

– Oi, tio. Oi, tia – digo, cumprimentando-os com um beijo.

– Oi, amiga.

– Oi, Carol. Vamos tomar café da manhã juntas amanhã? Eu, você e Ruli, o que acha?

– Combinado. Mande um beijo para os seus pais.

– Mando, sim.

Saio em direção a minha família, que já se levantou e pagou a conta. Minha mãe é a pessoa com mais mágoa da Carol que conheço. Apesar de eu ter feito mil críticas a Dani ao longo dos anos, ela pareceu nunca escutar. Acredita que Beto e ela combinam, e Carol só usou o meu irmão. O que claramente não é verdade, mas com coração de mãe não dá para se meter. O bebê dela se magoou, então acabou.

No dia seguinte, encontro as meninas para tomar uma mimosa de café da manhã, mas nada da Carol nos contar o que aconteceu. Eu não sei o que acho mais estranho: minha melhor amiga esconder algo desse tamanho de mim, ou meu irmão parecer mais feliz do que nunca com alguém que eu jurava que não era para ele.

Ela começa a contar para a Ruli sobre os seus planos de fazer um curso de *Visual Merchandising*, e as duas começam a pirar, fazendo mil planos.

– Amiga, se você fizer mesmo esse curso, vai mudar o rumo da sua carreira.

– Sim, o objetivo é que mude mesmo minha carreira.

– Mas você sempre amou o Direito.

– E ainda amo, mas não me faz mais feliz. Quero trabalhar com moda, com algo relacionado à estética.

– Então pode começar aqui no ateliê, você quer?

– Tá falando sério?

– Podemos pensar em algo, vamos conversar.

– Mas eu não sei desenhar roupas, nada disso.

– O que exatamente você quer? Ficar na administração?

– Eu adoraria ficar na parte dos negócios, mas também quero montar vitrines.

– Acho que eu também me daria superbem montando vitrines, sabia? – digo para ela.

– Então faça o curso comigo, é apenas uma semana em Paris.

– Eu topo, sim, mas agora estou entrando nesse emprego e vou precisar acumular algumas horas para tirar.

– Eu também quero ir, mas para fazer um de moda – diz Ruli.

– E se nós três abríssemos algo nosso? – pergunto.

– O que você tem em mente, Mabel? – pergunta Carol.

– Não sei, estou pensando agora. E se pudéssemos criar um universo novo para empreendedoras? Uma casa com um jardim bem grande que desse para trabalhar, um café gostoso com bolos caseiros, tipo Isabela Akkari, e o ateliê da Ruli, tudo em um só lugar.

– Um espaço de *coworking*?

– Sim, de *coworking*, reuniões, *happy hour*. Nós podemos pegar um pequeno prédio e sublocar para outras empreendedoras da moda também. Colocar algumas oficinas de negócios, para quem quiser aprender mais coisas. Seria como uma aceleradora de negócios da moda. Um universo para a mulher ser a potência que deseja ser – digo.

– E podemos fazer um processo seletivo para escolher as empreendedoras que desejarem entrar. O que acham?

– Eu acho maravilhoso, isso vai aumentar muito a busca pelo espaço. Carol pode cuidar dos negócios de moda e decoração, você fica com o ateliê e eu fico com o *coworking* e com a parte de hospitalidade, para receber e acolher bem a todos. O que acham?

– Acho que precisamos fazer um plano de negócios – responde Ruli.

– Nessa parte o Beto pode ajudar, se a Carol não se incomodar, é claro.

– Não me incomodo, não, só não quero ir às reuniões, tudo bem?

– Olha, pensando que os negócios são a sua parte, o ideal seria você ir, mas também podemos pegar outra pessoa.

– Se puder, eu prefiro. Tem algo que eu não contei para vocês. Beijei o Beto no dia que dormi na casa da Mabel, após a bebedeira.

– Eu sei amiga, eu vi.

– Viu? Meu Deus, e por que não me disse?

– Porque queria esperar você me contar. Mas já fofoquei para a Ruli, né?

– Ela me contou, Carol.

– Bom, gente, foi um fiasco. Ele chegou, eu estava dormindo, e ele foi na varanda fumar um cigarro. Acordei quando ele fechou a porta, me levantei sem pensar e fui atrás dele. Cheguei e o beijei. Sem mais nem menos. Sem falar uma palavra, sem me justificar. No começo, ele me beijou também, mas, em seguida, me empurrou e pediu para eu me acalmar, porque eu estava muito bêbada. A gente se sentou, começamos a conversar, eu chorei, pedi desculpas por tudo, mas ele me disse que quer mesmo se casar com a Dani. Que se tinha alguma dúvida disso, aquele beijo, para ele, tinha sido o ponto-final.

— Meu Deus — falamos juntas, em choque.

— Pois é. Eu estraguei tudo, mais uma vez.

— Não acho que você estragou — diz Ruli —, apenas acho que vocês tiveram certeza de que um ciclo se encerrou, só isso.

— Pois é, dessa vez não me resta nenhum "e se...".

— Às vezes, é melhor assim. Ter certeza do fim.

13

Cinnamon roll

EMBARCO PARA SÃO FRANCISCO no dia 26 de setembro, quase no meu aniversário. Estou encarando tudo isso como o sinal mais importante de que um novo ciclo realmente se inicia com meu novo ano. Trinta e um anos e a vida não podia ser mais diferente do que eu imaginei. Há um ano jamais poderia imaginar que eu estaria aqui.

Chegarei em pleno domingo e terei um dia inteiro para passear. Amo ir à farmácia, comprar bobeiras e revistas, passar o dia inteiro curtindo. Quero pegar uma bicicleta elétrica e cruzar a ponte Golden Gate, tomar sorvete na Ghirardelli e ir à Lombard Street, a icônica rua em zigue-zague da cidade. Não sei se vai dar tempo de fazer tudo, mas na quinta-feira à noite já vou para a casa de Sophie, então não tenho muito tempo a perder.

Compro no Duty Free uma barra grande de chocolate Milka e duas garrafas de água com gás. Precisarei de bastante energia durante esse voo, e sei que um bom docinho sempre me faz bem. Entro no avião e, por um milagre, vou sem ninguém ao meu lado no voo, então deixo minha bolsa e as coisas onde eu possa pegar. Morro de medo de deixar minhas coisas no bagageiro superior da aeronave e alguém mexer enquanto estou dormindo. Por isso, sempre dou um jeito de colocar no meu pé e esconder da comissária de bordo que, de alguma forma, sempre tenta reorganizar meu espaço.

Resolvo escrever a reportagem sobre mim, já que não tenho mexido tanto no caderno nas últimas semanas.

Reportagem que eu amaria ler no futuro:

Mabel Munhoz é tudo, menos uma mulher comum. Hoje, a criativa compartilha um pouco da sua história conosco, que começou com uma demissão para lá de atrapalhada. Após cometer um erro em seu emprego e ser quase demitida por justa causa, ela ficou desempregada do dia para a noite e viu sua vida virar 180 graus.

Reorganizar-se internamente não foi nada fácil, porque Mabel conta que não sabia fazer o que hoje ela considera o básico na vida: sonhar. Saiu da faculdade no piloto automático, foi buscando por empregos que pagassem mais e mais, e começou a construir uma vida cheia de bens materiais, mas sem nenhum propósito maior.

"Percebi que algo estava profundamente errado quando não tinha ideia do que eu gostava ou não. No dia seguinte à minha demissão, foi como se tivessem tirado meu chão, porque a única base que me sustentava era minha rotina. Não tinha claros os meus valores, os meus planos de vida. Eu ia vivendo o dia a dia, pagando contas mês a mês."

Revista: E como foi o caminho para se reencontrar?

Mabel: Foi longo, e digo que estou nele até hoje. Quanto mais me conheço, mais descubro uma parte de mim que precisa ser cuidada. Nosso organismo nem sempre consegue processar bem tudo que acontece conosco e isso gera pequenos traumas, que vão limitando nosso campo de ação. Vamos nos diminuindo e nos colocando em um espaço que acreditamos ser o nosso, mas que é muito limitado. Então, se eu pudesse dar uma dica ao leitor, seria: faça uma jornada de autoconhecimento, e você encontrará todas as respostas. O que sabemos sobre nós hoje não necessariamente é quem somos de verdade.

Revista: E o seu negócio? Como surgiu?

Mabel: Fiquei anos no Pinterest, que foi minha casa e minha escola. Tenho muito carinho e muito amor por tudo que vivi lá dentro. Hoje, moro fora do país e minha rotina permite que eu tenha mais tempo para mim, por isso acabei criando um trabalho em que eu pudesse ter *a liberdade criativa de que minha alma precisa, porém ainda dentro de uma rotina que me permite ter produtividade.*

Revista: Mas você faz exatamente o quê?

Mabel: Nós temos um hub de criatividade e moda. Tudo começou com uma conversa no ateliê da minha sócia, Ruli, quando a Carol, nossa outra sócia, disse que queria mudar de carreira. Eu tinha acabado de entrar no Pinterest, e estava bem feliz com a minha decisão, por isso optei pela dupla jornada. Montamos um espaço que reúne coworking, café, lojas de moda e cursos. Um espaço onde a curadoria de conteúdo acontece de forma bem rígida, e as marcas passam por um processo seletivo para entrar. As pessoas que compram lá têm a certeza de que todos os produtos são de empresas 100% locais, com mão de obra justa, que apoiam alguma causa e têm um propósito forte. Não queremos incentivar o consumo pelo consumo, porque sabemos o impacto da moda no meio ambiente. No coworking, temos um hub de serviços: assessoria de imprensa, relações-públicas e contador. E agora estamos trazendo a marca para os Estados Unidos, mas, desta vez, focando as mulheres do mercado de tecnologia. Sou o pilar de criatividade da empresa, cuido da identidade e do posicionamento no mercado.

Talvez seja legal começar a estudar um pouco mais sobre posicionamento de marca, pois acho que a criatividade entraria bem nessa parte. Quanto mais clara for a nossa mensagem, mais forte a nossa marca será. Anoto essas informações e decido dormir.

Após algumas horas, chego a Dallas e percebo que já é meu aniversário e que meu celular está cheio de mensagens de pessoas que escreveram à meia-noite. Como é bom comemorar o nosso dia. Amo o fato de parecer que o mundo gira ao nosso redor por 24 horas.

Meu voo para São Francisco será daqui a algumas horas, então resolvo ir à loja Hudson para comprar algumas revistas.

Depois paro no Cinnabon, rede americana que vende uma espécie de rolinho de canela que eu amo, chamado *cinnamon roll*. Peço um de tamanho grande e uma água com gás, e me sento com as minhas revistas na sala vip da American Airlines. Uma das melhores coisas que meu trabalho antigo me deu foi o acesso às áreas vip para acompanhar as equipes do "alto escalão".

Estou completamente imersa na matéria da revista sobre como é por dentro da mansão de celebridades, quando sinto uma mão no meu ombro e quase pulo da cadeira, sentindo meu coração disparar. Quando estou pronta para dar um grito, olho para trás e não acredito. Nate. Nate. O meu Nate, em carne e osso.

– A princípio achei que era uma miragem. Mas pensei que ninguém comeria um *cinnamon roll* às 4 horas da madrugada, lendo uma revista *People* com as Kardashians na capa, só podia ser você.

Dou um abraço tão apertado nele, que sinto que vou sufocar. NATE! O Nate, o Nate!

– Ah, eu sou realmente única. O que você está fazendo aqui, meu Deus do céu?

– Fui para casa visitar meus pais, e o único voo de volta era com conexão em Dallas. De todos os dias da semana, escolhi amanhã, porque lembrei que era o dia do seu aniversário, então achei que o voo me ajudaria a lembrar.

– Não acredito que você lembrou! Tecnicamente meu dia é hoje, já que são 4 horas da madrugada.

– Então temos que comemorar.

– Fique tranquilo, sempre digo que não é um dia que importa, é o quanto estamos presentes nos outros 364 dias do ano.

– Mabel, deixa eu te pagar uma refeição pelo menos? Guarde esse *cinnamon roll* para a sobremesa, e vamos comemorar na Pizza Hut que tem aqui embaixo.

– Nunca digo não para uma boa pizza.

– E o que você está fazendo aqui, posso saber? – ele pergunta, assim que começamos a caminhar em direção à porta.

– Nossa, tenho uma vida pra te contar. Passei no Pinterest, e estou indo fazer um treinamento em São Francisco.

– Você tá brincando, Mabel, que máximo! Qual área?

— Serei assistente executiva, mas com grandes chances de exercer minha criatividade. Entro, vou estudando a estrutura da empresa e vejo com o que mais me identifico.

— Uau, uma garota com planos, nem parece a Mabel que eu conheço.

— Pois é, muita coisa mudou nos últimos oito meses. E tenho que te agradecer, pois o caderno que você me deu me faz companhia até hoje. Organizei toda a minha vida, hoje tenho planos claros e minhas bússolas internas bem determinadas.

— Fico feliz por você. E como foi esse processo?

— Doloroso, mas necessário. Digamos que ainda estou me conhecendo, mas feliz por quem estou me tornando.

— Ah, Mabel, se você soubesse do seu potencial...

— Hoje eu sei. Pode confiar que hoje eu sei. E como anda a vida em Los Angeles?

— As coisas estão bem. Consegui finalmente ter a qualidade de vida que eu esperava, saio do trabalho e consigo ter uma rotina saudável, bem diferente do que era em Manhattan.

Assim que chegamos ao restaurante, pegamos uma mesa naquelas cabines de madeira e nos sentamos entre os temperos com tampas cromadas. Pedimos uma pizza metade pepperoni, metade muçarela e voltamos a conversar.

— Hoje é por minha conta, Mabel.

— Claro que sim, você ganha em dólar, e eu, em real.

— Sim, mas é meu presente de aniversário também.

— Combinado. E a Mia?

— Eu e a Mia não estamos mais juntos.

Sinto meu coração acelerar e quase sair pela boca.

— O que houve? Nossa!

— Digamos que a distância era o que realmente nos fazia bem. Quando fomos morar juntos, foi um choque de convivência e acabamos nos desentendendo muito.

— Eita, não imagino você brigando com ninguém.

— Nem eu, mas acho que tínhamos valores muito diferentes e prioridades conflitantes.

— Poxa, Nate.

– Tudo acontece como tem que ser. Eu precisava sair de Nova York e acredito que foi a melhor coisa que me aconteceu desse relacionamento. Vou ao banheiro lavar as mãos, já volto.

Pego meu álcool em gel e o espalho nas mãos, com um cheirinho bom de Giovanna Baby. Nate volta, e eu me ponho a falar:

– Nossa, Nate, que bom te ver. Acho que eu não sabia como você fazia falta até te ver aqui.

– Você também, Mabel. Senti sua falta, mas tenho te acompanhado pelas redes sociais. Pensei em escrever algumas vezes, mas nosso último dia juntos não foi dos mais agradáveis, e talvez você quisesse esquecer tudo aquilo.

– Imagina, eu lido superbem com a minha demissão hoje. Sinceramente, foi a melhor coisa que poderia ter acontecido naquele momento.

– Tá falando sério?

– Estou sim, sacudiu a minha vida, me fez acordar. Por mais dolorosas que tenham sido suas palavras, você tinha razão, eu estava muito acomodada.

– Poxa, que bom te ver tão...

– Madura?

– Sim, acho que sim. Mas, acima de tudo, que bom te ver tão bem.

– Isso é o que traumas fazem com você. Te amadurecem anos em alguns meses – digo, rindo.

– E quais são os planos para seus 31 anos?

– Muita coisa vai mudar. Primeiro, estou numa nova empresa e tenho muito a aprender. A gente sabe como os primeiros meses são difíceis, e a curva de aprendizado é em torno de seis meses para as coisas se acomodarem. Segundo, quero fazer terapia, sinto que tem algumas coisas em mim que preciso trabalhar. Depois, vou morar sozinha, já que o Beto vai se casar.

– Tá brincando, que bom! Ele é um homem bom, gostei dele.

– Tenho conversado com algumas amigas sobre abrir um negócio, mas na verdade não é nada para agora, temos muito a amadurecer. Também tenho vontade de vir morar um tempo fora, acho que essa experiência seria boa pra mim, e numa empresa como a que estou, isso fica mais fácil de acontecer.

– Sempre te imaginei morando fora, sabia?

– Eu também, Nate. Não me sinto um peixe fora d'água por aqui, muito pelo contrário. Mas sei também que estrangeiros sempre são vistos como profissionais menos qualificados que os próprios americanos.

– Talvez você tenha razão, mas acho que em Nova York e Los Angeles isso acontece bem menos. Então, criatividade é o que você quer?

– Sim, quero criar. Quero oferecer novos universos para as pessoas, tirá-las da rotina do dia a dia e proporcionar uma experiência única, sabe?

– Você deveria ir para uma área de marketing sensorial, por exemplo.

– Nossa, sabe que é uma excelente ideia? Vou procurar algum curso sobre esse tema para que eu possa fazer.

– E quais são seus planos para São Francisco?

– Quero conhecer a Golden Gate, tomar sorvete no Ghirardelli e ver a Lombard Street. Sei que são clichês, mas eu amo um bom clichê.

– Mas você vai passar o dia do seu aniversário sozinha?

– Sozinha não, em minha própria companhia.

– Então vou fazer uma coisa. Vou mudar minha passagem de Los Angeles para São Francisco, e depois alugo um carro e volto dirigindo.

– Você tá falando sério?

– Estou sim. São umas seis horas de carro, e eu amo dirigir. Poxa, não é todo dia que o universo nos manda uma grande amiga assim no aeroporto. Você topa?

– Claro que eu topo, vou amar passar esse dia com você.

A pizza chega, e como sem acreditar em tudo o que está acontecendo. Nate é realmente um dos homens mais gentis que eu conheço, fazendo todo esse movimento para que eu não passe o dia sozinha.

Ele paga a conta e pede para eu pegar o *cinnamon roll* na minha bolsa. Coloco em cima da mesa, ele abre, e cantamos parabéns. Ele pede para a garçonete um isqueiro e o acende na minha frente:

– Faça um pedido, Mabel.

Fecho os olhos e desejo de todo o meu coração que meu ano seja tão bom quanto esse momento. Assopro o isqueiro, dou um garfo para ele e pego um para mim. Dividimos o doce de canela, enquanto rimos sem parar. Bem-vindos, 31 anos!

14

Sanduíche de atum

DEIXO MINHAS MALAS NO HOTEL, a gente veste roupas mais adequadas para o programa e começamos nosso dia em Castro, considerado o bairro gay mais famoso do mundo e que eu tinha o sonho de conhecer por causa do movimento LGBTQIAPN+. O ativista Harvey Milk foi assassinado nesse bairro e mudou a história da cidade para sempre. De tudo que li e pesquisei, com certeza foi a parte de SanFran com que mais me conectei. Existe uma força na coragem de assumir quem se é, que não consigo explicar. Independentemente da sua etnia, gênero ou biotipo, quando você se orgulha de se olhar no espelho, sua luz irradia por quarteirões.

Nos sentamos na Le Marais Bakery para tomar café, peço um *croque madame* e um café com leite. O que sou na vida sem meu bom café ao lado? Acho que tomo mais de seis por dia, sem brincadeira. Nate pede um *croque monsieur* e um suco gelado.

– Tô ansiosa para amanhã – confesso. – Acho que nunca gostei tanto de um emprego em minha vida sem nem mesmo ter começado. Sabe aquela sensação de querer dar o seu melhor?

– Sei, Mabel, claro que sei – diz ele, sorrindo.

– Sim, você é acostumado a botar essa energia em tudo na vida, mas para mim é bem novo. Pela primeira vez estou vendo esse passo como o primeiro de muitos que ainda vou dar. A minha vida toda me acostumei a caminhar por rotas curtas. Sinto que essa é minha primeira corrida longa na vida.

– Você já ouviu falar do caminho de Santiago de Compostela?

– Já, sim.

– Dizem que as longas estradas são as que mudam a vida. Repare que ninguém que comenta sobre esse caminho fala do prazer da chegada. Absolutamente todos relatam os milagres e as descobertas ao longo do trajeto.

– Ou seja, aproveite a estrada.

– A gente espera muito tempo para subir no pódio, idealiza como é vencer e carregar um troféu. Mas a verdade é que passamos anos vivendo o processo, a preparação, por isso devemos ser felizes durante esse período. Uma vez ouvi uma entrevista que Michael Phelps deu para Tony Robbins, em que ele conta que diversos atletas têm depressão pois passam quatro anos treinando para as Olimpíadas, e é tudo ou nada em questão de segundos. E então só viverão aquele pico de adrenalina novamente depois de mais quatro anos.

– Faz sentido, nossa, que pesado.

– Sim, muito. Por isso, escolha algo que a faça feliz todos os dias. Mabel, você é excelente no que faz, e ganhou uma porta de entrada para realizar isso numa empresa criativa.

– Eu sei que tenho sorte.

– Mabel, é mais do que sorte. Você se dispôs a se conhecer, agora pode colher os frutos.

Acabamos de comer, e Nate decide me levar até Haight-Ashbury, que é um bairro hippie de São Francisco, lotado de brechós. Ele me conta que Sophia Amoruso, empreendedora, comprava tudo nesse bairro quando lançou seu *e-commerce*, que depois foi eternizado no livro *Girlboss*. Eu particularmente não gosto de usar roupa de brechó. Tem algo muito íntimo na energia da roupa, que sempre me dá a impressão de que eu acabo captando essa energia quando uso algo de outra pessoa. Resolvemos passear para conhecer um pouco, entramos em uma loja porque Nate se apaixona por uma jaqueta verde militar e, assim que a compra, começa a usar. Ele fica lindo nela, e quase me encoraja a provar um modelo *oversized* da mesma cor, mas eu detestei a ideia de sairmos de par de jarros.

– Você devia encher sua jaqueta com aqueles *patches* de tecido.

– Na loja ao lado você encontra vários – comentou a vendedora.

– Então vamos, Mabel. Deixo você escolher um.

Assim que entramos na loja, vou logo perguntando se tem algum *patch* com a bandeira do Brasil. A vendedora diz que vai procurar, mas acha que sim. Nate fica enlouquecido na loja, e começa a separar os favoritos dele. Um dos Rolling Stones, um com uma nave espacial escrito "*I want to believe*" (Eu quero acreditar), um do Exército americano. Quando a vendedora traz um com a bandeira do Brasil, vejo um com uma bola de bilhar preta, que lembra um brinquedo americano, em que você faz uma pergunta, sacode a bola e obtém uma resposta. Entrego para Nate e digo:

– Esqueça a bandeira do Brasil. Se é para deixar uma marca, escolho esse. Essa bola me faz lembrar daquele brinquedo que te dá todas as respostas. E, de certa forma, esse foi você, no caminho do meu autoconhecimento.

– E você, quando eu entrei na empresa.

– Sim – digo, sentindo meu rosto ficar vermelho, e, naquele momento, me arrependo de não ter comprado o casaco. – Nate, eu quero a jaqueta, vamos voltar lá para comprar?

– Claro! Sabia que você ia se arrepender. Eu te dou de presente de aniversário.

Estou com uma camiseta listrada branca e preta, um jeans preto do Ateliê de Calças, uma bota baixa cheia de *strass* e minha mais nova jaqueta *oversized* de cor verde militar. Sentindo-me *cool* como há muito tempo não me sentia.

– Agora vamos comprar *patches* para você.

– Putz, mas esse casaco é tão chique.

– Mabel, faz parte da experiência. Não é todo dia que se faz 31 anos, em São Francisco, prestes a começar um emprego na empresa dos seus sonhos. Você tem ideia de que meses atrás estava vomitando e praticamente foi expulsa de uma empresa?

– Nate, vou te falar uma coisa, promete que não vai rir?

– Não posso prometer nada.

– Finalmente acho que estou me tornando protagonista da minha própria história. Sinto que estou com as rédeas, indo para onde desejo. Nós dois aqui, hoje, está sendo muito especial para mim.

– Para mim também. Agora pare de me enrolar, quero *patches* nesse casaco.

– Pode ser só na frente? Qual devo escolher?

– Um da bola oito, obviamente, e um dos Rolling Stones, o que acha?

– Quero também um outro que vi, que está escrito "*I'm trying my best*" (Estou tentando o meu melhor).

– Mas você não está tentando. Está fazendo.

– Tem razão. Então vou deixar esses dois, que representam bem o dia de hoje.

Quando vamos ao caixa pagar, pego um modelo clássico de óculos Ray-Ban e coloco no rosto. Agora sim, meu *look* está completo. Nate pega um modelo de óculos espelhado prata, e eu rio.

– Se vamos viver a experiência completa, tenho que entrar no clima.

– Combinado.

Vamos até a Union Square e pegamos o bondinho sentido Powell-Hyde, para viver o clássico dos filmes. Nós nos sentamos lado a lado e descemos próximo à Lombard Street. De repente, uma das casas mais lindas está bem na minha frente; cheia de plantas roxas pelas paredes e um portão de garagem cinza. Nate praticamente me empurra para a frente da porta e diz: "Fique aí que vou tirar uma foto de você". Faço uma pose de braços abertos e, em seguida, o chamo para tirarmos uma *selfie*. Acho que nunca tínhamos ficado com os rostos colados na vida, e a foto fica linda.

Descemos a rua e começamos a fazer o caminho para a Ghirardelli Square, onde tem a sorveteria que eu queria tanto ir. Tiramos uma foto em frente, compro um chocolate para levar, mas, na verdade, estou querendo almoçar. Nate então me diz que tem o lugar perfeito para me levar. Caminhamos até o Fisherman's Wharf, um píer delicioso, e sinto a brisa bater em meu rosto. O dia está friozinho, e as pessoas estão começando a se agasalhar. Vejo várias pessoas de todas as idades caminhando com uma leveza de invejar. Por um segundo, me imagino morando aqui e muito feliz. Acho que hoje eu seria feliz em qualquer lugar, reflito. Mas aqui parece uma cidade especial.

Paramos na Boudin Bakery, uma padaria divertidíssima. Os pães "viajam" por cestas no teto, atravessando a padaria em uma logística incrível. Os formatos são dos mais variados, tem pão em formato de urso, caranguejo e tartaruga. Começo a postar tudo, me divertindo sem parar. Peço uma *Sear-ious Steak Salad*, que é uma salada com carne, cogumelos, tomate e cheddar. Nate pede um sanduíche de atum e cheddar que parece delicioso.

— Esse sanduíche tá com um cheiro maravilhoso.

— Eu disse que você ia se arrepender de pedir salada. Quer um pedaço?

— Acho que quero, me dá?

Ele aproxima o lanche da minha boca, e eu a abro para ele me dar. Mordo e realmente está muito saboroso, quentinho e de dar água na boca.

— Mabel, acho que você está com uma sujeirinha... Deixa eu limpar.

Ele pega o guardanapo, se aproxima bem do meu rosto e limpa minha boca. Travo minha respiração, porque é aquele nível de intimidade que, se você expirar, a pessoa inspira o seu ar, e eu não estava preparada para isso. Nos olhamos nos olhos por alguns segundos a mais do que o normal, e eu abaixo o olhar, quebrando esse contato visual. Não que Nate não me atraia, não é isso, muito pelo contrário. Mas não quero ser a pessoa que vai transformar nossa amizade em um possível algo a mais, porque preciso me preservar.

Se ficarmos juntos, seria por uma noite e nada mais. Ele mora aqui, eu moro no Brasil. Depois do Rodrigo, vai ser difícil acreditar que alguém pode ser fiel a quilômetros de distância. Não que Nate seja como ele, mas... para que procurar problema? Estou bem. Finalmente tenho um plano, um futuro e uma vida inteira pela frente. Não quero que ela se resuma a homem outra vez.

Saímos do restaurante e vamos alugar as bicicletas para cruzar a Golden Gate. Eu pego uma elétrica porque tenho zero condicionamento físico para um tipo de programa assim, apesar de ser uma vontade minha, e não dele. Nate confessa que, por ele, pegava um café e se sentava no píer, mas eu estou louca para conhecer a cidade. Vai saber quando terei a chance de voltar para cá.

O caminho na ponte é maravilhoso. Uma vez vi em um documentário que é o local onde mais suicídios acontecem por ano, e isso arrepia minha espinha só de pensar. Tomara que eu não veja nada assim, sinceramente não saberia como lidar.

Decidimos ir até Sausalito, próximo ao fim da ponte, que é uma pequena cidade cheia de charme que vale a pena conhecer. Passamos em frente a um dos parques, onde está tendo uma sessão de cinema ao ar livre, e decidimos entrar com nossas bikes.

A gente se senta na grama e está passando o clássico de Tom Cruise, o filme *Top Gun*. Agradeço a Deus por me sentar, porque pensei que nas bicicletas elétricas não tínhamos que pedalar, um grande engano. Estou exausta e tudo que eu queria era uma água de coco. Cadê os ambulantes vendendo? Comento com Nate da minha sede, ele vai comprar algo para bebermos, e diz que tem que ir para Los Angeles em breve, então não podemos demorar. De repente, ele começa a mudar o rumo da conversa:

— Me conta, Mabel, está feliz de estar em SanFran?

— Acho que estou feliz como nunca fui, Nate. Existe uma paz dentro de mim, que não sei explicar. Uma certeza de que estou no caminho certo, sabe?

— E sua vida amorosa, posso perguntar?

— Claro, pode sim. Ah, Nate, para ser sincera, só me envolvo em roubada. Estava saindo com um cara em São Paulo, mas ele voltou com a ex-namorada e acabou me deixando na mão.

— Não acredito.

— Pois é, foi chato, eu fiquei bem triste. Mas, pela primeira vez, tenho uma carreira pela frente, e não queria que meu foco fosse homens, sabe? Se aparecer alguém legal, apareceu. Mas agora não estou buscando.

— Acho que não devia se fechar para nada que o destino te enviar. A vida é uma surpresa, tudo pode acontecer.

— Sim, concordo, mas as coisas têm que ser simples, sabe? Cansei de me ajustar para caber em outros mundos.

— Você mudou, Mabel.

— Acho que sim, Nate. Mas para melhor, né?

— Muito melhor. Não me leve a mal, você sempre foi uma pessoa incrível, mas... te vejo mais mulher agora.

— Assumi um compromisso com a única pessoa que teimava em não assumir: eu mesma. Sempre me comprometi com os outros, e nunca comigo. De alguma forma, eu achava que podia me largar, que sempre dava conta de sobreviver. Agora entendi que preciso tomar conta de mim, assim como tomei conta de você quando entrou na empresa.

— E eu posso te ajudar de alguma forma?

— A milhares de quilômetros de distância, Nate? Acho que não.

— Você tem razão. Mas pelo menos podemos voltar a nos falar com frequência, o que acha?

— Nate, eu gosto de você e gosto de conversar com você. Não sei de onde você pensou o contrário.

— Então combinado.

Nós nos levantamos e caminhamos lado a lado, segurando nossas bicicletas, rumo à Golden Gate para fazer o caminho de volta.

— Será que você terá um novo Nate na empresa nova?

— Impossível. Só existe um Nate na minha vida.

— E só existe uma Mabel na minha.

— Então estamos combinados assim.

O fim de tarde chega, deixando o tempo ainda mais frio. Conforme o dia termina, começo a pensar que esse aniversário foi realmente especial, principalmente por ter Nate aqui comigo. Não imagino uma pessoa com quem esse dia combinaria mais do que com ele. Olho para o *patch* em formato de bola de bilhar e tenho uma ideia.

— Nate, tenho um último desejo de aniversário.

— Diga.

— Acho que devíamos fazer uma tatuagem, com essa bola de bilhar. O que acha?

— Acho que você tá completamente louca, mas eu gosto da ideia.

— Sempre quis fazer uma tatuagem, e acho que nada mais perfeito do que marcar esse momento. O oito simboliza o infinito, esse ciclo que você me ajudou a começar, o momento que estou vivendo e que você está vivendo.

– Uau, então estaremos conectados para sempre, Mabel. Tem noção disso?

– Ué, mas você pensava em se livrar de mim em algum momento?

– Claro que não. Tatuagem com uma mulher... Taí algo que nunca pensei que fosse fazer.

– Então vamos ativar o impulsivo que existe em você, pelo menos uma vez na vida. Topa?

– Será que dói?

– Claro que deve doer. Mas dizem que é uma dor boa, dessas que a gente gosta.

– E por acaso existe dor boa? Eu nunca senti.

– Dor de espremer uma espinha, tirar um cravo. Essas são dores boas, com certeza.

– Tá bom, você tem razão. Nossa, Mabel, não sei se eu tenho coragem.

– Vamos, bobo. Qualquer coisa você tira com laser depois.

– Mabel, tatuagens em peles pretas são muito mais difíceis de remover. Estou na dúvida se faço ou não.

– Então vamos comigo, eu vou fazer. Esse é um momento único na minha vida, em que eu pareço ter todas as respostas, como você e esse brinquedo maluco.

– A gente não pode apenas comprar uma Magic 8 Ball e eu te dou de presente?

– Não teria o mesmo sentido ou intenção. Quero eternizar o dia de hoje de alguma forma. Nunca mais viveremos isso. Eu, você, São Francisco, hoje. Amanhã tudo será passado. Você estará em Los Angeles, já, já eu volto para o Brasil, quem sabe quando vamos nos ver?

– Só você me convidar para ir a São Paulo.

– Ou se eu conseguir uma transferência para cá. Imagina que sonho?

– Calma, Mabel, você acabou de entrar. Pode ir passar as férias lá em casa, tem lugar para ficar. Os espaços de moradia em Los Angeles são incrivelmente maiores que em Nova York, você vai se impressionar.

– Então eu vou, combinado. No próximo feriado que tiver, eu vou te visitar.

– Vou te esperar. No final do ano, o que acha?

– Pode ser, vou me organizar. Aí passamos o Ano-Novo em Los Angeles, mas com uma condição: você me leva para fazer o *tour* do TMZ e conhecer as casas dos famosos.

– Combinado. Até persigo uma Kardashian se você for mesmo.

Dou um Google em estúdios de tatuagem perto de onde estamos, e começo a ler no Yelp os comentários a respeito. Achamos um próximo ao aluguel das bicicletas, e ele está quase fechando, vejo o dono fechar a persiana assim que atravessamos a rua. Bato à porta correndo, e faço um sinal de por favor com as mãos. Ele ri, e abre a porta.

– Deixe eu ver se adivinho: vocês estão bêbados e tiveram uma excelente ideia para uma tatuagem, que precisa ser feita agora.

– Mais ou menos. Estamos sóbrios, e ele vai partir para Los Angeles em breve. Aí, tive uma ideia de uma excelente tatuagem, e ele veio na minha onda. Queremos fazer a Magic 8 Ball.

– Você sabe que algumas pessoas associam essa tatuagem a jogos de azar, né?

– Mas não no nosso caso. Ela significa ter as respostas um do outro, como na bola mágica.

– Que romântico, isso sim é sintonia de casal, ter as respostas um do outro.

– Não somos um casal – me apresso a dizer.

– Por opção dela? – o tatuador pergunta rindo e olhando para Nate.

– Digamos que ainda não chegamos a ter esse tipo de conversa – Nate ri e eu fico roxa de vergonha. Que conversa? De onde surgiu isso? Achei que era algo que só eu sentia, meu Deus do céu.

– Vocês já sabem onde vão querer tatuar?

Eu aponto para a costela, bem na faixa do sutiã, e digo:

– Bem pequena, aqui.

Nate me olha surpreso.

– Você vai tatuar aí???

— Vou, qual é o problema?

— Mas se é pra esconder, por que fazer?

— Mas eu faço algo pra mim, não para os outros. Você vai fazer onde?

— Pensei na parte de dentro do tornozelo. Mas você vai primeiro.

— Medroso.

— Não quero arriscar passar por essa dor e você desistir.

— Mais fácil você desistir do que eu.

— Então vamos escolher os desenhos.

Pegamos uma pasta enorme, e o tatuador mostra todas as bolas 8 que tem; uma delas inclusive é o brinquedo e tem um triângulo no lugar do 8. Mostro para Nate. No centro dela tem a mensagem *"Signs point to yes"* (Os sinais apontam que sim) e decido que é essa que vou fazer. Nate resolve escrever na dele *"Without a doubt"* (Sem dúvida).

— Por que não fazemos só o triângulo? – Nate sugere.

— Acho que pode ser, fica mais delicado.

— Você primeiro.

Assim que ele diz isso, cai a ficha de que terei que ficar de sutiã na frente dele. Eu, Nate e um tatuador de 60 anos em uma sala, onde eu fico pelada. *Okay*, não exatamente pelada, mas quase.

Respiro fundo, tiro o casaco, a camiseta, e Nate – como bom cavalheiro que é – se vira para trás e olha para o teto. Seguro minha camiseta em cima dos meus seios, e solto meu sutiã. Deito na maca, e assim que dou o *okay* para o tatuador, Nate se vira para olhar.

— Quer que eu segure a sua mão, Mabel?

— Não precisa, Nate, quase não dóóói... Ai! – Olho para o tatuador, com uma cara de brava.

— Eu estava indo para casa, foi você que me pediu pra fazer essa tatuagem – diz o tatuador.

— Mas vai logo!

— Silêncio, se não vai tremer.

Assim que acabo, ele me mostra e eu amo! Fico encantada ao ver como ficou delicada e charmosa. Nate faz um sinal de joinha com o dedão e abre um sorriso.

– Agora é minha vez, Mabel.

– Esse lugar dói muito mais – diz o tatuador.

– Então pode vir segurar a minha mão.

Ele se deita na maca, o tatuador passa uma gilete na sua perna, e seguramos as mãos. Ele me olha alguns segundos além do permitido, e dessa vez não abaixo os meus olhos. Sorrio com a cumplicidade que estamos criando naquele momento. Algo só nosso.

Nate solta uns resmungos, e aperta minha mão. Dou risada, mas fico firme e forte o apoiando. Ele fecha os dedos nas minhas mãos, e as beija. Eu olho incrédula para aquele ato de intimidade profunda, mas não posso deixar de sorrir.

– Só não vale morder minhas mãos, hein?

– Não posso prometer nada, garota.

Assim que acaba, ele me olha e fala que adorou. Digo que as tatuagens são por minha conta, e faço o pagamento para o tatuador. Saímos pela rua e noto que já anoiteceu. Saio um pouco a frente e vejo um táxi entrando na rua. Dou um sinal para ele parar, e Nate puxa minha outra mão para trás. Quando vejo, ele acaba de me agarrar.

15
Cookies e croissant

ELE PASSA A MÃO POR DENTRO dos meus cabelos e me puxa para perto dele. Seu outro braço entra pelo meu casaco e me puxa pela cintura. Coloco minhas mãos em volta do seu pescoço e me entrego pra valer. Um beijo bom, um beijo mais do que bom. Paramos para nos olhar e começamos a rir. Ele me diz que faz horas que está querendo fazer isso, e eu penso que quero isso há meses, talvez anos.

– Dorme aqui comigo hoje.

– Mas amanhã eu preciso trabalhar. Posso voltar no final de semana.

– Eu tinha combinado de ir para a casa da Sophie, mas se me der certeza posso ir jantar lá um dia da semana.

– Eu posso ir com você, o que acha?

– Para a casa da Sophie? Mas ela mora em Los Altos, aqui ao lado.

– Ué, podemos jantar lá um dia. Sempre quis conhecer um pouco da sua vida.

– Mas, Nate, você não acha que é um pouco rápido demais? Nós literalmente acabamos de nos beijar. Vamos com calma.

– Se eu fosse apenas seu amigo, você me levaria?

– Claro!

– Então vamos como amigos jantar lá um dia. O que acha?

– Combinado. Então vou fechar mais duas diárias no hotel que estou, já que tem a tarifa da empresa, e vamos até lá jantar.

– Agora preciso ir para casa, Mabel.

– Eu sei, vá sim, já está tarde.

– Nos vemos em breve.

Chego ao hotel sem acreditar no que aconteceu. Tiro os sapatos e me jogo de costas na cama, sem nem me trocar. Sinto o perfume de Nate em mim, sinto que tudo está prestes a mudar loucamente, e não saber a direção para onde as coisas estão indo me dá uma tremenda ansiedade.

Resolvo olhar o cardápio do serviço de quarto, e escolho um cheeseburger e uma garrafa de vinho branco. Aproveito enquanto a comida não chega para fazer um FaceTime com as meninas, mas Nate é mais rápido e me manda mensagem no WhatsApp:

Nate: Já estou no carro.

Mabel: Me avisa quando chegar em casa?

Nate: Vai ser tarde, mas aviso sim.

Mabel: Adorei o nosso dia. Obrigada.

Nate: Eu que agradeço, por me permitir comemorar seu aniversário ao seu lado.

Mabel: E agora fizemos uma tattoo. :-P

Nate: Pois é, sigo sem acreditar. Aliás, muitas coisas surpreendentes aconteceram hoje.

Mabel: Surpreenderam positivamente?

Nate: Maravilhosamente. Se cuida, garota.

Entro no meu grupo Bastidores e apenas digo:

Mabel: Chamada de vídeo, urgente, agora. Quem pode?

Sophie: Eu!

Carol: Tô livre!

Ruli: Bora!

Conto tudo o que aconteceu, em detalhes, e começo a mandar as fotos do nosso dia, até da tatuagem. As meninas ficam em absoluto choque, mas muito felizes.

– Finalmente, tô esperando por esse beijo há quase quatro anos!

– Carol, se você tá esperando, imagine eu. Lembra que no começo eu tinha uma superqueda por ele, e depois acabamos virando amigos? Pensei que tinha virado a melhor amiga, para variar.

– Meu Deus, o Nate vem jantar na minha casa. Segura essa, meu povo!!!

– Calma, Sophie, ainda tô achando isso muito estranho, você não acha?

– Eu te digo que amei, e é como ele disse: se vocês fossem apenas amigos, você o convidaria. Então por que manter essa distância? Ele se tornou radioativo depois do beijo?

– Muito pelo contrário.

– Então, relaxa. Ele é americano, o Nick também. Só falaremos em inglês, vamos deixá-lo bem à vontade, e vou fazer comidinhas brasileiras pra gente comer. O que acha?

– Acho ótimo, obrigada. Mas não vou mais passar o final de semana aí, tá?

– Claro, né? Venha jantar um dia aqui essa semana se der tempo, mas sem estresse. Agora o jogo é outro.

– E é namoro?

– Ruli, eu sinceramente não sei o que é. Não tenho a menor ideia. Sei que foi um dia incrível, e que acabou de forma surpreendente. Mas acho difícil virar namoro com tanta distância.

– Tem que querer muito. Nick e eu tivemos várias fases, mas éramos adolescentes, sem independência financeira. Fora que hoje existe o FaceTime e milhares de ferramentas para ajudar.

– Sexo virtual no FaceTime, já imaginou, Mabes?

– Gente, não deu nem tempo de pensar, eu cheguei ao hotel e já liguei pra vocês. Tô processando todas as informações agora, conforme conversamos.

– E você tá pronta para amanhã? Levou as minhas roupas para usar?

– Claro, vou com o vestido azul-marinho e o lenço na cintura. O que acha?

– Acho lindo. Se quiser, pode usar com uma sapatilha ou um All Star, ficaria *supercool*.

– Acho que All Star não, mas vou com um salto vermelho, já que é a cor da empresa.

– Mabel, o Nick me disse que o escritório deles é enorme, se puder vá de sapato baixo.

– Combinado, obrigada por avisar.

Respondo o restante das mensagens de aniversário e faço um FaceTime com a minha mãe para ela me parabenizar. Como meu sanduíche assim que chega, tomo um banho e vou logo dormir.

Por volta da 1 hora da madrugada, recebo uma mensagem do Nate, avisando que chegou.

Nate: Bons sonhos, linda garota. Cheguei à cidade agora, estou no táxi para ir pra casa.

Mabel: Boa noite, Nate.

Nate: Ainda acordada? Não vá perder a hora amanhã.

Mabel: Já estava dormindo, fique tranquilo. Acordei apenas pra te responder.

Nate: Não parei de pensar em você, sabia?

Mabel: Eu também. <3 Foi incrível, ainda sem acreditar.

Nate: O destino prepara as melhores surpresas pra quem arrisca viver.

Mabel: Como diria Brené Brown, precisamos estar na arena da vida.

Nate: Exatamente. Feliz novo ciclo, Mabel.

Mabel: Obrigada, Nate, e obrigada pelo dia incrível. Nos vemos na sexta-feira.

Nate: Amanhã me conte como foi.

Mabel: Pode deixar.

*

ACORDO ÀS 5H30 DA MANHÃ, mais ansiosa do que nunca. Às 9 horas, tenho que encontrar um brasileiro chamado Lucas, que vai ser o responsável por me apresentar o prédio e me levar ao meu treinamento.

Aproveito para tomar mais um banho e fazer uma maquiagem incrível. Pego meu *sérum* iluminador da Bruna Tavares e passo para preparar a pele. Passo meu corretivo da Simple Organic nas olheiras, e começo a passar a base, em seguida a sombra. Eu me acalmo um pouco, coloco sapatilhas confortáveis, mas levo um sapato de salto na bolsa, só para garantir. Estou hospedada em um Hyatt que fica na 3rd Street, e o escritório central do Pinterest está localizado na 505 Brannan Street, a poucos metros de distância. De acordo com o Maps, em sete minutos andando eu chego lá. Olho no meu relógio e são... 6h45 da manhã. Tenho quase duas horas até sair e resolvo chamar Beto para conversar no FaceTime.

– Diga, irmã.

– Tá no trabalho?

– Na verdade tô em casa, peguei uma virose ou comi alguma coisa estragada.

– Não acredito, o que você tá sentindo? Já tomou remédio? Pegue lá no meu armário de medicamentos.

– Já peguei, tô falando com o médico o tempo todo. Estou derrubado, Bel, pior é que tinha uma reunião superimportante hoje.

– Tenho uma coisa para te contar.

– Diga. Aliás, que horas são aí?

– São 6h45, tô esperando para ir para o trabalho e resolvi ligar para fofocar. Então, você não sabe quem encontrei no aeroporto, vindo pra cá. Na escala em Dallas.

– Kim Kardashian?

– Quem dera. Não, o Nate.

– Hummmmm, e aí?

– Tá sentado? Você não vai acreditar.

Começo a contar os detalhes das últimas 24 horas, e Beto surpreendentemente parece mais curioso que as minhas próprias amigas. Fico feliz de ver o quanto ele torce por mim e vibra por cada pequena coisa que acontece. Damos umas boas risadas e, quando olho no relógio novamente, já são 7h30. Eu me despeço e desço para dar uma parada em algum café antes de chegar ao Pinterest. Vejo no Yelp que tem um Blue Bottle Coffee na rua de trás, e resolvo me sentar lá para esperar o tempo passar.

Peço um café com leite, *cookies* e um *croissant* e me sento à mesa para relaxar. Pego na bolsa o meu Caderno da Jornada, mas, sinceramente, hoje não tenho o que escrever. Essa imersão no Pinterest será importante, e acho que preciso viver alguns dias, anotar apenas minhas percepções e focar o que gostar. Esse trabalho é uma ponte para eu chegar aonde quero: a área de criatividade.

Tenho que me lembrar disso porque é possível que eu odeie meu chefe, esqueça que é uma empresa maravilhosa e acabe me prendendo a pequenos conflitos. O Pinterest em si tem que ser minha meta e tenho que desenhar um plano assim que entrar. O melhor de tudo é que meu chefe já sabe que meu objetivo é crescer lá dentro, então o mais importante é bolar uma estratégia.

Eu me sento ao lado de uma moça bonita, com cabelos ruivos, iguais aos de Ruli. Olho para ela, sorrio e vejo o crachá do Pinterest.

— Nossa, hoje é meu primeiro dia. Começo meu treinamento em breve.

— Você vai amar trabalhar conosco! Bem-vinda ao time! Qual o seu cargo?

— Sou assistente executiva em São Paulo, no Brasil.

— Que legal, já trabalhei alguns dias no nosso escritório de lá. Você sabe o nome do seu chefe?

— Marcus.

— Não o conheço. Mas você tem sorte, no próximo mês é nossa Makeathon.

— O que é isso?

— Você gosta de criar projetos?

— Sinceramente, foi por isso que entrei no Pinterest.

— A Pinterest Makeathon é um momento em que os funcionários se unem em projetos pelos quais eles sejam apaixonados, mas não têm tempo de fazer por causa do dia a dia corrido. Então separamos três dias inteiros e trabalhamos com colegas de diferentes áreas em ideias que fazem nosso produto, cultura ou processos melhores. Nesse meio-tempo, tem algumas atividades de pausa, como um almoço com banda, aulas de colagem, ginástica... é maravilhoso, a gente pode criar, inovar, explorar novos hobbies.

— Meu Deus! — Sinto meus olhos se encherem de lágrimas.

— Querida, você está chorando?

– Na verdade, estou emocionada. Eu sempre quis trabalhar num espaço criativo.

– Então você com certeza está no lugar certo.

– Sinceramente, eu queria uma vaga mais criativa do que a que estou, mas foi o que me apareceu, e, por ser dentro do Pinterest, topei.

– Você vai ver que, pelo menos aqui nos Estados Unidos, a empresa inteira tem uma energia inovadora. Por exemplo, temos o The Idea Factory (Fábrica de Ideias), que é um lugar onde todos os funcionários podem colocar seus produtos ou ideias, se reunir para criar projetos e votar no que acreditam que fará do Pinterest um lugar melhor. As ideias são divididas com líderes para dar visibilidade e tem uma votação do que acreditam que ajudará o Pinterest a melhorar. Assim, durante o ano todo, você pode criar sem precisar esperar a Makeathon.

– Mas mesmo para cargos não criativos?

– Querida, qualquer cargo! Eles incentivam demais esse lado do funcionário.

– E vocês têm funcionários do mundo inteiro por aqui?

– Claro, muitos. As *tech companies* são praticamente formadas por cidadãos globais. Segundo Adam Grant, psicólogo organizacional de Wharton, as empresas que apostam na diversidade têm mais chances de sucesso do que as que contratam apenas locais. Você tem vontade de vir para cá?

– Não sei se necessariamente para São Francisco, mas tenho vontade de morar fora.

– Então deixe claro para o seu chefe isso. Não tenha medo de ser sincera, as empresas multinacionais têm funcionários com os mais diferentes perfis e objetivos. Não tem como ninguém adivinhar o que você deseja e lutar pelo seu sonho, somente você. Aliás, nem me apresentei, eu sou a Kelly.

– Eu sou a Mabel. Kelly, você já fez a minha manhã muito melhor do que eu poderia imaginar. Tem razão quanto aos planos e objetivos.

– Acredite, nas empresas grandes as cadeiras giram depressa. Hoje uma vaga não existe, amanhã ela está à disposição. Sempre olhe nosso banco de vagas e, depois que você fizer um ano de empresa, comece a se candidatar. Claro, avisando seu gestor.

– Combinado, farei isso. Então você já trabalhou no Brasil?

– Fiz um mochilão com meu namorado, passamos meses viajando. Conversei com a minha chefe e peguei uma vaga remota durante um ano. Foi a melhor coisa que fiz, sem sombra de dúvida. Preciso ir, estou quase no meu horário de trabalho. Vamos juntas?

– Vamos!

Ficamos conversando até chegar ao Pinterest. O prédio é todo de vidro transparente em um tom de azul. Entro e me deparo com um luminoso grande com a mensagem "Bem-vindo ao Pinterest!" e, do lado esquerdo, um *neon* com os escritos "Prontos, preparados e vamos!". Atrás do balcão, uma escada em caracol de ferro, e, logo do lado direito, uma cafeteria com mesinhas para se sentar, onde você pode comer. O ambiente é todo numa *vibe* industrial.

Envio uma mensagem para o Lucas, brasileiro que está me esperando, avisando que cheguei, e ele logo vem me encontrar. Começamos a andar rápido, pois a reunião está prestes a começar. Olho para os meus pés e vejo que esqueci de trocar os sapatos, provavelmente farei isso enquanto assisto à apresentação.

Lucas me conta que se formou em Stanford e, há anos, mora por aqui. Seu marido também trabalha na empresa, e eles vêm juntos todos os dias de bicicleta. Impressionante como as pessoas têm qualidade de vida na Califórnia, bem que Nate mencionou isso quando ia se mudar, mas eu não levei tão a sério.

Vejo pessoas chegando de roupa de ginástica, de short, camiseta e até com seus cachorrinhos. Isso, em especial, me choca, porque morro de medo de animais. Na verdade, tenho medo de gatos. Uma vez estava comendo peixe no almoço da escola, e o felino da diretora arranhou a minha cara. Desde então, tremo na base quando vejo um.

Passo por diversas salas com nomes de objetos colecionáveis: bolas de gude, cartões de beisebol, broches, super-heróis. Isso é genial. O lugar ainda está bem vazio, e Lucas me diz que só começa a lotar por volta das 11 horas, porque aqui todo mundo tem horário flexível.

Entro em um auditório grande e me sento no fundo, para ter um pouco mais de privacidade. Talvez meus anos de primeira carteira na escola tenham me deixado traumatizada, mas era uma solicitação da minha mãe por eu ser extremamente desatenta e conversadora. Então, sempre que tenho a oportunidade de me esconder, faço isso.

Recebo uma mensagem de Nate no WhatsApp:

Nate: Bom dia, garota.

Mabel: Bom dia, Nate. Já estou no Pinterest.

Nate: Como está aí? Mande fotos se puder.

Mabel: O escritório é lindo, bem diferente do que estava acostumada em Nova York. O treinamento ainda não começou, mas hoje cedo, no café da manhã, conheci uma funcionária que disse que o Pinterest é O lugar para criativos trabalharem.

Nate: Que bom. Então foque o game, conheça as pessoas, faça networking, adicione todo mundo no seu LinkedIn. Lembre-se: a melhor forma de você conseguir uma transferência é fazendo bons contatos por aqui.

Mabel: Calma que hoje é o meu primeiro dia, só estou pensando em ir para uma vaga criativa, não em mudar de país.

Nate: Eu sei, mas as vagas criativas existem no mundo todo. Você tem que pensar grande, Mabel. Você acha que você é capaz?

Mabel: Sinceramente? Hoje tenho certeza de que sim.

Nate: Então não entre naquela energia acomodada que você vivia na Future. Hoje você é outra pessoa.

Mabel: Sim, você tem razão. Hoje sou uma alma criativa.

Nate: Exatamente. Então, se porte como tal. Lembre-se de que trabalhar sua marca pessoal é um grande diferencial no mercado. Comece a pensar em levar isso para suas redes sociais.

Mabel: Você trabalha com pesquisa de mercado, mas deveria trabalhar com branding.

Nate: Tô aproveitando que você está de bom humor e estou dando meus pitacos profissionais, até você me mandar parar.

Mabel: Já te disse, Nate, hoje eu vejo o quanto foi bom você ter feito tudo aquilo. Pode opinar à vontade.

Nate: Então faça um post no seu LinkedIn hoje, com uma foto bem bonita aí no escritório. Escreva um texto arrasador sobre sua mudança de carreira e sua nova empresa. Está na hora de você começar a mostrar que a vida segue para todo mundo, inclusive para você.

Mabel: Ainda não tinha nem pensado no meu LinkedIn, mas vou atualizá-lo, sim, você tem razão. Assim que sair daqui, tiro uma foto bem bonita no luminoso da entrada. Peraí que vou te mandar umas fotos.

(Arquivos anexos enviados)

Nate: Wow! Bem industrial, gostei. Você precisa vir conhecer o escritório onde trabalho.

Mabel: Isso foi um convite?

Nate: Com certeza. Se você vier passar o Ano-Novo comigo, te levo para visitar a cidade e o escritório.

Mabel: Calma, Nate, vamos com calma.

Nate: Você vive me dizendo para termos calma, mas eu gosto de você. Você gosta de mim, ou sou apenas um corpinho?

Meu Deus! E que corpo ele tem...

Mabel: Eu adoro você, sabe disso. Mas não quero meter os pés pelas mãos e me magoar.

Nate: Mabel, a intimidade, que é o mais difícil de se construir, nós já temos. Por que você não deixa as coisas fluírem com naturalidade? Não estou dizendo para termos nada sério, mas para aproveitarmos essa semana que você está aqui. Topa?

Mabel: Topo.

O treinamento começa com vinte minutos de atraso e me despeço de Nate rapidamente. Estou sentada ao lado de uma garota de Tóquio, chamada WeiWei, que me diz estar exausta por causa do fuso horário. Se tem uma coisa que meu organismo não sofre, é por horário, impressionante. Conversamos sobre a vez que fui para o Japão com César em uma feira incrível. Passei uma semana maravilhosa e fui a um restaurante que era de rodízio de wagyu, nunca vou esquecer.

Começamos a falar sobre a expectativa em relação ao trabalho e digo para ela os motivos de ter escolhido a empresa. WeiWei, ao contrário de mim, não liga a mínima para criatividade. Sua escolha foi toda baseada em ser uma empresa de cultura americana, o que faz diferença na sua cidade. Conversamos sobre o hábito que o japonês tem de trabalhar demais, que em alguns casos leva à morte. O *karoshi*, nome dado à morte súbita ocupacional, é muito comum, exceto nas empresas ocidentais, que costumam ser pequenas e muito disputadas em Tóquio. Ela conta que existe um orgulho e uma honra em se trabalhar demais, como se fosse para mostrar para a sociedade. Hoje existem políticas para prevenção do abuso de horas trabalhadas, mas somente em empresas estrangeiras os nativos conseguem fazer isso sem culpa.

Saúde é um dos valores principais dela, logo percebo, assim como qualidade de vida e equilíbrio. Impressionante como podemos estar no mesmo lugar, sentadas lado a lado, por motivos completamente diferentes.

A parte do treinamento foca a história e o crescimento do Pinterest nos últimos anos. O mais interessante é que o que contribuiu mais para o crescimento da empresa foi o boca a boca, principalmente na cidade dos criadores. As pessoas foram aprendendo a usar a ferramenta e ensinando para os amigos mais próximos, e assim por diante. Nem me lembro da primeira vez que usei o site, mas hoje é meu arquivo para tudo. Gosto de organizar *prints*, maquiagens, *looks*, tudo lá.

Eles explicam sobre a estrutura organizacional, planos de carreira e ética. O que é aceito e incentivado, e o que é completamente contra os valores da marca. Quando eles compartilham a missão do Pinterest, meus olhos se enchem de lágrimas novamente. "Nossa missão é trazer inspiração a todos para que criem uma vida que amam." Uma missão que se conecta com a minha, de criar universos em que as pessoas desejam estar, criar algo melhor para elas, mesmo que por um dia.

Na hora do almoço, vamos para a cafeteria, e me sento junto com WeiWei e um moço de Madri. Ficamos falando sobre nossas expectativas em relação ao trabalho e o quanto aprendemos sobre a empresa nesses primeiros momentos. As bússolas que direcionam o Pinterest, ou seja, os valores que movem a empresa são: colocar o cliente em primeiro lugar, agir com integridade (e honestidade), dar *feedbacks* com respeito, ser dono dos seus projetos, "ganhe ou aprenda", que é o meu favorito – nem sempre conseguimos vencer no que nos propomos a fazer, mas conseguimos aprender. Com as maiores falhas vêm grandes aprendizados.

Uma empresa pode ter os valores mais lindos do mundo, mas se não colocar isso em prática, de nada adianta. O que me parece, pelas conversas que tive com Kelly, Lucas, e pelo que tenho visto, os valores são colocados em prática sim, pelo menos aqui no time dos Estados Unidos. Agora me resta saber se no Brasil a coisa funciona da mesma forma. Li em uma pesquisa que as culturas organizacionais mudam de cidade para cidade, mesmo que sejam no mesmo país. Às vezes, uma fábrica tem uma cultura supercolaborativa e a sede, que fica na capital, pode ter um ambiente profundamente competitivo. A liderança é quem mais influencia na cultura, por mais que os líderes não estejam em grande número. Se eles não criam um ambiente agradável, toda a equipe sofre.

Adiciono todo mundo no LinkedIn, para mantermos contato. Estou seguindo o que Nate disse, e coloco o meu carisma para jogo, para me conectar com as pessoas. Anoto o nome de todos no bloco de notas do iPhone, junto com a nacionalidade, para não esquecer. Esse é um truque que aprendi ao longo dos anos, depois de tanto errar nomes no trabalho. Não existe nada mais gentil do que se lembrar do nome de alguém. Sempre que se lembram do meu, me sinto importante e dá uma sensação de familiaridade muito boa.

Conversamos bastante sobre as diferentes vagas e percepções do treinamento, de como a empresa parece moderna, mesmo sem mencionar essa palavra durante toda a manhã.

Logo após a refeição, vou dar uma volta na rua para respirar um pouco de ar fresco e da vida americana. Ainda não tive tempo de processar tudo o que aconteceu nos últimos dias, nem meus 31 anos que chegaram com tudo. Será que um novo ciclo realmente começou? Será que as coisas estão se encaixando porque agora me movimento para que aconteçam?

Escuto um colega me chamando, o Manuel, de Madri. E começamos a conversar:

– E aí, Mabel, o que está achando do treinamento?

– Estou adorando. Meu foco agora é trabalhar com algo criativo, e considero essa vaga uma boa porta de entrada.

– Então faz parte do seu *Plano Ponte*.

– Digamos que sim. E você? Em qual área vai trabalhar?

– Serei gerente de contas. Ajudo marcas a trazerem seus conteúdos para o Pinterest de alguma forma atraente para os Pinners, ou seja, nossos consumidores.

– Essa foi a vaga para a qual inicialmente me candidatei, acredita? Você bolará ações de marcas?

– Não sei exatamente, mas o objetivo é ajudar a levar o que mais funciona dentro do Pinterest para as empresas, e vice-versa. Então você acha que gostaria de trabalhar nessa área?

– Manuel, eu ainda não sei. Até pouco tempo atrás, nem considerava gostar de emprego nenhum. Gosto de criar novos universos para as pessoas, e a nossa empresa ajuda exatamente nisso, mas acho que preciso conhecer melhor a estrutura para ver o que faz meus olhos brilharem. Estou respeitando muito o meu momento de conhecer cada etapa do processo.

– Você fala com muita maturidade e respeito ao seu tempo, seu *timing*.

– Se tem uma coisa que aprendi, é que as coisas acontecem quando elas têm que acontecer. E depois de muito trabalho, claro. Antes, eu tomava uma atitude pequena e esperava uma cascata de retorno. E não é assim. O retorno vem depois de incontáveis ações e movimentos, dia após dia. Entendi que o retorno não é imediato, mas isso ainda é um desafio para mim. Isso é desafiador em um mundo de prazeres imediatos.

– Você parece uma psicóloga falando. Já pensou em estudar algo na área da saúde?

– Nunca pensei, e também não tenho interesse. Estou no meu processo evolutivo, mas não me acho apta a ajudar ninguém em seus próprios processos.

– Só quem já esteve no fundo do poço pode auxiliar outra pessoa a sair de lá.

— Sim, é verdade, mas confesso que o lado criativo é o que faz meus olhos brilharem.

Voltamos para o treinamento, e a tarde toda é focada em dinâmicas de grupo, que eu particularmente detesto, mas como estou com o meu "show de carisma" ligado, aproveito para conhecer as pessoas e mostrar a minha habilidade de liderança. As dinâmicas, em geral, são para isso: ver sua capacidade de trabalhar em grupo e suas habilidades de gerenciamento de equipe.

No final do dia, falo para WeiWei e Manú (já evoluímos para os apelidos) que preciso tirar uma foto arrasadora para meu perfil no LinkedIn. Eles me ajudam a achar a pose perfeita, de modo que o logo da empresa fique bem visível. Então me sento nos sofás da recepção e escrevo:

> O começo de uma nova etapa, na qual dou espaço para minha alma criativa e entendo o meu lugar no mundo.
>
> Obrigada, Pinterest, por me mostrar um mundo cheio de possibilidades, onde podemos ajudar pessoas a criarem a vida que desejam. Nada me deixa mais feliz do que fazer parte desse time e cultura incríveis.
>
> Para os que ainda buscam um espaço para chamar de seu, digo: não desistam. Durante muito tempo tentei calçar sapatos que não eram meus, e minha saúde emocional pagou um preço alto por isso. Nada custa mais caro do que viver contra os nossos valores – acreditem, uma hora a conta chega.
>
> A jornada do autoconhecimento é longa, cheia de morros e ladeiras, às vezes desanima, mas sempre, sempre, sempre tem um final feliz.
>
> Permitam-se criar a realidade de vocês. Permitam-se recomeçar.

Posto e imediatamente mando mensagem para as meninas pedindo para curtirem. Atualizo meu cargo e, em segundos, as mensagens começam a pipocar na minha *timeline*. Dezenas. Muita gente da equipe da Future, da faculdade, de Limeira, em completo choque por eu estar em uma empresa tão legal e elogiando meu texto.

> "Que legal, Mabel! Queria ter a sua coragem para recomeçar!"
> "Vai com tudo, Mabel! Que bom que você se encontrou!"
> "Sucesso!"
> "Caramba, Pinterest é para gente grande, hein?"

E então, um comentário do Nate, que me faz sorrir de orelha a orelha:

> "A melhor pessoa com quem já trabalhei, em uma jornada incrível. Sucesso!"

Volto caminhando para o hotel, lendo tudo isso sem acreditar. Fico muito feliz por ter conseguido, de uma forma ou de outra, dar um *upgrade* na minha vida. Quantas noites fui dormir achando que minha vida tinha acabado? Nada como um dia após o outro. Nada como entender que a vida tem um processo próprio e seu jeito único de acontecer.

16

Cosmopolitan

MAL PISCO E JÁ É SEXTA-FEIRA. Dia de rever o Nate, que só chega de madrugada. A semana foi cansativa e cheia de trabalho. Os treinamentos são uma espécie de processo rotativo entre áreas para que compreendamos a cultura do Pinterest de cabo a rabo. Almocei quase todos os dias com a Kelly, minha nova melhor amiga americana.

Ela trabalha no departamento de marketing e, quando passei o dia no seu departamento, descobri que ambas somos enlouquecidas pelas Kardashians. Nossos almoços se resumem a discutir estratégias de negócios kardashianas e fofocas de celebridades americanas. Apresentei a ela meu podcast favorito *Comments by Celebs* (Comentários de Celebridades), que começou com uma conta no Instagram que postava os melhores comentários das celebridades em fotos diversas, mas, por serem muito carismáticas, as donas criaram um programa para falar de cultura pop. Toda semana elas têm um dia dedicado às Kardashians, e digo que elas são as únicas pessoas que considero tão especialistas no assunto quanto eu.

Decidimos sair para tomar um drinque depois do trabalho, enquanto espero Nate chegar. Peço um *Cosmopolitan*, e ela, um gin. Assim que chega à mesa, ela vira seu drinque em um piscar de olhos, e eu me assusto.

— Entãoooo, seu namorado chega hoje.

— Eu já te disse, ele não é meu namorado, Kelly. Somos amigos que trocaram UM beijo na rua. Não tenho ideia do que isso significa, mas em breve vou descobrir.

— Ele gosta de você, isso é um fato. O cara vai pegar estrada duas vezes na mesma semana, andar quilômetros de distância só para ficar um final de semana ao seu lado.

— Ou ele quer apenas transar.

— Se fosse só sexo, ele usaria o Bumble ou o Raya.

— O que é o Raya?

— Uma espécie de Tinder dos famosos e bem-sucedidos. Eu não faço parte, porque namoro, mas já ouvi que tem um processo seletivo para ser aceito.

— Você tá de brincadeira? Tô chocada.

Ela levanta a mão, chamando o garçom e aponta para o próprio copo, pedindo outro drinque, dessa vez duplo.

— Pois é, existe mesmo. Somente CEOs, grandes executivos e gente bem bacana, como o Nate.

— Hahahaha, ele não é o tipo de pessoa que entra em aplicativos.

— Todo homem americano é do tipo que entra em aplicativos, Mabel, não se iluda. Por sexo, eles fazem tudo.

— Que horror, não acho que seja bem assim.

— Não é nada horroroso. O sexo move o mundo, assim como a política. O que a gente precisa é normalizar o tema.

— Você é a primeira americana que eu conheço que fala sobre esses temas abertamente.

— Digamos que sou a Samantha Jones da nossa amizade.

— Hahahahaha, Kelly, você é maravilhosa. Com certeza meu maior presente dessa semana. Combinado, então sou a Carrie, pode ser?

— Você gasta mais do que deve com roupas?

— Sim, e tenho tendência a valorizar demais os homens errados.

— Então, bem-vinda a uma amizade de verdade, senhorita Carrie Bradshaw. Seria o Nate o seu Mr. Big?

— Sinceramente, acho que ele está mais para Aidan.

— Mas a Carrie termina com ele.

— Pois é.

— Você está me dizendo que essa relação não tem futuro?

— Na verdade, quero dizer que Nate é um dos bons. Bom partido, bom moço, bom filho e bom colega de trabalho. Eu não tenho certeza de que sei lidar com isso. Gosto da adrenalina, sabe?

— Que adrenalina?

— O frio na barriga, a incerteza, o sexo louco após uma briga.

— Isso não é nada saudável. Pode até ser gostoso, mas é como McDonald's: é bom, mas faz mal.

— Eu sei. Por isso tenho pedido para irmos com calma. Se o Nate for um cara tão legal como namorado quanto é como amigo, não sei se vou conseguir me apaixonar.

— Você precisa tratar isso na terapia.

— Acho que eu preciso me sentir insegura para me sentir conectada. Faz algum sentido?

— Deve fazer para você, e isso basta. Mas, Mabel, escute a voz da experiência: não deixe ele sair da sua vida. Caras legais são raros.

— Voz da experiência? Mas você tem apenas 34 anos.

— Tenho, mas muitos anos de boys lixo na minha vida. Adrenalina não faz um terreno sólido, cria apenas terremotos. Busque a paz para construir a sua casa, a sua moradia, e ela vem do solo firme.

— Eu nunca fui feliz em um relacionamento. Acho que nem sei viver assim.

— Talvez seja sua chance de começar. Vamos combinar uma coisa? Dê uma chance ao Nate, como você está dando para essa nova vaga. Tente se envolver.

— Mas e se eu me entediar?

— Você com certeza irá se entediar, mas o relacionamento não deve ser o foco na sua vida; a realização dos seus sonhos e planos que devem ocupar grande parte do seu dia. Quando se entediar, pense que você tem sorte de morar longe e em breve vai sentir saudades.

— Nesse ponto talvez seja bom ele morar longe. Achei que seria ruim, mas pode ser que me permita focar a minha carreira.

— Sim, e cuidar de você. Do seu corpo, da sua mente.

— Por falar em corpo, estou com fome. Será que aqui tem algum sanduíche?

— Mabel, você vai fazer sexo hoje, coma algo mais leve.

— Pode deixar que eu sei o que estou fazendo, Kelly.

— Estou te falando porque já fui gorda.

— Pode deixar que eu sei o que estou fazendo.

— Você quer falar disso?

— Na verdade, não é um assunto que eu veja motivo para falar.

– Por quê? Eu já sofri por não me aceitar.

– Mas aí é que está a diferença: eu luto todos os dias para me amar assim, custe o que custar.

– E funciona?

– Sinceramente, tenho dias e dias. Tem momentos em que queria ser diferente, como quando vou à praia, mas fora isso me sinto bem. Saio com os homens que me interessam, tenho roupas bonitas para usar... Apenas estou fora do que ditaram como padrão, só isso. A real, cá entre nós, é que na maior parte dos dias eu me acho uma tremenda de uma gostosa – e gargalhamos.

Meu celular apita, e é uma mensagem de Nate dizendo que está chegando.

– Kelly, tenho que ir. Ele está chegando e ainda preciso me depilar.

– Que bom que vocês vão se ver. Lembre-se: tente curtir esse momento ao máximo. Deixe alguém gostar de você, isso vai mudar tudo.

– Prometo que vou deixar. Vamos nos falando pelo iMessage.

– Por favor! Sei que vocês amam WhatsApp, mas não consigo me lembrar de usar. E volte logo para cá.

– Arrume uma vaga para mim no seu time.

– Pode deixar que você será a primeira pessoa em quem vou pensar quando algo aparecer. Prometo. Mas aí você terá que vir.

– Com o maior prazer. E obrigada pelos papos.

– Sou a Samantha da sua vida. Apenas ainda não nos conhecíamos.

– Que bom que você chegou, Sam.

– Que bom te encontrar, Carrie.

*

CHEGO AO QUARTO DO HOTEL e começo a pensar que vou passar as próximas 48 horas com Nate, como um casal. Nunca convivemos tanto tempo juntos, e demos apenas um beijo. E se o sexo for uma merda? E se brigarmos? E se eu quiser fazer cocô? Meu Deus, agora que estou pensando, nunca viajei com um namorado. Melhor fazer cocô no *lobby* do hotel. Agora preciso pensar em uma desculpa para sair sem ele. Talvez ligar para a minha mãe, fazer um FaceTime... Isso. Boa. Qualquer coisa falo isso.

Entro no banho, pego minha gilete e começo a raspar a perna. Agora que eu parei para pensar: Nate vai me ver pelada. Completamente pelada. Ele vai saber meu tipo de depilação e isso é, tipo, íntimo pra cacete. Acho que vou vomitar. Eu me sento na borda da banheira, abaixo a cabeça e deixo a água bater na minha nuca. O que eu estou fazendo? Por que ele está comigo? Ele é tipo o homem dos meus sonhos, o que eu sempre idealizei e coloquei em um pedestal, e agora está chegando para ficar comigo. Comigo. Comigo! Puta merda, não estou pronta para isso. Tenho certeza absoluta de que vou fazer alguma cagada em algum momento. Isso é a minha cara, eu sou sempre a coadjuvante, e elas nem sempre têm finais felizes.

Começo a sentir meu peito hiperventilar, estou passando mal. Desligo o chuveiro e deito no chão. Vejo que o teto tem umas rachaduras, e penso em como ele se parece comigo. Quando a gente olha de relance, sem prestar muita atenção, é um teto branco, normal, como qualquer outro. Mas, olhando bem, tem várias bolhinhas e rachaduras. Tão imperfeito. Tão... sem graça. Fodeu. Nate vai ver as minhas imperfeições, e eu não quero estar vulnerável para ser, provavelmente, rejeitada.

Mas, pelo menos, ele mora em outro país. Se me rejeitar, basta bloqueá-lo nas redes sociais e seguir o baile. Não vai ser o primeiro nem o último pé na bunda que eu levarei.

Passo a mão na minha perna direita, que continua peluda. Eu me levanto e volto para o banho. Passo creme, e continuo a me raspar. Assim que acabo, desligo o chuveiro e penso que devia ter comprado uma lingerie bonita, mas nem me liguei nisso. Escolho uma roxa, com calcinha e sutiã combinando. Coloco a lingerie, passo hidratante e começo a me maquiar.

Escolho um vestido preto, decotado, que fecha com um fio na cintura. Solto meu cabelo que ficou um pouco molhado do banho e o amasso com as mãos. Passo perfume, desodorante, e o interfone toca assim que acabo. *Timing* perfeito. O recepcionista avisa que Nate está subindo e penso em como devo cumprimentá-lo. Beijo na bochecha ou na boca? Vou esperar o movimento dele.

Abro a porta, e vejo ele se aproximando no corredor, sorrindo, confiante. Queria ter um terço dessa certeza que ele passa só de olhar para mim. Que delícia vê-lo se aproximar. Eu abro espaço para ele passar e digo um sonoro "bem-vindo!". Ele me agarra pela cintura, me puxa para perto, e eu tremo na base.

– Senti falta desse cheiro.

– E eu do seu.

Ele aproxima o nariz dele da minha boca, e começa a respirar. Lembro que não escovei os dentes, que droga. Espero que meu hálito esteja bom, Deus, por favor, faça com que meu hálito esteja bom.

– Você está com um cheiro diferente...

– Digamos que tomei alguns *Cosmopolitans* esperando você chegar.

– Que delícia. Você está bêbada?

– Relaxada.

– Quero só ver – diz, enquanto fecha a porta atrás dele, e começa a puxar o fio do meu vestido.

Eu deito na cama, ele tira os sapatos e vem por cima de mim, começando a beijar o meu pescoço. Tento tirar a sua malha, mas ele é mais rápido do que eu. Tira junto com sua camisa polo, arremessando longe. O perfume dele faz com que eu me sinta em casa, como nunca me senti antes. Como é bom estar aqui.

Ele olha nos meus olhos, bota a mão dentro da minha calcinha e começa a me tocar. Eu tento tirar sua mão gentilmente de lá, para partirmos logo para o sexo, mas ele não deixa. Prefiro que a gente curta junto, estou nervosa. Tento respirar fundo, relaxar, e agradeço por ter tomado os drinques antes de ele chegar. Começo a sentir meu corpo respondendo ao dele, e abro meus olhos. Ele está ali, me olhando sem parar, no fundo da minha alma. Puxo seu pescoço para ele me beijar, e tiro suas mãos de dentro de mim. Coloco seus dedos em minha boca, para sentir o meu gosto com o dele.

Pego seu jeans, abro o primeiro botão, mas ele puxa minhas mãos de volta. Estou tensa, é nossa primeira vez juntos, e sei muito bem performar, não me conectar.

Isso se chama intimidade. Estou acostumada a transar, aliás, eu amo, mas estou me sentindo vulnerável em um nível máximo agora. Não quero problematizar o sexo, não quero raciocinar demais.

O que está acontecendo comigo? Respire, Mabel, respire. Foque esse homem gostoso que está aqui só para você, por você.

– Nate, acho que eu preciso tomar um drinque, conversar primeiro.

– Pode ser depois?

– Acho que isso é muita intimidade, muito rápido.

Ele para, me olha e sorri.

– Desculpe, é que eu não me aguentei assim que te vi. Fiquei a semana inteira pensando em tirar a sua roupa.

– Eu sei, e eu também. Mas é você. O Nate. Entende?

– Claro que entendo. Somos nós.

– Estranho. Eu tô acostumada a transar, mas nunca a me entregar, sabe?

– Eu só quero você se for de corpo e alma.

– E eu quero estar com você dessa forma, mas travei agora, não consegui parar de pensar.

– E em que você estava pensando?

– Que temos muita intimidade.

– E isso é ruim?

– Não sei, me senti mal. Envergonhada, exposta. Acho que foi muito protagonismo de uma vez. Podemos começar com o sexo e depois partir para a preliminar?

– Fazer completamente ao contrário?

– Sim. Por incrível que pareça, acho que vou me sentir menos pressionada.

– Pressionada a...?

– A me conectar a você.

– Mas não é automático?

– Sei lá. Acho que não.

– Claro, como você quiser. O que acha de colocarmos uma roupa e irmos jantar então?

– Acho perfeito.

Colocamos a roupa em silêncio, e me sinto profundamente constrangida por tudo o que acabou de acontecer. Pego um casaquinho, coloco por cima do meu vestido e pego meu sapato de salto alto no armário. Nate abre a porta do quarto, faz um sinal para eu passar, e belisca minha bunda assim que o faço. Andamos de mãos dadas pelo corredor, e ele puxa meu braço. Quando olho pra ele envergonhada, me beija e sorri. Eu respiro aliviada e nos abraçamos lado a lado.

Paramos para esperar o elevador, e fico olhando para os meus pés no chão.

– Mabel?

– Oi – digo, levantando minha cabeça e olhando para ele.

– Eu gosto de você.

– Eu também gosto de você.

– Então pare de vergonha, que você não é assim.

– Claro que eu sou.

– Você é a mulher mais mandona que já vi na minha vida. Já presenciei reuniões nas quais você deixou diversos homens no chinelo com seu conhecimento. Quem é essa garota tímida que eu nunca vi?

Não posso deixar de notar que ele usa "mulher" e "garota" na mesma frase. Realmente, agora estou sendo uma garota, e não uma mulher. O que será que aconteceu para eu ficar assim? Por que essa situação do quarto me incomodou tanto, a ponto de me congelar? Já fiz sexo diversas vezes pensando em um monte de besteira. Já fiz sexo sem estar com vontade, sem me importar. Já gozei sozinha, acompanhada e até em banheiro de bar. Por que hoje? Por que com ele?

– Talvez você desperte coisas em mim que eu não sei nem explicar. Mas tem razão, estou agindo como uma garota.

– Sim, está. E tudo bem, só precisamos entender o motivo. Não tem por que ter vergonha de mim.

– Ao mesmo tempo que temos muita intimidade, não temos nenhuma. Faz sentido?

– Sim, faz.

– E por nós termos uma profunda conexão profissional, preciso sentir que temos uma conexão sexual também, sabe? Acho que esse lado do meu cérebro ainda não processou. Eu ainda estou prestes a transar com o Nate do trabalho, não o Nate meu "seja lá o que quer que isso seja".

– Faz sentido. Então vamos nos conhecer de outra forma. O que acha de jantarmos e assistirmos a um filme?

– Eu topo. Eu escolho o filme.

Chegamos ao restaurante e optamos por nos sentar do lado de fora, perto de algumas lareiras artificiais que têm no chão, em forma de muretas. Olho o cardápio, peço um *Cosmopolitan* e um risoto. Nate pede uma carne e salada e, para beber, um uísque.

— Então, esse é o nosso primeiro encontro.

— Sim. Me conta como está sua vida em Los Angeles. Já fez amigos?

— Na verdade, eu andava muito com a turma da minha ex. Agora estou tentando fazer amigos no trabalho, mas não é tão simples quanto parece.

— Tenho a impressão de que os americanos são ótimos em conversinhas de corredor, mas não têm tanto interesse em se aprofundar nos relacionamentos.

— Concordo com você. E quando se é solteiro, fica ainda mais difícil, porque ou você sai para beber, ou não sai. Os casados só querem fazer programa de casados, e os solteiros só querem ir para bar, correr atrás de mulher.

— Por que você não tenta fazer algum esporte? Você adora.

— Saio para correr todo dia, mas ainda não encontrei ninguém que pratique um esporte coletivo para eu me convidar. Os caras são legais, só acho que ainda não me encontrei.

— Sinto muito por isso.

— Obrigado. Tem sido uma vida mais solitária que em Nova York, ainda que com muito mais qualidade de vida.

— Você pensa em voltar para Manhattan?

— Não, não penso. Quero ter família, filhos, e definitivamente a cidade não é um bom lugar para isso.

— Mas você pode morar em Jersey. Lá consegue ter espaço, preço mais em conta...

— Sim, lá poderia ser uma opção. Mas minha vida está muito incerta agora. Todos os planos que eu fiz ao vir pra cá não existem mais. Mudei de casa três vezes, mudei de namorada, comprei um carro, só não mudei de empresa.

— Te entendo, minha vida também mudou muito no último ano. Agora tenho que procurar um lugar para morar, já que meu irmão vai se casar. Tem o emprego novo também.

– Mas você está feliz com essa vida nova?

– Muito. Me sentindo mais forte do que nunca. E você?

– Sinto que falta algo na minha vida. Ou, ao menos, faltava... – diz ele, e estende a mão, pegando na minha.

Chamo o garçom, e peço mais um *Cosmopolitan*.

– Nate... Isso aqui, nós dois, o que significa para você?

– Significa algo, Mabel. Não sei aonde iremos, mas quero estar aqui, agora.

– Eu também.

– Eu gosto de você. Me surpreendi em te ver tão mudada, segura. Achei isso... atraente.

– Mas eu ainda tenho muitas inseguranças.

Minha bebida chega, e logo começo a segurar o copo de uma forma bem firme.

– Sim, todos nós temos. Mas você não é mais a menina que conheci na Future. Algo mudou.

– Ainda sou e sempre serei aquela menina. Mas digamos que agora tenho mais quilômetros de estrada, ou pneus furados, na minha jornada.

– Mas você quer algo sério? Construir algo com alguém?

– Quero, claro. Mas preciso focar a minha carreira também. Não posso ter alguém que consuma todo meu tempo nesse momento.

– Alguém de outro país seria perfeito? – diz ele, sorrindo.

– Seria, sim. Eu teria bastante tempo para me cuidar, mas também uma ótima desculpa para viajar. Só que eu não sei se quero filhos, Nate. Preciso ser sincera com você.

– Entendo e respeito, Mabel. Mas ainda é uma dúvida, ou já é uma certeza?

– Uma dúvida. Ainda tenho muito para viver, e isso não está nos meus planos agora.

– Entendo.

– Isso é difícil pra você?

– Escute, estamos no nosso primeiro encontro. Não sabemos onde isso vai dar. Acho que nada é definitivo aqui, podemos viver e curtir. O que acha?

– Acho ótimo. Tudo que tenho para te oferecer agora sou eu mesma, sem grandes planos.

– Me parece ótimo. – Ele sorri para mim, e nos beijamos.

O jantar foi gostoso, mas meus pés doem. Eu me permito tirar os sapatos e voltar para o quarto com eles nas mãos. Nate passa seu braço em torno de mim, enquanto me conta sobre sua vizinha, que tem três cachorros e passeia com eles em um carrinho como se fossem bebês. Eu acho aquilo maravilhoso, mas ele se diz bem impressionado. Rimos um pouco, e logo estamos no quarto.

Talvez sejam os *Cosmopolitans*, talvez seja a sensação de primeiro encontro, ou a pressão que saiu das minhas costas ao ser sincera com Nate, mas estou pronta para curtir essa noite com ele. Tiro meu vestido e fico só de calcinha e sutiã. Ele aponta para o sapato de salto alto e pede para eu usá-lo. Eu rio, mas coloco com o maior prazer.

Deito na cama e o chamo para me acompanhar. Viro de costas empino um pouco a bunda e ele começa a beijar as minhas costas, enquanto passa seu pau em mim. Pego uma camisinha que coloquei na mesa de cabeceira e entrego para ele. Ainda bem que estou sempre prevenida e não preciso me preocupar. Ele puxa meu cabelo para trás, beija meu pescoço e abaixa sua cueca, me segurando pela cintura com força. Agora sim, estou pronta para gozar.

*

DORMIMOS AGARRADOS a noite toda, em uma dança sincronizada em que virávamos juntos de tempos em tempos para um dos lados. Acordo com Nate cheirando meu cabelo, e começo a rir.

– Você não está sendo um maluco e cheirando meu cabelo, né?

– Os feromônios da mulher estão, em grande parte, na cabeça. Você sabia disso?

– O que são feromônios?

– São substâncias químicas produzidas pelo corpo que faz com que seres da mesma espécie se reconheçam e interajam. Por isso as mulheres tendem a ser um pouco mais baixas que os homens. E sim, eu estava cheirando o seu cabelo, porque seu perfume me faz lembrar da nossa época de treinamento, e me veio uma memória daquele período, que quero tratar de ressignificar.

– Você é bom de cheiro, é o mesmo shampoo, de maçã-verde. Mas estou sem perfume. Ouvi dizer que não devemos dormir de perfume, para que nosso par reconheça o cheiro da nossa pele.

– Sua informação combina com a minha.

– Tá vendo? Somos um bom time.

– Sempre fomos um bom time, agora somos um bom par.

– Gostei disso. O que vamos fazer hoje? Pensei em tomarmos um café bem gostoso e irmos até Alcatraz.

– Mabel, eu tenho 48 horas com você e não pretendo passá-las visitando uma prisão.

– Mas eu quero muito conhecer, Nate. Vamos, vai?

– Tenho uma sugestão melhor: vamos tomar um café no Home, que tem opções bem diferentes de café e acho que você vai adorar.

– Tem Alfred Coffee aqui?

– Não, somente em Los Angeles e em Austin.

– Então vamos no Home. Mas tem coisas gostosas para comer?

– Te prometo que sim.

– Só preciso tomar um banho antes.

– Eu também. Vamos?

*

DEPOIS DE 43 MINUTOS e de uma transa bem gostosa no banho, eu começo a me maquiar, algo bem leve para passar o dia. Coloco uma calça social preta curta do Ateliê de Calças, com o tornozelo de fora, uma sapatilha camuflada e uma malha creme com dourado. Estou pronta para ir tomar café e descubro que Nate é a pessoa mais lenta do planeta para se trocar. Gosta de fazer a barba, raspar o cabelo, aparar os pelos do peito, esperar o perfume secar, tudo isso antes de se vestir. Ele coloca uma malha de tricô azul-marinho com um botão de madeira na gola, uma calça jeans e um New Balance cinza, daqueles modelos bem antigos, e eu já estou praticamente comendo a mesa quando ele acaba seu ritual de beleza.

Ele me conta que, normalmente, a primeira coisa que faz é sair para correr, mas hoje tirou o dia de folga porque estamos juntos, mas que amanhã vai e volta antes mesmo de eu acordar. Confesso que fico um pouco incomodada por ele ser tão ativo e eu, tão sedentária. Meu primeiro impulso é pedir para ele não ir, mas fico na minha e prefiro não boicotar o esquema de ninguém por pura inveja. Sei que preciso trabalhar essa questão dentro de mim, e tenho medo de que isso comece a atrapalhar o nosso relacionamento.

Pegamos um táxi para o Home e, assim que chegamos, vejo que o bairro é chinês. De um lado da rua há um local chamado China Station, e do outro o nosso café. Entro e percebo uma *vibe* minimalista, com bastante concreto e madeira clara, mas poucos móveis. Olho o menu deles rapidamente, resolvo pedir um *croissant* de amêndoas e um café chamado *Cookie Monster*, que vem com um ursinho desenhado na espuma, e vários *minicookies* boiando. Fofo demais e completamente instagramável.

Começo a preparar Nate para Sophie e todo o enredo da sua vida.

— Nate, você tem que tomar cuidado hoje, a Sophie pode ser um pouco... invasiva. Não por mal, mas ela é supercuriosa com a vida de todo mundo ao seu redor. Principalmente sexual.

— Será que ela vai perguntar se transamos?

— Somos adultos, ela sabe que sim. Mas se Sophie beber, é capaz de perguntar alguma besteira. Já vou te pedir desculpas e falo que você não tem que responder.

— Imagina, eu amo uma boa fofoca, e quero conhecer as suas amigas.

— Tô apaixonada por esse café lindo, obrigada por me trazer aqui.

— Eu sabia que você ia gostar. Sempre postando coisas assim nas suas redes sociais.

— Amo compartilhar fotos, mesmo que eu não apareça.

— Precisamos tirar mais fotos nossas. Vamos tirar uma agora pra eu postar nos *stories*?

— Só se você me permitir usar um filtro para me deixar linda.

— Você já é maravilhosa, Mabel, mas deixo sim.

Dou uma mordida no meu *croissant*, e limpo rapidamente meus dentes, para não pagar mico na primeira foto que postaremos juntos.

Será que a ex ainda segue ele? Meu Deus, será que devo compartilhar? Ai, não queria olho gordo em cima de mim, mas também não quero deixar de postar.

Nate ergue seu café com um sorrisão, e cola seu rosto no meu. A foto fica tão linda que peço para ele salvar antes de colocar legenda. Nossa primeira foto como um casal. Quer dizer, seja lá o que nós somos.

– "Café da manhã com a minha brasileira favorita." Gosta dessa legenda?

– Por acaso existe outra brasileira na sua vida? Pode me explicar, que já estou com ciúmes.

– Não, a única é você, fique tranquila, minha ciumentinha. Pronto, postei e te marquei.

– Repostei – digo, pegando o celular. Rapidamente tiro a foto dos nossos cafés, e posto na sequência. O de Nate é sabor "bolo de aniversário". Bem colorido e meio nojento, mas lindo de fotografar.

– Está começando a chover lá fora, Mabel, olhe – diz Nate, apontando para o céu.

– Podíamos ir a algum museu. O que você acha? Sempre quis ir ao Museu do Walt Disney que tem por aqui. Topa?

– Vamos sim. Depois comemos algo lá perto e voltamos para o hotel. Ainda quero te beijar muito antes de passar pela prova de fogo chamada Sophie.

De repente, começa a chover mensagens no meu Instagram. Coraçõezinhos, *smile* com olhos de coração, foguinhos e mais um monte de *emojis* que representam as emoções que meu *post* com Nate causou.

– Nossa, recebi um monte de mensagens pela nossa foto. Acho que fez sucesso.

– Nós formamos um belo casal.

– Nós não somos um casal, Nate – falei, sem pensar.

– Então o que somos?

– Dois amigos que transaram ontem.

– E hoje de manhã. E mais tarde novamente. E amanhã.

– Sim, mas moramos em países diferentes.

– Mabel, eu tenho 35 anos e não estou de brincadeira.

– Eu também não estou de brincadeira, mas, Nate, tenho minha carreira... não force a barra.

– Eu não estou forçando, Mabel. Só não sou moleque.

O clima fica tenso, e eu pego sua mão. Eu gosto do Nate, realmente gosto dele. Acho que há anos sonho com isso, e agora ele está aqui, todo meu, querendo um relacionamento, e eu priorizando a carreira. Mas Nate nem se interessaria por mim se eu fosse aquela garota que vomitou na sala de reuniões com César. Eu sei o preço de ficar sem emprego, sei os custos emocionais disso, e estou começando a trabalhar em uma empresa que tem tudo a ver comigo, não posso arriscar e jogar para o alto minha vida dessa forma.

– Nate, eu gosto de você há muito mais tempo que imagina, e eu quero que a gente dê certo, de verdade. Só não quero perder o foco agora, minha carreira está começando uma nova etapa, e você precisa entender isso.

– Eu entendo, garota.

– Eu adoro quando você me chama assim.

– E eu adoro você. – Ele vem e me dá um beijo daqueles de causar arrepio na espinha, inclusive de quem olha. Um beijo com vontade.

– Vamos pular o museu e ir direto para o hotel? Quero ficar agarradinha com você.

– Vamos.

E ficamos assim até a hora de irmos para a casa de Sophie. Pelados, abraçados, assistindo (mais ou menos) episódios antigos de Seinfeld, que amamos.

Nate queria levar uma sobremesa, então passamos na Black Jet Bakery e compramos um *Old Fashioned Chocolate Cake* (bolo de chocolate à moda antiga) que parece delicioso. Para mim, dar comida é um ato de amor às pessoas, muito mais do que qualquer outro presente.

Sophie me dá um abraço apertado e logo pega o bolo das minhas mãos, quase o deixando cair, e eu dou um gritinho. Nate olha assustado e logo vem dar oi para Sophie.

– Finalmente estamos nos conhecendo, Nate. Há anos eu escuto falar de você.

– Eu também, Sophie, o prazer é todo meu. Obrigado pelo convite e por me receber na sua casa, que é linda por sinal. – Ele sabe ser gentil e isso me deixa orgulhosa.

– Você come carne, né? Porque faremos o verdadeiro churrasco brasileiro para você. Pode entrar. Niiiiick! – ela grita.

Ele entra na sala, nos abraçamos e logo apresento Nate, que está atrás de mim.

– Oi, Nick, como posso ajudar? – Nate logo se oferece.

– Tomando uma caipirinha. Você bebe, né?

– Bebo sim, mas a Mabel terá que voltar dirigindo, pode ser?

– Claro, eu volto sem problema algum. Hoje é dia de você ter uma experiência cem por cento brasileira.

– Cem por cento somente quando eu estiver no Brasil.

– Isso é verdade, Nick – diz Sophie. – Já vamos marcar essa viagem, o Nick vai adorar ter um amigo para conversar, não é, *babe*?

– Vou adorar, principalmente porque metade da família da Sophie não entende um A do que eu digo. Não sei se você sabe, elas vêm de uma cidade pequena, perto de São Paulo, chamada Limeira – diz Nick –, e o sonho da mãe da Mabel é conhecer a Disney.

– Jura? Vamos levar a sogrinha para ver o Mickey?

– Vamos sim, em breve. Minha mãe é daquelas mulheres que nunca teve infância, sabe, Nate? Então hoje ela usa e abusa de tudo que consegue comprar. Camisola da Minnie, roupão do Mickey, coisas assim.

– Ela parece ser divertida. Te digo que minha mãe não é assim, Mabel.

– O que sua mãe faz, Nate?

– Ela é professora universitária, na NYU. Dá aulas no Departamento de Análise Social e Cultural, sobre Estudos de Sexualidade e Gênero.

– Que incrível. Ela deve ser uma mulher superinteressante – digo.

– Ela tem opiniões bem firmes sobre tudo, você vai ver. Meu pai também é professor, mas na Columbia. Ele dá aulas de Bioquímica e, recentemente, foi o primeiro professor a ensinar sua turma com realidade virtual. Ele adora *gadgets* e tecnologia.

– Nossa, Nate, são ótimas faculdades. Você estudou em uma delas?

– Sim, na NYU, mas entrei com bolsa de esportes. Joguei futebol americano por anos, e depois mudei para remo.

– Que máximo – diz Sophie. – Quem sabe assim você não arrasta a Mabel para fazer ginástica? – diz ela, e começa a gargalhar.

Fico bastante constrangida, porque sei que sou sedentária, mas não queria discutir isso na frente de Nate.

– Será um prazer se a Mabel quiser. O que você acha?

– Acho que sou mais dos drinques e de um bom jantar, pode ser?

– Vou fazer você mudar de ideia, você vai ver – diz ele, sorrindo, e dá uma leve piscadinha para mim.

Não, eu não vou mudar de ideia. Esse é um defeito de Nate. Ele sempre tenta puxar as pessoas para elas performarem no máximo da produtividade, da vida e de tudo. O problema é que nem todo mundo tem a mesma vontade de realizar tanto o tempo todo. Sempre vivi essa pressão na minha casa e definitivamente não quero vivê-la no meu relacionamento.

– Nate, chega de alta performance em tudo, não trabalhamos mais juntos.

Estamos na cozinha, e Sophie começa a nos mostrar a casa. Eles têm um quintal enorme, que ainda não tem piscina, e contam que é porque têm medo de deixar as crianças soltas na casa e alguém cair. Do lado de fora tem uma lareira com bancos de concreto em volta, uma churrasqueira a gás e uma horta gigante.

A casa tem dois andares e é bem rústica, a cara de Nick. Ele é do tipo que ama fazer tudo com as mãos, usa camisa de flanela e sai para caçar – atividade que a própria Sophie detesta, mas ainda não conseguiu mudar. A única coisa que ela pediu é para não incentivar esse hábito com os filhos, mas o tema ainda gera discussão. A sala tem uma mesa de jantar de seis lugares com cadeiras coloridas e fica ao lado da sala de TV, que tem dois sofás beges e um enorme pufe de couro marrom. Na tela, está passando *Barney* no mudo, acho que por causa do Gabriel. Subimos, e a parte de cima é uma delícia, com quatro quartos: um do casal, um do Gabriel, um do pequeno Nick Jr. e um escritório.

Nas paredes há diversas fotos em preto e branco de toda a vida deles juntos. São quase quinze anos e toda a vida adulta juntos. Eles fizeram mochilão pelo mundo durante um ano e está tudo registrado nas paredes do casal. Olho e suspiro, com esperança no amor.

Fico feliz de ver que eles deram tão certo mesmo com tantas mudanças de vida. Passaram pelo colegial, faculdade, namoro à distância em uma época em que a tecnologia era precária. Quero algo assim para mim, quero um amor companheiro, que seja suficiente, sem cobranças e construtivo.

Voltamos para a cozinha e começamos a preparar as caipirinhas para o jantar. Nate e Nick começam a conversar animados e vão para o lado de fora, para a assar as carnes.

— Parabéns pela casa, Soso. Você construiu uma vida linda.

— Obrigada. E pelo visto você também está começando a construir algo especial, né? Adorei ele, completamente diferente de todos os caras com quem você já se envolveu.

— Eu gosto muito dele, mas não posso perder a cabeça agora que me encontrei na carreira.

— Você fala isso porque ele tá na sua mão. Se ele estivesse te sacaneando, você estaria planejando sua mudança para Los Angeles.

— Claro que não, isso não tem nada a ver.

— Mabel, você é assim: sempre que um cara demonstra interesse, você faz pouco caso. Cuidado, não vá estragar tudo com ele, hein?

— Se ele quiser ficar no meu ritmo, ficamos. Caso contrário, cada um segue sua vida.

— Mabel, Mabel... pare de se boicotar, minha amiga. Se der errado, você ficará arrasada que eu sei. Cuide de você, da sua saúde e do seu coração. Valorize quem te quer ao lado, pense em construir. Tudo o que temos aqui foi construído ao longo de muitos anos. Meses sozinha no Brasil, passando noites querendo ter alguém para ver um filme ao lado, conversando uma vez por semana somente por telefone. Dá trabalho, se relacionar é dedicação, ceder de um lado, ensinar, aprender – diz, virando uma caipirinha de caju. – Nossa, tá muito boa, pena que você vai dirigir. Não querem dormir aqui hoje pra você poder beber? Podem ficar no escritório.

– Acho que não, So. Talvez na próxima, vou ver com ele.

Chego ao jardim, e Nate já está tomando uma pinga enquanto conversa com Nick. Eles dão risada enquanto viram as carnes de um lado para o outro.

– Mabel, vou comer muito hoje, se prepara. Essas carnes brasileiras são maravilhosas.

– Na verdade essas são argentinas, mas o modo de preparo é brasileiro, te prometo – diz Nick. – Mabel, esse é um cara legal, já descobri que torcemos para o mesmo time, que ele é viciado em um escritor que eu adoro.

– Qual escritor?

– Paulo Coelho, acredita?!

– Nossa, Nate, você nunca me contou que tinha lido os livros dele.

– Na verdade li o primeiro este mês, e agora não consigo parar. Você nunca tinha me falado dele, mas procurei no Google escritores brasileiros e ele foi o mais bem recomendado.

– Nunca li nada dele, mas agora fiquei curiosa. Qual você está lendo?

– Comecei com *O Diário de um mago* e agora estou lendo *Veronika decide morrer*, que é maravilhoso.

– Esse é meu preferido – diz Nick. – Impressionante como nossa vida muda quando entendemos que existe um tempo limitado aqui na Terra. O final vai mexer com você, Nate. Depois te recomendo outros.

– Também vi na internet um artista chamado Romero Britto.

– Pelo amor de Deus, não. Eu não gosto das coisas dele, Nate.

– Jura? Eu adorei.

– Na verdade, eu achava muito legal, mas ele cresceu tanto no Brasil que acabou banalizando a arte dele. Uma pena. Nate, pare de beber pinga pura, você precisa provar a caipirinha que eu fiz.

– Claro, qual o sabor?

– Caju. Você vai adorar – digo, enquanto entrego o copo para ele.

– Nossa, é forte. Dá pra colocar açúcar?

– Dá, sim – digo, pegando o copo de volta.

Entro na cozinha, e Sophie está montando uma travessa com arroz biro-biro para nós, e já fez pão com alho. Coloco o açúcar, levo as coisas para fora e começo a organizá-las em uma mesa grande de madeira que eles têm.

Jantamos, e reparo que Nate não para de beber caipirinha para agradar a Sophie. Eles falaram sobre praticamente todas as pessoas de Limeira. Até do beijo entre a Carol e o Beto ele já está sabendo – o que eu achei meio absurdo ela contar, mas preferi não cortar o clima de amizade e fofoca. Mostramos fotos da turma e agora ele sabe quem é quem.

– Mabel, o que você acha de, no fim do ano, eu ir para o Brasil, em vez de você vir pra cá?

– Acho incrível, amigo! – diz Sophie. – Vamos para Trancoso?

– Vamos! Vou comprar a passagem. Quando vocês vão?

– Calma, gente, calma – digo bem rápido. – Trancoso costuma ser supercaro nessa época do ano, vamos marcar em outro período?

– Não para quem ganha em dólar, Mabel – diz Sophie.

– Sim, vocês ganham em dólar e eu, em real.

– Deixe eu entrar no site da companhia aérea. – Nate começa a mexer no celular. – Olhe, *babe*, estão super em conta as passagens. Posso comprar? – Ele nunca me chamou assim, achei fofo.

– Eu prefiro ficar aqui nos Estados Unidos, Nate. Sinceramente.

– Pare de bobagem, aqui ficamos sempre.

– Prefiro ficar só nós dois. Você tem certeza de que quer ir?

– Absoluta. Onde fica Trancoso? Perto da sua cidade?

– Não, na Bahia. Deixe eu te mostrar as fotos – digo, colocando no Google.

– Uau, é maravilhoso. Vamos!

– Conheço o hotel perfeito para ficarmos, o Uxua – diz Nick –, que tem uma casa na árvore bem legal pro Nate conhecer. Topam? Prometo que tem uma infraestrutura boa.

– Combinado – Nate responde.

Em segundos, ele compra nossas passagens de São Paulo para Trancoso, e fala para eu convidar Beto.

– Mas se ele for, a Carol com certeza não vai. E agora? Quem escolher?

– Não escolhemos ninguém. Vamos convidar os dois, e eles decidem – diz Sophie.

– Não deveríamos priorizar a Carol?

– Mas o Beto precisa conhecer seu namorado – ela me diz, e eu lanço um olhar fulminante assim que ela fala a palavra "namorado".

– Sim, preciso conhecê-lo o quanto antes.

– Já joguei no grupo do WhatsApp das meninas. Disse que vamos e que o Beto também está convidado, mas que não confirmou. Chame ele para ir.

Eu pego o celular e escrevo uma mensagem para Beto, convidando ele e Dani para viajarem conosco – o que ele deve ter achado bem estranho, sendo que nunca o convidei para nada que envolvesse sua noiva.

Beto: Nós vamos, sim, conte conosco. Muito feliz por você nos convidar, irmã.

Mabel: Que bom, Beto. Vamos ficar em um hotel chamado Uxua, que tem uma casa na árvore.

Beto: Ok, reservaremos o mesmo hotel amanhã. Feliz em ver você se aproximando da gente, e feliz de ver você feliz com o Nate.

– O Beto vai conosco. Nossa, como somos impulsivos. Nate, tem certeza disso? Não acha melhor conversarmos antes?

– Pare de chatice, Mabel, o Nate vai amar. Vamos fazer uma programação bem legal com ele.

– Obrigado, Sophie, já estou me sentindo em casa com você e com o Nick. São ótimos amigos e muito animados. Mais animados do que a Mabel aqui.

– Vocês não querem dormir aqui? – pergunta Sophie. – Assim a Mabel pode beber também!

– Claro que queremos. Aí, amanhã saímos com as crianças para tomar café da manhã – ele diz, sem me consultar.

– Nate – dou um sorrisinho de canto de boca –, vamos voltar para o hotel, vai?

– Você é quem manda, *babe*.

– Soso, eu amo você, mas teremos que deixar esse convite para outro dia. Hoje quero ficar somente com o Nate, pode ser?

– Não, não pode, porque também queremos ficar com ele. Nate, nós te adoramos. Você é fofoqueiro como eu, adora saber das novidades. Qual sua série preferida?

– *Succession*.

-- Oficialmente, você é meu melhor amigo. Tchau, Mabel, tô mudando de time – diz ela, virando sua terceira caipirinha.

– Vamos, Mabel, a gente dorme aqui e vai embora amanhã cedo. O que acha?

– Quem sou eu para estragar o clima, né?

A noite é uma delícia, com muita conversa e risadas. No final, ainda fazemos *s'mores* (bolacha com *marshmallow* derretido e chocolate) na churrasqueira para o Gabriel e comemos todos juntos. Quando acho que a noite acabou, Sophie entra com o bolo que eu trouxe com uma vela, cantando parabéns para mim. Começo a chorar.

Depois de três pedaços de bolo – eu – e seis caipirinhas – nós dois –, vamos dormir no escritório do andar de cima. Estou completamente bêbada e querendo transar. Começo a pegar no corpo de Nate, mas ele me corta.

– Estamos na casa da sua amiga, você é louca!

– Você que quis ficar. Agora vamos transar, sim. Eu tô com vontade.

– Mas você não pode se mexer, esses sofás-camas fazem muito barulho.

Pegamos uma camisinha que eu trouxe, me sento em cima dele e começo a me mexer bem devagar, mas o sofá-cama começa a fazer barulho a cada vai e vem que faço. Nate me olha, aponta para o chão e pega os travesseiros. Mudamos de lugar e, de repente, começamos a ouvir um bebê chorar sem parar. Nate pega seus fones de ouvido, sincroniza-os com o iPhone e coloca um no meu ouvido e outro no dele. Começa a tocar *On the Way*, de Jhené Aiko, maravilhosa. Eu me perco na letra e nos movimentos.

Nate se senta, encosta na parede, e passo minhas pernas em volta dele, que puxa meu cabelo para trás, começa a beijar a minha boca e vai descendo a língua até o meu peito, enquanto eu me curvo para trás. Incrível como a música nos transporta para um lugar mágico. Eu gozo antes e ele, em seguida. Nós nos abraçamos, encostamos no travesseiro e dormimos até o amanhecer.

*

NO DIA SEGUINTE, partimos para SanFran, e eu abro o jogo com Nate:

– Olha, sinceramente, eu prefiro passar o Ano-Novo aqui nos Estados Unidos do que em Trancoso.

– Imagina, na Bahia será muito melhor.

– Vamos passar só nós dois, Nate. Se não der para cancelar a passagem, a gente remarca e usa em outra data.

– Mabel, todo mundo já comprou, inclusive seu irmão.

– Ele não deve ter comprado. Nate, por favor, vamos ficar por aqui.

– Você não quer que eu me aproxime dos seus amigos, é isso?

– Não, Nate, claro que não é isso. É que eu detesto praia, só isso. Detesto.

– Mas não será sobre a praia, será sobre uma viagem com amigos.

– Você gostaria de ir para um lugar que detesta?

– Com você? Não ligaria a mínima. Confie em mim, vai ser demais.

A real é que eu odeio ficar de biquíni na frente dos outros. Eu odeio viajar e ficar com o bundão de fora. Uma coisa é Nate me ver pelada, outra é duzentos estranhos contando quantas celulites eu tenho. Fico quieta para não brigar, mas praia era tudo que eu não queria nos meus planos. Ter esse tipo de problema às vésperas de entrar em um emprego novo é tudo que eu não preciso.

Outubro

Novembro

Dezembro

17

Frappuccino de doce de leite

MEU DIA COMEÇA INCRIVELMENTE tarde hoje. Marcus e eu nos reunimos para passar a agenda semanal dele na Starbucks que fica no prédio do escritório. Eu peço um *frappuccino* de doce de leite e ele, um café espresso duplo, para variar. Nossa rotina virou uma dança, de tanto que trabalhamos juntos. Nunca tinha vivenciado uma experiência como assistente executiva dessa forma, participando dos planejamentos de entregas, performance e *feedbacks*. Ele diz que quer que eu aprenda absolutamente tudo, porque ainda não sabemos qual será o meu próximo passo.

Sempre senti que a assistente executiva é a pessoa mais importante da empresa, mas hoje vejo que a área de vendas é que faz o negócio acontecer. Que adrenalina tem sido meu primeiro fechamento de trimestre, para garantir todos os números que prometemos.

À tarde irei comprar todos os presentes de Natal do meu chefe, inclusive para o filho e a ex-mulher, mas confesso que estou tão feliz no meu novo cargo que até essas tarefas chatas me atraem. Mostrei algumas opções do que vou comprar, para que ele aprove o orçamento e as marcas. Ele é supergeneroso, então me divirto porque só compro marcas legais – não necessariamente de luxo, mas ele adora saber das novidades da moda, presentear com marcas que estão bombando. Ou seja, meu trabalho também inclui conhecer tudo que está rolando no eixo Rio-São Paulo.

O que mais gosto de gente excêntrica é que não existem limites para ideias e criatividade. Outro dia vi uma bolsa de palha maravilhosa em uma *pop-up* no Leblon, mostrei para ele e compramos via portador. Para quem ele deu? Para uma de suas namoradas do momento. Quanto a isso, faço questão de não registrar nomes, porque, como ele mesmo diz, "ainda está testando até alguém realmente legal chegar". Pode parecer uma fala escrota, mas ele é um cara muito legal.

Chego ao escritório às 11h30 e então vou abrir os meus e-mails. Tenho exatos 22 dias até minha viagem para Trancoso, e Nate está obcecado por fazer reserva em todos os restaurantes badalados da cidade, então fica lotando a minha caixa com diversos telefones e solicitações de agendamento. Aparentemente virei assistente executiva dele também, mas opto por não reclamar, afinal, ele não fala português e está vindo para o Brasil por minha causa, mesmo eu não tendo tido o direito de opinar em quase nada nas decisões dele e de Sophie.

A Ruli vai sozinha com a Carol, já que o Otto não conseguiu tirar muitos dias livres na virada do ano e a namorada da Ruli vai passar com os pais. Meu irmão vai com a Dani, a Sophie com o Nick (as crianças ficarão com a mãe dela), Nate e eu. Eu me arrependi um pouco de ter chamado o Beto, mas paciência.

Entro no site da PatBO para comprar alguns *looks*, porque sei que lá tem o meu tamanho e não quero me estressar. Só de fazer a mala para a viagem já me irritei porque andei comendo mais do que eu esperava nesses primeiros meses de empresa e quase nada me serve. Tenho vindo trabalhar todos os dias com a mesma calça social, rezando para que não rasgue nem suje.

Daqui a pouco tenho uma *call* com a Kelly, que acabou virando minha mentora profissional. Ela tem me falado um pouco de cada área da empresa e me ajudado a fazer um bom *networking*. Já me inscrevi no grupo de mulheres, no grupo de latinas e também em um grupo que fala sobre saúde. Nesse último, eu confesso que fico mais calada do que qualquer coisa porque não tenho muito a compartilhar, mas nos outros tenho tentado ter uma voz de liderança e mostrar quem sou.

Marcus chega logo em seguida e me avisa de uma vaga em Marketing que vai abrir e que supostamente é a minha cara.

— Mabel, eu acho que você tem um caminho a trilhar até lá, mas poderia fazer uma entrevista e ir sentindo o terreno, o que acha?

– Mas e se eu passar?

– Se você passar, você vai, ué.

Eu me entristeço um pouco com a possibilidade de ele não ser mais o meu chefe. Sacudo a cabeça, para afastar esse pensamento de mim, como diria Chico Buarque, "pai, afasta de mim...".

O engraçado é que eu tenho passado tanto tempo com o Marcus, que já o considero mais meu mentor do que meu chefe. Temos uma sintonia boa e ele não tenta impor nada, diferente do Nate.

Mas, Mabel, como comparar o seu chefe com o seu namorado? É como comparar banana com maçã, totalmente diferente. Eu sei, eu sei. Não estou dizendo nesse sentido.

Confesso que fiquei bodeada desde que essa história da Bahia surgiu meses atrás. É claro que me acho linda. Arraso na maquiagem, gosto do meu cabelo solto e com movimento. Mas na praia não rola maquiagem nem *babyliss*, então ainda não me sinto à vontade. Por isso queria que ele tivesse falado comigo antes de marcar com a "melhor amiga" dele, Sophie.

– Mabel?

– Oi, Marcus.

– Se candidata logo à vaga, pare de ficar aí viajando. Meu objetivo é indicá-la já com a candidatura feita.

– Marcus, acho que eu vou esperar um tempo. – Mal posso acreditar quando as palavras saem da minha boca.

– Vem cá – diz ele, e puxa minha cadeira para perto da sua baia e me vira, olhando nos meus olhos –, você precisa confiar que é capaz. Porque eu nunca a indicaria se você não fosse.

– Eu sei – digo, engolindo em seco –, mas eu não acho que seja bom para o currículo ficar tão pouco tempo numa vaga. Coisa minha, pode ser à moda antiga, mas a real é essa.

– No começo do ano teremos o final de semana de aquecimento e vou apresentar você para o time de Eventos e Marketing. Você pode entender melhor como é o trabalho e aí decide se vai ou não. Mas se candidata, para pelo menos demonstrar interesse.

– Você não está gostando do meu trabalho?

— Muito pelo contrário, eu a acho muito boa para a vaga, por isso quero ajudá-la. Vejo potencial em você e gosto que você saiba o que quer, é uma mulher decidida.

— Só não sei o que fazer com a minha viagem de Ano-Novo.

— Ainda esse drama, Bel? Vai ser legal, você vai ver. Com quem você vai?

— Com uns amigos.

— E seu namorado?

— Ele vai também, mas já te disse quinhentas vezes que ele não é meu namorado.

— Mas... será que ele sabe disso? Está viajando quilômetros de distância só para te ver.

Suspiro fundo e penso no que ele disse. Eu sinceramente não sei o que fazer. Desde que me vi obrigada a fazer algo que eu não quero, estou agindo como uma criança. Demoro para responder as mensagens de Nate, esqueço de retornar a ligação... Sei que estou me boicotando, mas não consigo evitar. A verdade é que preciso fazer terapia, mas não sei por onde começar. Jogo no grupo Bastidores:

Mabel: Alguém tem uma psicóloga para me indicar?

Carol: Eu tenho, a Mariani, você vai gostar dela. Otto faz terapia com ela e adora.

(Compartilhamento de contato)

Abro um *chat* novo, e escrevo para a psicóloga:

Mabel: Oi, Mariani, tudo bem? Sou a Mabel, amiga da Carol Cadeau e ela me indicou o seu trabalho. Queria marcar uma consulta, pode ser? Você atende on-line?

Mariani: Tudo bem, Mabel? Atendo sim. O que acha de hoje às 16 horas?

Mabel: Tá ótimo, marcado.

Nossa, que rápido, deve estar no meu destino fazer uma consulta mesmo. Sempre acredito quando os caminhos estão abertos dessa forma. Tudo bem que eu não sei o que falar, mas acho que preciso de alguma ajuda.

No horário marcado, arrumo meu cabelo, retoco minha maquiagem, e entro no *link* que ela me mandou no Zoom.

– Oi, Mabel, bem-vinda!

– Oi, Mariani, tudo bem? Posso chamar você de Mari?

– Pode sim, claro. Me diga, o que a traz aqui?

– Eu acho que não sei ser feliz.

– Me explica um pouco melhor.

– Eu acho que não sei ser feliz. Tô há anos paquerando um cara, trabalhávamos juntos, ele era tudo pra mim. E agora estamos juntos, e eu não estou feliz. Eu não deveria estar nas nuvens?

– No começo talvez, porque a química da paixão nos deixa distantes da realidade. Mas me explica um pouco melhor: o que não tem deixado você feliz?

– A real é o seguinte: trabalhamos por anos juntos, à distância, e sempre soube que ele era um solucionador de problemas. Agora que estamos juntos, ele continua tendo esse perfil de decidir tudo, passando até mesmo por cima do que eu quero.

– Pode me dar um exemplo?

Explico a história desde que Nate entrou na empresa, falo da minha demissão, do papo que tivemos no restaurante, do nosso reencontro, e chego finalmente à viagem a Trancoso.

– O problema não é nem mais o biquíni, é o fato de eu não ter voz na relação. As coisas começam assim, mas vão evoluindo, Mari. Ele já decidiu todos os restaurantes que vamos, decidiu inclusive ficar na casa da minha amiga nos Estados Unidos, mesmo eu não querendo, e eu me conheço, vou me anulando para agradar a pessoa.

– E essa é uma sensação comum para você? Você constantemente se anula para agradar as pessoas ao seu redor?

– Sim. Desde que me conheço por gente. Sempre tento ser a melhor amiga perfeita, a pessoa comunicativa, simpática e legal. E acabo não ouvindo o que eu mesma tenho a dizer. Ou melhor, quando escuto já estou com tanta raiva da pessoa, que nem a quero mais na minha vida.

– Mabel, eu trabalho com reprocessamento de traumas, principalmente por meio de uma ferramenta chamada EMDR. Vou pedir para você fechar os olhos e me contar do primeiro momento que se recorda de ter anulado a si mesma para agradar alguém.

– *Okay*, eu me lembro de ser mais nova, cerca de 14 anos, e de não ter amigas. Lembro de ficar sempre sozinha na escola, até que tive a ideia de ajudar as pessoas com seus deveres escolares, para que gostassem de mim. Então, virei uma "faz-tudo", sempre tentando agradar. Eu era a pessoa cupido para os meninos, sempre apresentava as amigas legais a eles, mas ninguém nunca queria namorar comigo.

– Lembrando dessa situação, de zero a dez, o quanto ela a incomoda?

– Dez.

– O que você tem vontade de dizer para a Mabel que está nessa cena?

– Que ela não é obrigada a viver nada daquilo, que eu vou protegê-la, que está tudo bem ser ela mesma, e que ninguém precisa se submeter a nada para ser amado.

– Então diga isso a ela, cuide dela, mude essa memória.

Começo a conversar com a Mabel mais nova, explico que teremos uma vida boa, somos autênticas e amadas por sermos quem somos. Digo, na minha mente, que ela pode ser ela mesma, que é seguro.

– Diga a Mabel mais jovem que você precisa dela hoje, para que consigam se posicionar. Enquanto ela ficar presa nessa memória, vocês não vão ter grandes avanços no presente.

Enquanto repito em minha mente o que ela diz, vejo a Mabel mais jovem virando as costas para aquela cena, e estendendo as mãos para mim. Ela me diz "estou pronta para sair daqui" e no mesmo instante essa memória vai evaporando, como água em estado gasoso.

– Agora bata em suas pernas com as mãos, alternadamente, sem abrir os olhos. E pense naquela cena do início, que tanto a incomodou. – Alguns instantes depois, ela pergunta: – Que nota você daria para esse incômodo agora?

– Zero.

Fico surpresa com a sessão e por entender de onde vem essa necessidade de agradar. Nos despedimos, volto à minha mesa e escrevo para o Nate:

Mabel: Não vejo a hora de a nossa viagem chegar.

Nate: Eu também, babe. Para podermos namorar.

Assim que saio do escritório, eu envio uma mensagem para a Ruli:

Mabel: Preciso de saídas de praia deslumbrantes para não ter que ficar de biquíni na viagem.

Ruli: Suas medidas continuam as mesmas?

Mabel: Dei uma engordada nesse último mês. Não quero nada grudadinho, mas quero coisas que me façam parecer elegante, e não uma vovó de 70 anos.

Ruli: Quantos você quer?

Mabel: Acho que cinco saídas de praia, mais um look para o Ano-Novo. Pode ser? Já comprei algumas coisas na PatBO.

Ruli: Pode. Vai ficar corrido, mas pode.

Posso não saber cultivar namorados, mas amigos eu sei, e essa rede de apoio não tenho nem como agradecer a Deus, é tudo que eu podia sonhar. As coisas parecem tão mais simples quando se tem uma rede de apoio, só preciso me permitir falar sobre as minhas vulnerabilidades. Falar, agir e parar de reclamar.

18

Tangerina com dedo-de-moça

CHEGA O DIA DE EMBARCARMOS para a Bahia, e mal posso acreditar que Nate está aqui. Há quase um ano eu tive um choque de realidade por causa de uma demissão inesperada, e hoje estou aqui, com a minha vida completamente mudada, trabalhando em um lugar que amo e com alguém ao meu lado que pode me oferecer algo.

Nós nos sentamos no avião e as meninas estão surpreendentemente quietas. Não sei se é a presença do Beto com a Dani, ou se a presença do Nate, mas todas parecem adultas civilizadas com seus livros em mãos, prontas para lê-los o voo inteiro. Eu me sento entre a Ruli e o Nate, e agradeço a ela por ter feito as saídas de praia maravilhosas para mim.

– Obrigada por me ajudar com as roupas.

– Fique tranquila, foi um prazer deixar você ainda mais linda.

– Somente inglês, por favor – diz Nate, em português, com o sotaque mais fofo do mundo.

– Desculpe, você tem razão, mas terá que nos lembrar disso constantemente, principalmente durante as bebedeiras, combinado?

– Nem nos conhecemos, mas já gosto da sua sinceridade, Ruli. Agora me conte uma coisa, você gosta de fofocar? Porque quero saber o que está rolando ali – e ele aponta para Dani e Beto, que parecem estar em uma discussão sem fim.

Nick é a pessoa sentada com eles, então sem chance de ele nos contar o motivo da briga, mas algo me diz que é por causa da Carol. Meu irmão contou que não sabia como dizer para a Dani que ela viria, então achou que não deveria demonstrar preocupação, porque poderia parecer que ainda sentia algo por ela.

Então chamo Sophie no WhatsApp:

Mabel: O que está rolando aí na frente? Consegue ouvir?

Sophie: Tô ouvindo tudo, parece que o Beto não contou que a Carol vinha, e agora a Dani tá uma arara, mas ele fica insistindo que eles estão noivos, e ele usou a carta: "Você é a minha noiva, Dani, ela não significa nada para mim".

Mabel: Como se fosse verdade.

Sophie: Sim, mas eu acho que ele está falando mais pra ela se acalmar. Ela já ameaçou se levantar umas três vezes.

Mabel: Se eu fosse ela, ia para a Bahia bem pianinho, porque se ele for sem ela, não me responsabilizo pela Carol.

Sophie: Nem eu. Aliás, onde ela está, hein? Tô com medo de que ela perca o voo.

Mabel: Ela me disse que tava no check-in.

Sophie: Bom, manda a Ruli vir se sentar aqui ao meu lado, porque se a Dani tiver que passar a viagem inteira com a Carol fungando no pescoço dela, é capaz de termos uma briga feia.

Mabel: Combinado.

Ruli rapidamente se levanta e se senta entre Sophie e uma senhora espaçosa fazendo crochê. Logo as amigas engatam em um papo sobre costura, e vejo Ruli pegar o celular para mostrar os vestidos do seu ateliê.

Carol é a última passageira a entrar no avião, antes de fecharem as portas, e vem correndo para o meu lado. Dá um oi de longe para todos, e vejo Dani fazendo a simpática falsa no mesmo momento. Assim que coloca as malas no bagageiro superior, ela se senta.

– Onde você estava?

– Parada, do lado de fora da aeronave, decidindo se entrava ou não.

– Quer conversar?

– Eu não sei porque vim. Estava na fila da Starbucks aqui do terminal quando vi os dois de longe e meu estômago embrulhou. Aí caiu minha ficha que será uma semana de sofrimento.

– Mas, Carol, você sinceramente não tinha pensado nisso?

– Eu tinha. Mas, na verdade, achei que seria uma semana de sofrimento para ela, tendo que conviver comigo. Só que, ao vê-los juntos, caiu a minha ficha de que, na verdade, quem tá sobrando sou eu.

– Você não está sobrando, está com as suas amigas. Imagina como deve ser difícil para ela saber que essa é sua turma, são seus amigos, e tudo que ela tem é o Beto? E vou te contar, ela acabou de ficar sabendo que você vinha, ou seja, não teve nem o poder de escolher estar aqui ou não.

– Nossa, eu não acredito que ele fez isso.

– Pois é, fez. E não tenho nem como brigar com ele ou tentar entender seu lado da história, porque estamos aqui, prestes a decolar.

– Conhecendo o Beto, acho que ele tentou minimizar o problema.

– Também acho. Mas, Carol, eu te imploro... Nada de causar, amiga, por favor.

– Depois da última humilhação não quero nem olhar pra cara dele.

Olho para o Nate, que faz uma cara engraçada fingindo entender sobre o que falamos. Dou um beijo carinhoso em seu rosto e encosto minha cabeça em seus ombros. Olho para nossas mãos trançadas na cadeira do avião e respiro fundo. É real. Somos reais.

O avião decola, faço o sinal da cruz e peço a Deus por uma boa viagem. Peço principalmente para saber ser feliz nessa semana, e ser feliz com a minha vida. Peço para que os anjos me acompanhem nesse momento, e que tenha harmonia entre nós. Essa viagem será inesquecível, então espero que seja por um bom motivo.

Colocamos o fone de ouvido e começamos a assistir ao primeiro capítulo de *And Just Like That*, o *revival* de *Sex and the City* que eu ainda não vi. Como é estranho ver aquelas personagens vinte anos depois de tê-las conhecido. Eu me lembro de assistir aos episódios na minha adolescência, achando que aquelas mulheres eram velhas, mas hoje tenho a mesma idade que elas tinham na série e uma vida bem menos interessante.

O primeiro episódio termina de uma forma inesperada, e me ponho a chorar. Um dos meus personagens favoritos morre, e olho para Nate, inconsolável.

— Mas eles estavam tão bem, tão bem!

— Eu sei, *babe*, mas é a vida. Tudo muda em um segundo.

— Mas a gente ainda tem muito o que viver, eles tinham muito o que viver.

— Por isso temos que aproveitar cada segundo, porque a vida é um sopro.

— Eu sei, eu sei.

— Viu como foi bom termos vindo para a Bahia? Essa viagem somos nós aproveitando a vida.

— Você tem razão, eu preciso começar a viver a minha vida.

— O tempo vai passar, você querendo ou não. A questão é saber se está vivendo ou sobrevivendo.

— Sinceramente? Acho que tenho fases. Hoje estou vivendo a minha carreira, mas sobrevivendo na minha vida pessoal.

— Isso porque estamos distantes?

— Não, Nate. Vai muito além de você, mas eu não gostaria de falar sobre isso.

— Por que não? Mabel, se fôssemos amigos, você me falaria?

— Não sei, Nate, porque tem coisas que são minhas, são fragilidades que não quero que você conheça.

— Então te digo uma coisa: não é sobrevivendo que alguém é feliz. Você precisa ter coragem para correr atrás do que te completa.

— Eu sei disso. Só fiquei em choque com o final do episódio. A gente sempre pensa que terá o amanhã, e quando vem um lembrete de que talvez não exista uma segunda chance, nossa... é foda.

— Essa foi uma das coisas que me fizeram mudar para a Califórnia, sabia? Cansei de esperar para ser feliz amanhã, e resolvi ser feliz hoje. Por isso que marquei essa viagem, que peguei o avião para passar o Ano-Novo com você. Eu vou atrás do que quero, Mabel, e isso foi o que falei para você naquele dia na cafeteria; você precisa agir, porque tende a se acomodar.

– Sim, eu sei, e vi isso claramente na carreira, mas não sei como mudar na vida pessoal.

– Você tem que descobrir que vida quer viver e fazer disso sua maior meta, igual fez profissionalmente.

De repente, o comandante avisa que estamos prestes a pousar. Olho para a Carol, que dorme profundamente, e a cutuco.

– Estamos chegando.

Ela ajusta seu assento para a posição vertical, mas continua a dormir.

Assim que o avião pousa, nossa viagem oficialmente começa, e eu estou ficando animada para conhecer o hotel que escolhemos, que tem diversos estilos de quarto. Nate e eu pegamos a única casa na árvore do local. O quarto foi votado o mais romântico do Brasil. *Uh-la-la!*

Reservamos dois carros para nos levar até o hotel e Nate e eu vamos com Beto e Dani, para ele começar a se enturmar com a família. Beto vai na frente, enquanto nós três nos sentamos no banco de trás.

– Dani, você está bem?

– Estou, Mabel. Só briguei com o seu irmão, mas nada que você vá entender.

– Olha, Dani, talvez eu entenda mais do que imagina. E, de verdade? Se for o que eu estou pensando, te dou total razão.

– Eu não sabia que a ex dele vinha. Tô me sentindo exposta.

– Concordo com você, não sei por que ele fez isso.

– Por que ela tinha que vir? Essa garota não se manca?

– Ela também está desconfortável de estar aqui. E não quer conflito, Dani, pode ter certeza de que ela vai fazer de tudo para nem cruzar com vocês.

– Pior turma de viagem da minha vida. Sem ofensas, nada pessoal, tá?

– Claro, eu entendo, e acho que é minha culpa. Queria muito que vocês conhecessem o Nate, e não quisemos excluir ninguém do convite. Pode contar comigo para fazer as coisas ficarem mais leves. Se, em algum momento, você sentir que a Carol está agindo de uma forma errada, por favor, me fale.

– Nate, você está feliz de estar aqui? Nós estamos felizes de ter você aqui – diz ela, mudando de assunto e tentando ser gentil.

– Muito feliz. Conhecer a minha nova família.

– Calma, Nate, pegue leve – digo.

– Mabel, eu viajei milhares de quilômetros para ver você. Pare de ser chata e controladora.

– Isso aí, Mabel, pare de ser chata. O Nate já é mais da família do que muita gente que está nessa viagem! Bem-vindo! Vamos nos divertir muito.

– *Okay*, gente, vocês venceram. Nate, somos a sua família brasileira.

– Eu sei que vocês são, e fica tranquila que sei que seu jeito chato é só fachada. Não esqueça que eu a conheço há anos, garota.

Assim que chegamos ao hotel, nosso *check-in* é feito rapidamente, e vamos para o quarto. Passamos por um corredor cheio de plantas e por uma piscina comunitária, para todos os hóspedes. O quarto de Sophie e Nick fica bem perto do nosso, e Dani logo pede para trocar com eles, o que é rapidamente feito.

Nosso quarto é simplesmente incrível. Na parte térrea tem uma rede e uma sala de estar, e a parte suspensa, da casa na árvore, é toda de madeira. Tem um quarto com uma cama enorme com mosquiteiro, uma varanda com rede, sofá, o teto todo de sapê, os chuveiros em toras de madeira e uma banheira de hidromassagem só para nós dois. Um quarto que pede: "Transe em todos os cômodos, por favor", e com certeza nós faremos isso.

Nate sugere pedirmos algumas caipirinhas para ele provar, e eu amo a ideia. Nossas escolhas são: maracujá com morango, abacaxi com hortelã, tangerina com dedo-de-moça e melancia com limão.

Vou correndo ao banheiro para me trocar, passo protetor solar fator 90 no corpo todo e coloco um biquíni preto com a parte de baixo bem larguinha e uma das saídas de praia da PatBO. Ela é toda colorida, com um decote em V na frente e nas costas, e com uma fita para puxar logo abaixo dos seios. Quando puxo a fita, dá uma acinturada no meu corpo e me sinto linda. Solto meu cabelo, faço alguns cachos com as mãos e decido sorrir para mim. Vencer a resistência, é disso que eu preciso.

Subo as escadinhas do banheiro de volta para o quarto, e Nate está lindo. Com um short branco, sem camisa, desarrumando a mala.

– Que lindo que você está.

– Obrigada, *babe*, você também. Vem aqui que estou com saudades do seu cheiro – diz, me puxando para perto dele.

– Nem pense em começar nada, que nossos drinques já estão chegando, hein?

– Mas eu sou rápido, prometo.

– E quem disse que eu quero pouco de você? Quero muito e sempre mais...

– Nossa, que delícia ver você de guarda baixa assim.

– Nate, não começa a me criticar...

– Isso foi um elogio, *babe*, sei que aos poucos você vai aprendendo a confiar em mim.

Eu me sento na cama, e ele vem para cima de mim, apoiando o joelho ao lado do meu. Começamos a nos beijar e vou para trás, puxando Nate comigo. Ele levanta o meu vestido, puxa minha calcinha para o lado e... alguém bate à porta.

– Isso ainda não acabou. Mas você tem que abrir a porta porque eu estou... impossibilitado – diz, apontando para seu short com um volume enorme.

Começo a rir, e abro a porta para pegar as caipirinhas. Coloco todas na mesa da varanda, e o chamo para beber.

– Venha, antes que o gelo derreta.

– Sou mais rápido que o gelo, prometo. Venha você pra cá.

*

QUINZE MINUTOS DEPOIS, nos sentamos no chão da varanda, e apoiamos as costas no sofá.

– Mabel, quero te fazer uma pergunta sincera. Você e eu, já se acostumou?

– Confesso que ainda não, Nate. Tô muito acostumada com relacionamentos que não dão em nada, sabe? Então digamos que isso aqui foge dos meus padrões. E você?

– Às vezes ainda me surpreendo que estou com alguém que mora em outro país, para ser sincero. Nunca tinha pensado em nós dois juntos, mas assim que aconteceu me pareceu tão óbvio que me perguntei por que nunca rolou antes.

– Porque você sempre namorou.

– Isso é verdade. Acho que no começo te via como uma espécie de mentora para mim.

– E depois me esculachou na cafeteria, né? – digo, gargalhando.

– Mabel, não foi nada disso, assim você faz com que eu me sinta mal, vai.

– Estou brincando. Já te disse que foi uma das melhores coisas que me aconteceu. Usei o caderno que você me deu por muuuito tempo.

– E o seu quadro de desejos?

– Acredita que ainda não preenchi? Ele está na minha casa, em cima da minha escrivaninha. Mas como você disse que precisamos levar muito a sério tudo o que colocamos nele, resolvi esperar até ter mais certeza das coisas na minha vida.

– Fez bem. A escolha deve valer a pena para enfrentarmos a resistência, lembre-se disso. Você tem que colocar o que realmente a faria mover mundos e fundos.

– Chega de papo cabeça. Me conta, quando foi a primeira vez que pensou em nós dois de maneira diferente?

– Foi quando nos encontramos no aeroporto. Te achei tão... madura. Não sei explicar, mas, pela primeira vez, te vi como alguém de atitude.

– Essa é a pessoa que desejo ser. Alguém que luta pelo que quer.

– Mas quando fomos fazer a tatuagem, eu já sabia que ia beijá-la. Em algum momento ou outro, eu tinha certeza de que nós dois íamos acontecer – diz, virando a caipirinha de tangerina.

Dou um gole na caipirinha de melancia e digo:

– Sabia que eu tinha essa certeza há mais tempo?

– Tinha?

– Sim. Achei que ia rolar quando jantamos no Tavern on the Green, no Central Park.

– Nossa, mas tínhamos acabado de nos conhecer!

– Pois é, hoje eu sei que não tinha nada a ver. Mas eu pensei.

– Você estava bonita naquele dia. Aliás, você é muito bonita.

– Obrigada, Nate.

– Qual sua caipirinha preferida até agora?

– Acho que a de abacaxi, e a sua?

– A de maracujá é a mais sem graça.

– Assim ficaremos bêbados, melhor a gente parar. Ainda quero que você se dê bem com o meu irmão.

– Pode deixar, meu cunhado está na minha mira.

– Nateeee...

– Já sei, já sei. Você quer focar o profissional e blá-blá-blá. Mas você sabe que é minha namorada, né?

– Eu sei.

– Tá falando sério? Sem relutar? Pode vir, tô preparado para a discussão.

– Não tem mais como negar, né? Estamos juntos e parece ser pra valer.

– Parece não. É pra valer.

19

Mojito

CHEGAMOS À PRAIA ANTES dos meninos, e pegamos quatro sofás com guarda-sóis para nos acomodarmos. Dani se posiciona estrategicamente longe da Carol, e o resto da turma se distribui. Resolvemos fazer uma caminhada na areia, mas Dani diz que não quer ir.

– Todo mundo passou protetor? – pergunto.

– Sim.

– Sim.

– Sim.

– Então vamos. Nossa, é a primeira vez que estamos juntas em muito tempo. Como é bom todo mundo ter vindo pra cá. O voo foi supertranquilo, não acharam?

– Eu dormi o voo todo. Melhor do que ter que olhar para o Beto e a noiva dele de cara feia pra mim – comenta Carol.

– Nossa, e eles brigaram feio, viu? – diz Sophie – Eu ouvi tudo e quase me intrometi uma hora para apoiar a Dani. Que situação chata, ele não deu nem a chance de ela escolher se queria vir ou não. Ele alegou que o mais importante era conhecerem o Nate.

– Na hora que me sentei lá – comenta Ruli – eles já não estavam nem se falando mais. Passaram o voo inteiro distantes, mas, a partir de um momento, ficaram de mãos dadas.

– Meu irmão errou, mas espero que agora a viagem seja gostosa. O objetivo é vocês conhecerem o Nate, e a gente curtir, pegar um sol e dar risada.

– Eu tô adorando ele, Mabel. Pela primeira vez com um cara legal.

– E estamos oficialmente namorando.

– Aeeeee! Que maravilha! Tá feliz?

– Estou, mas ainda indo com cautela. O perfil dele é dominar e decidir tudo por mim. O que é ótimo quando ele vai me dar conselhos, mas péssimo no dia a dia porque posso me sentir engolida e sem liberdade para falar o que quero.

– Mas como vocês vão fazer com a distância?

– Ele sempre namorou pessoas de outro estado, então acaba sendo mais tranquilo. Porém não conversamos muito sobre longo prazo. Tô tentando viver um dia de cada vez, aprendendo a curtir a jornada.

– Nossa, como é difícil não pensar no futuro. Quando eu comecei a namorar o Otto, já tinha nossa vida toda desenhada depois do primeiro mês.

– Isso é porque você é controladora, Carol. Mas quando eu e o Nick começamos, por exemplo, não tínhamos o menor planejamento, nem dinheiro para morarmos juntos. E deu certo.

– Penso em me mudar para os Estados Unidos, caso as coisas rolem mesmo. Quem sabe não consigo uma transferência via Pinterest para lá?

– Ou você pode abrir algo seu.

– Nos Estados Unidos? Mas nem sou cidadã.

– Não, mas eu moro lá e sou casada com um americano. Podemos abrir algo juntas, eu sempre quis trabalhar com moda e você, com criatividade.

– Vocês deveriam levar as roupas da Ruli para lá.

– As minhas? Gente, não tenho nem chance de vender nos Estados Unidos. Não pirem.

– Ué, Ruli, por que não? Podemos começar vendendo vestidos prontos, e depois ir abrindo outros braços da empresa.

– Quero fazer algo que envolva criatividade.

– Nossa, Mabel, você seria uma vitrinista maravilhosa – comenta Carol.

– Tô quase indo fazer aquele curso em Paris com você, de *Visual Merchandising*.

– Podem me incluir nesse negócio que vocês querem abrir.

– Mas, Carol, como você vai se mudar para os Estados Unidos se tem o Otto?

– Posso ficar fazendo a parte de documentação no Brasil e cuidando da logística, ué.

– Mas nós faríamos os vestidos aqui? E mandaríamos para lá?

– Sim, é o que a PatBO faz, o trabalho dela é perfeito e tem tido muito sucesso fora.

– Podemos abrir um ateliê lá fora, isso eu amaria – diz Ruli.

– Mas não sei se tem muitos ateliês nos Estados Unidos, você sabe? – pergunta Sophie.

– Sei que em Nova York tem alguns, mas ainda são poucos. O problema é que lá tem muito vestido barato em lojas de departamento, e as pessoas acabam não buscando o personalizado.

– Mas, ainda assim, seria incrível abrirmos um negócio nosso, não acha? – comento.

– Nós quatro juntas seria sucesso na certa.

– Mas você não se sente sozinha morando lá? – pergunto.

– Uma vida mais solitária, de fato. Vários dias eu desejo voltar para o Brasil, para ficar perto da minha família e de vocês. Não tenho uma rede de apoio para me ajudar a cuidar das crianças. Mas, por outro lado, tenho qualidade de vida, segurança, acesso a boas escolas pagando pouco. Tudo acaba compensando no final do dia.

– Eu não sei se conseguiria ficar longe do meu irmão por tanto tempo. Nem imagino uma vida em que nós não moramos mais na mesma rua. Agora que vou me mudar, escolhi um prédio ao lado do dele, só pra garantir.

– O sonho de qualquer recém-casado, morar ao lado da cunhada – diz Ruli, gargalhando.

– Sim, talvez a Dani não ame a nossa dinâmica, mas ela já conhece bem. Agora como foi para você morar com alguém com quem nunca tinha convivido antes, Soso?

– A gente construiu tanta intimidade por morar longe, que o que não faltou foi diálogo. Acho que essa parte foi mais tranquila do que para a Carol, por exemplo, que brigou com o Otto toda semana nos primeiros seis meses.

– Briguei mesmo. Para mim, foi bem difícil.

– Vamos voltar? – pergunto.

– Vamos, já tô cansada de andar, e o sol tá começando a queimar.

Assim que chegamos aos sofás, Nate está no maior papo com Beto e Dani, e meu coração fica feliz de vê-los assim. Chego, apoio minha mão em seu ombro e paro ao seu lado, beijando-o.

– Vocês precisam ir para Nova York. Aliás, vamos marcar o nosso próximo encontro lá.

– A Dani quer viajar para ver alguns vestidos de noiva, não é mesmo, amor?

– Sim, tô louca pra ir. Aí, enquanto vocês passeiam, eu posso visitar algumas lojas de departamento.

– Posso ir com você, Dani – eu me ofereço.

– Nossa, Mabel, eu adoraria. Obrigada.

– Claro. E assim também escolho uma roupa para mim.

– E para mim? – pergunta Nate.

– Nate, você é meu convidado de honra. Só caso se você estiver lá.

– Não exagere, Beto.

– Mabel, pare de ser chata. Nate, é sério, não aceito que você não esteja lá. Combinado?

– Quando será?

– Dia 22 de outubro do ano que vem. Já marque na sua agenda.

– Combinado – diz ele, enquanto pega o celular para anotar. – Anotado!

– Vamos pedir mais uma caipirinha? – pergunto a Nate.

– Eu queria tomar um *mojito* agora, *babe*. O que acha?

– Combinado. Peça dois então, que tomo com você.

– Vamos pedir algo para comer, Mabel?

Resolvemos pedir algo para beliscar, para não bebermos de barriga vazia. Nate pede uma porção de palmito pupunha com salada, e eu, hambúrguer com fritas. O sol está bem forte e todo mundo está bebendo desde cedo, vou falar para comerem algo.

De repente, uma confusão começa, e vejo Dani e Carol batendo boca, completamente alcoolizadas.

– Você jogou bebida em mim de propósito, eu tenho certeza.

– Garota, você acha que eu faria isso? Por qual motivo iria desperdiçar meu drinque em cima de você?

– Dani, eu vi você me olhando.

– Eu posso ter te olhado, mas jamais jogaria uma bebida em alguém. Talvez esse seja o seu pensamento porque é algo que você faria.

– Você deve estar com raiva de mim por causa do beijo. Pode falar, que eu sei.

– Que beijo?

Sinto meu coração vir à boca no mesmo segundo que ouvi essa frase.

– O beijo que eu e o Beto demos esses dias. O que, ele não te contou?

– Não, não me contou. Por que você não me conta?

– Parem com isso vocês duas – diz Beto, se intrometendo. – Ela me beijou sim, Dani, mas eu a empurrei e disse que tinha feito a minha escolha.

– Em momento algum passou pela sua cabeça me contar um absurdo desses? Então foi por isso que você quis vir pra cá, para fazer ciúmes na sua ex-namoradinha que meteu um pé na sua bunda e um chifre na sua testa!

– Claro que não, Dani. Eu queria que você se aproximasse da minha irmã, por isso aceitei vir. Agora nós oficialmente seremos uma família, nada mais importante nesse momento do que a nossa convivência. Eles serão tios dos nossos filhos, serão parte da nossa vida.

– Você acha que quem ama coloca o outro numa situação dessas, Beto? Em pleno Ano-Novo? Você tá me humilhando, me trazendo para viajar com a sua ex, que você acabou de beijar. Que papelão!

– Carol, venha comigo – digo, puxando-a pelo braço. – Estamos no nosso primeiro dia de viagem. Você não poderia ter segurado sua língua? Pra que falar do beijo?

– Você vai defender seu irmão querido, né? Isso é que é amiga. Obrigada, Mabel.

– Eu defendo quem está com a razão, e nesse caso do beijo sei que ele foi a vítima. Você o beijou, você foi pra cima dele.

– Até parece que ele não queria. Todo mundo aqui sabe que o Beto é apaixonado por mim. Confessa, Beto.

– Eu não sou, não, Carol. Já passei dessa fase há muitos e muitos anos. Caso contrário, nunca teria pedido a Dani em casamento. Ela é a mulher que eu amo, é com ela que quero ficar.

– Diga o que você quiser, mas eu sei pelo que passamos e o que vivemos.

– Então você sabe que me deixou na lama, no fundo do poço. Me desrespeitou mais do que qualquer outra pessoa que cruzou o meu caminho, e me tratou como uma pessoa sem importância. Eu não quero você na minha vida, não quero você no meu futuro. Hoje entendo que nós tínhamos que acabar de qualquer forma, porque meu futuro não é com você.

– Carol, acho melhor você ir embora – digo. – Vá para o seu quarto descansar.

– Eu vou voltar para São Paulo, isso sim. Não tô aqui para jogarem bebida em mim, nem para ver um ex arrependido me olhar como um cãozinho abandonado.

– Carol, você tá falando do meu irmão. Gostaria que não falasse assim.

– Fique com ele e com a sua cunhada maravilhosa, que trata você como uma coitadinha, te dando roupa que não passa nem na sua coxa. Agora ela é sua prioridade?

– Eu nunca fiz isso com ela. Mabel, eu nunca, nunca, nunca fiz isso com você.

– Carol, vá para o quarto – eu repito.

– Vou mesmo.

Tento acompanhá-la até o táxi, mas ela me empurra. Ruli volta com ela para o hotel, e deve tentar acalmá-la para que não faça nenhuma besteira.

Olho para o Nate, que está com a cara mais curiosa do mundo e me diz:

– Traduza tudo que rolou, por favor.

Dou risada e explico a briga em detalhes.

Vou conversar com a Dani e com o Beto, e pedir desculpas pela Carol. Eu me sento no sofá em que eles estão e peço que me escutem:

— Gente, a Carol é uma boa pessoa, só está passando por um momento difícil desde que vocês ficaram noivos. Isso não é problema meu, muito menos de vocês, mas garanto que ela não vai ter mais nenhuma atitude como essa outra vez. Provavelmente voltará para São Paulo, e nossa viagem vai poder seguir de forma tranquila. Dani, eu queria dizer também, sobre o beijo, não que seja da minha conta, que ela deixou claro para mim que o Beto a empurrou. Falou que aconteceu por estar bêbada, numa noite que ela dormiu lá em casa e que, teoricamente, ele ia dormir no seu apartamento, por isso eu tinha certeza de que os dois não iam se encontrar. E me desculpe por ter levado ela pra lá.

— Mabel, a culpa é do seu irmão, não sua. Ele é que está dando um fora atrás do outro.

— Isso eu tenho que concordar, ele está mesmo.

— Me desculpe, Dani.

— Beto, para que esconder? As duas coisas que aconteceram hoje só se tornaram grandes porque você tentou fazer do seu jeito, mentindo.

— Concordo.

— Mabel, me desculpe se eu te dei roupas que não serviam. Não foi a minha intenção.

— E me desculpe por não ter sido clara e dado esse *feedback* pra você. Sinceramente, eu achei que você sabia que elas não me serviam, e só oferecia por educação.

— Não, eu não tenho ideia do tamanho que você usa. Ofereço mesmo para agradá-la, quero me aproximar de você.

— Eu também quero me aproximar de você, e apesar de achar que sou #TeamCarol, na verdade, nos últimos meses tenho deixado bem claro que sou #TeamDani.

— Obrigada por isso. Agora vamos dar atenção ao meu cunhado que não deve estar entendendo nada.

— Vamos.

*

À NOITE VAMOS JANTAR em um dos restaurantes do Quadrado, mas antes passo no quarto da Carol para conversar. Entro e ela está deitada de cabelo molhado na cama. Assim que me vê, puxa o lençol e cobre a cabeça.

– A pior coisa da ressaca é a vergonha de nós mesmas. Sempre sinto isso, que eu tô sentindo vergonha de mim, como se eu tivesse me transformado em outra pessoa por algumas horas. Penso: "Sério, eu jamais faria isso. Que vergonha de mim" – digo.

– A pior coisa é viver um relacionamento que não existe. Há anos eu alimento minha autoestima pensando que o Beto me deseja, que é louco por mim. Às vezes, posto fotos no Instagram para ele; mesmo sabendo que não nos seguimos, tenho uma certeza quase inexplicável de que ele vai ver. Imagino que suas ações são pensadas para me atingir, que seus *stories* são para compartilhar comigo um pouco da sua rotina.

– Nossa, Carol...

– Sim, eu sei. De alguma forma, convenci meu ego de que ele me queria em segredo, mais do que tudo. Pensar que ele nunca me superou era mais fácil do que aceitar que seguiu em frente. Me dói pensar que não sou especial pra ele. Parece que as coisas perdem um pouco o sentido.

– Mas você tem que ser especial pra você, a verdade é essa. Tem que fazer seus dias terem significado, e se dedicar a realizar os seus sonhos. Enquanto esperar que o outro te diga o quanto você vale, vai passar a vida toda oscilando entre "valho diamante" ou "não valho nada", sabe? Carol, o que faria você ter orgulho de si mesma?

– Tô infeliz no meu trabalho, vivo me culpando pelo meu passado e pensando no que poderia ter acontecido na minha vida. E se eu não tivesse errado com ele? E se a gente tivesse ficado junto?

– Mas você errou. E tá na hora de começar a se perdoar. Talvez assumir que tudo acabou te ajude a seguir em frente.

– Eu não consigo.

– Você não merece viver carregando uma culpa. Ninguém merece. Se for gentil consigo mesma, conseguirá ser gentil em outras áreas da sua vida. Comece a mentalizar isso diariamente, porque, caso contrário, você vai acabar ficando doente, amiga. O corpo mostra o que a gente não consegue dizer.

– Otto e eu quase não transamos mais.

– Tudo bem, dá para mudar isso. Não veja essa fase como o fim do jogo, pense como um momento que estão enfrentando. Se conecte novamente a ele, mostre o quanto está de corpo e alma na relação. Se isso não ajudar, converse. Diga que quer vocês dois bem, pergunte o que ele tem sentido.

– Sinceramente, estou tão fissurada em ser desejada pelo Beto, achando que ele vê tudo que eu faço, que acabei me esquecendo do Otto.

– Ainda dá tempo de recuperar. Que sorte que você não jogou tudo para o alto nesse relacionamento. Tente vivê-lo estando totalmente presente. Carol, busque o que dá sentido para os seus dias. Quer mudar de emprego? Mude. A vida é agora, não espere as coisas ficarem piores para se mexer. Eu precisei chegar a ponto de ser demitida para minha ficha cair. Não faça isso.

– Vou mudar. Minha meta para esse novo ano é: trabalhar o meu relacionamento e trocar de emprego. Mesmo que seja para ganhar menos por um tempo, preciso fazer algo que dê sentido para os meus dias. Vou voltar para São Paulo amanhã, meu lugar é ao lado do Otto. Não sei por que vim pra cá.

– Não importa. Foi bom para você encerrar um ciclo e ver o que precisa valorizar. Existem dores que precisamos sentir para ver que a ferida ainda está lá. Agora que colocamos luz nesse machucado, pode se curar. Eu te conheço, Carol, você é uma pessoa incrível, apenas não consegue se perdoar por um erro do passado. Mas preciso que você diga em voz alta: "Eu me perdoo".

– Não consigo.

– Consegue, sim, eu tenho certeza.

– Eu... me... perdoo.

– Mais alto.

– Eu me... perdoo.

– Ainda não senti firmeza.

– EU ME PERDOO! – E ela cai no choro assim que as palavras saem da sua boca.

– Isso. Agora escreva em um papel: "Carol e Beto".

– Quê?

– Escreva. Ruli, me empreste seu isqueiro e um cinzeiro, por favor.

Enquanto a Ruli busca por sua bolsa, vejo a Carol escrever e me entregar um pequeno papel, mas eu o recuso. Pego vários papeizinhos e faço uma fogueirinha dentro do cinzeiro.

– Carol, você está pronta para encerrar essa história?

– Estou. Preciso estar.

– Então entregue ao fogo e deixe-o queimar.

Carol coloca o papel no cinzeiro, e pega na minha mão. Suas lágrimas caem sem parar, e eu estou ali, ao lado dela.

– Agora feche os olhos e imagine uma luz violeta conectando vocês. Imagine essa luz se rompendo, e cada um virando de costas para o outro, seguindo por estradas diferentes.

– Desde quando você se tornou *expert* em rituais para fins?

– Você quer a minha ajuda ou não?

– *Okay* – responde ela, fechando os olhos. – Pronto, estamos indo por caminhos diferentes.

– Como você se sente?

– Leve. Obrigada.

– Estou aqui pra isso. Vamos jantar?

– Quero voltar pra casa, eu acho que amanhã volto pra São Paulo. Vou comer algo aqui no hotel mesmo e dormir. De acordo com o site da companhia aérea, tem um voo que sai amanhã bem cedo.

– Combinado. Eu te amo, mande notícias quando chegar em casa.

20
Sorvete de cupuaçu

JANTAMOS UM BOBÓ DE CAMARÃO maravilhoso, e me ponho a caminhar com Nate. Estamos abraçados, lado a lado, e nossos pés se movem em sintonia. Ruli e Dani ficam para trás, conversando sobre vestidos de noiva, e parecem se dar superbem. Acho que Dani tinha a impressão de que Ruli era cafona, e está surpresa com o tanto de dicas que está pegando.

— É exatamente esse tipo de vestido que eu quero! Tô chocada que você conhece esse filme.

— Eu já fiz um vestido igualzinho, quer ver? Mas não era de noiva, era de festa.

— Deixe eu ver.

— Olhe aqui – Ruli diz, entregando seu celular na mão de Dani.

— Meu Deus! É o vestido dos meus sonhos!

Sorrio e digo para Nate, baixinho:

— Essa viagem está se tornando surpreendente. Ruli está quase se tornando amiga da Dani e estilista oficial do seu vestido.

— Dani é uma garota muito legal.

— Sempre achei que eu devia escolher uma das duas, ela ou a Carol. Acho que sempre acreditei que a Dani roubava o lugar da minha melhor amiga.

— Beto parece gostar bastante dela.

— Sim, tenho percebido isso. Foquei tanto em odiá-la, que nunca me permiti ver nada além do que queria.

— Que bom que você tem uma chance de mudar.

— Todos nós temos.

– Mabel, se ficarmos juntos, você se mudaria pra lá?

– Mudaria sim, sem problemas.

– Mas lá você não terá uma turma assim, você sabe, né?

– Eu sei, eu sei. Mas penso em abrir alguma coisa com a Sophie, e isso já nos deixaria bem próximas.

– E você não teria seu irmão.

– Mas isso é simples. Sendo sincera, Los Angeles é muito longe do Brasil. Nenhuma chance de morarmos no meio do caminho, tipo Miami?

– Nunca pensei em morar lá, mas pra você provavelmente seria melhor, já que a comunidade latina é enorme.

– Foi nisso que eu pensei. Mas iria inicialmente se conseguisse uma vaga e depois, no futuro, me mudaria.

– Por que você não fala com o seu chefe?

– Você não acha que é cedo para falar de expatriação? Acho melhor esperar uns dois anos.

– Mabel, eu tenho 35 anos e já te disse que não estou de brincadeira. Não vou esperar dois anos para termos uma ideia do que pode acontecer.

– Olha, uma loja de sorvetes. Vamos parar?

– Vamos.

– Pessoal, alguém quer um sorvete?

– Quero de cupuaçu – responde Beto.

– Eu também, irmão. Nate também, para provar.

O pessoal pega diversos sabores, e Beto paga a conta. Esse é um péssimo costume dele, sempre gostar de pagar as minhas coisas, como se fosse meu pai. Agradeço e digo que não precisava, mas ele nem me escuta e sai andando.

Chegamos ao hotel pela porta que dá no Quadrado, e passamos pelas mesas de um restaurante para entrar. Logo na entrada tem uma estátua enorme de Iemanjá, e aponto para Ruli. Somos apaixonadas pelas imagens dos orixás, principalmente pela de Oxum. Ela começa a contar para Nate sobre essas divindades maravilhosas e ele fica impressionado por nunca ter ouvido falar.

Conto que no Brasil temos múltiplas religiões e que somos um povo de muita fé. O Brasil que eu quero mostrar a ele vai muito além do futebol e do carnaval, quero que Nate conheça a cultura, o povo carinhoso e receptivo, e a esperança que move o brasileiro. Mesmo em tempos difíceis, não desistimos nunca, como diz o ditado.

Nate diz que tem vontade de ler a sorte dele com uma taróloga brasileira. Mando mensagem para a Tati, perguntando se ela fala inglês e se poderia atender o meu namorado em pleno feriado de Ano-Novo. Ela responde que está de férias, mas abre uma exceção para amanhã, dia 30. Ele fica superanimado e conta para Ruli, que também pede um horário.

> Mabel: Amiga, não brigue comigo, mas tenho uma amiga que também quer um horário amanhã. Estamos em Trancoso falando do quanto você é maravilhosa.
>
> Tati: Você está brincando! Eu também estou aqui.
>
> Mabel: Então venha jogar aqui no nosso hotel. Tô numa casa na árvore maravilhosa.
>
> Tati: Fechado, consigo atender três pessoas.
>
> Mabel: Peraí que vou ver se mais uma amiga quer.

– Dani, quer jogar tarô amanhã com a Tati, minha amiga?
– Quero!
– Sophie, só tem horário para três pessoas, tudo bem?
– Sem problemas, amiga, vamos caminhar na praia e conversar enquanto isso.

> Mabel: Tati, fechado amanhã.
>
> (Compartilhando localização)
>
> Tati: Beijos, amiga. Feliz que vou te ver!

Nate fica superanimado e começa a fazer uma lista de tudo o que quer perguntar. Eu explico para ele que a consulta é confidencial e que ele não precisa me contar as perguntas, mas ele insiste em dividir. Chegamos ao nosso quarto e eu estou sem sono algum.

– *Babe*, vamos assistir a mais um episódio de *And Just Like That*?
– Para você chorar? Por quê? Estamos num clima tão bom.

– Por favor, tô muito curiosa para saber o que vai acontecer.

Terminamos a noite abraçados, vendo série em uma tela de iPhone, a primeira noite sem transar e sem me boicotar. Talvez isso seja mais real do que eu imagino, e começo a acreditar.

*

TATI CHEGA CEDO, eu me despeço de todos e me preparo para caminhar com Sophie. Ficaremos apenas até o dia 1º, porque viajarei no dia 3 com a empresa para o final de semana de aquecimento do ano. A passagem de Nate está prevista para o dia 2 pela manhã, então será tudo bem corrido, mas tem valido a pena.

Encontro com a Sophie no café da manhã, enquanto ela faz FaceTime com os filhos. Chego, me sento à mesa e peço meu prato: ovos mexidos com uma baguete na chapa e um *croissant* de Nutella.

– Mabes, pensei muito no que conversamos ontem.

– Em qual dos assuntos?

– Em abrirmos algo juntas, se você for morar lá.

– Ah, sim. Mas isso é bem mais pra frente, né?

– Pensei em abrirmos um *hub* para mulheres latinas empreendedoras.

– Como assim?

– Um espaço para mulheres se conectarem, fazerem *networking* e crescerem juntas. De repente fazer palestras para elas, convidar pessoas bem-sucedidas para falar.

– Por que não fazemos isso em Miami? Estava falando com o Nate que lá é um lugar mais aberto para os latinos.

– Acho que podíamos pensar em algo que seja em várias cidades, sem limitar a um só lugar.

– Como se chamaria?

– Isso vem por último, o importante é desenharmos o projeto.

– Sophie, eu amei essa ideia. Nossa, eu amei de verdade. Podemos fazer um espaço de *coworking*, um café da Isabela Akkari. Podemos contar em nossas redes sociais histórias de mulheres latinas que deram certo. Podemos até mesmo buscar investidores para ajudar essas mulheres.

— Sim, e esses investidores podem ser mulheres latinas bem-sucedidas.

— Ou não. Podem ser empresas que apoiam a diversidade, que podem querer patrocinar ou contratar essas mulheres.

— Mabel, você está chorando?

— Eu estou emocionada. Sinto que é isso que quero fazer.

— Mas e o Pinterest?

— Eu amo trabalhar lá, mas acho que é uma coisa que eu conseguiria fazer em paralelo por um bom tempo. Mas alguém precisaria se dedicar em tempo integral. Você conseguiria?

— Acho que sim. Acabando o meu mestrado, eu consigo.

— Então *vambora*?

— *Vambora*. Tô dentro desse projeto lindo e significativo.

— Chegando em casa vou começar a desenhar o plano de negócios com o Beto, vou conversar com ele para me ajudar.

— *Okay*, e eu vou pesquisando modelos semelhantes de sucesso para nos inspirar.

*

VOLTAMOS DA NOSSA CAMINHADA e Nate está sentado na rede que fica na parte térrea da nossa casa na árvore, com um sorriso de orelha a orelha.

— E aí, como foi? Me conta tudo.

— Mabel, nunca vivi uma experiência igual. Parecia que a Tati me conhecia há anos, eu não sei te explicar.

— Eu sei bem o que está dizendo. Ela é boa mesmo. O que você acha que pode compartilhar comigo?

— Ela disse que meu tempo em Los Angeles é limitado, que ela me vê fazendo alguma movimentação, pode ser até para outro país, mas não é o Brasil. Ela disse que preciso ficar lá ainda porque me comprometi a ajudar certas pessoas, e elas contam comigo espiritualmente falando.

— Uau, que profundo.

– Sim, muito. Ela disse que, às vezes, fazemos pactos espirituais que nem imaginamos. São compromissos de ajudar no processo evolutivo de outras almas.

– E sobre nós dois, ela disse algo?

– Disse.

– O quê?

– Disse que depende mais de você do que de mim para darmos certo. Que eu estou com os dois pés nesse barco, mas você ainda não, e eu concordei com ela, também sinto isso. Ela disse que você precisa se decidir e que, se resolver entrar nessa de cabeça, ela vê a gente ficando junto de verdade, você se mudando para os Estados Unidos com um trabalho.

– Não acredito que ela disse isso. Eu estou inteira, sim.

– Sabemos que você não está, e eu entendo isso. Achava que era por trabalho, agora já acho que tem algo a mais.

– Nate, eu amo como você é decidido na sua vida. Mas, às vezes, eu sinto que decide as coisas até por mim.

– E isso é ruim?

– Um pouco, na verdade. Eu te disse algumas vezes que não queria vir pra praia, mas você pareceu não ouvir.

– Mas a viagem está sendo uma delícia.

– Está sim, graças a Deus. Mas era algo com que eu não estava completamente confortável. Você está acostumado a assumir as rédeas, e num relacionamento eu preciso que as divida comigo.

– Combinado, vou prestar mais atenção. Pode me avisar quando eu estiver fazendo isso?

– Claro. Vamos dar uma dormidinha?

– As meninas estão no nosso quarto, jogando com a Tati.

– Pode ser aqui na rede mesmo, me dá um canto?

– Claro. Estou inteiro nesse barco com você.

*

A NOITE DE ANO-NOVO foi uma delícia, e passamos em paz. Carol mandou mensagem dizendo que teve uma conversa séria com Otto.

Ela vai passar um mês em Paris para eles verem como se sentem e, se precisar, na volta farão terapia de casal.

Dani convidou Ruli para desenhar sua roupa do casamento civil, e Beto e Nate são oficialmente grandes amigos. Já planejaram ir para a final do Super Bowl juntos, assim como para outros eventos de atletas que não sei nem nomear.

Chegamos à nossa casa, em São Paulo, e Nate conhece o apartamento. Ainda este mês devo me mudar, mas continuo morando com o meu irmão. É estranho pensar que dormirei com um homem com o meu irmão em casa, mas esse é um novo momento, um novo ciclo. Dani e eu vamos para a cozinha abrir um vinho, enquanto os rapazes conversam na sala.

— Mabel, apesar do começo confuso, eu amei a nossa viagem.

— Eu também amei, Dani. Fico feliz que você tenha gostado.

— Obrigada por me acolher na sua turma. Em momento algum senti que vocês não eram minhas amigas. Pelo contrário, senti que ganhei uma turma nova.

— Nós somos boas pessoas, Dani, e torcemos pela sua felicidade.

— Hoje eu sei. E também perguntei pra Tati no jogo de tarô, que confirmou que você me quer muito bem – ela confessa, dando risada.

— Que bom que você sabe. De coração, hoje te vejo de outra forma.

— E gostei muito do Nate. Vê se não perde esse partidão, hein?

— Sim, ainda estamos nos conhecendo, mas, se tudo der certo, teremos ele sempre por perto.

Tomamos um vinho na varanda e brindamos pelos dias vividos, pela vinda de Nate ao Brasil e pelo casamento de Dani e Beto, que acontecerá este ano.

Epílogo

À NOITE, DEITADOS NA CAMA, Nate se vira e olha para mim. Ficamos respirando quase o mesmo ar, a menos de um palmo de distância.

— Estou quase dormindo – digo, piscando sem parar.

— Ainda não feche os olhos, quero te ver.

Ele me olha, como se nunca tivesse me visto antes. Tira meu cabelo do rosto e passa a mão nas minhas bochechas. Estou nua, mas ainda mais despida depois desse momento. Sinto, no fundo da minha alma, que ele lê meus pensamentos e me vê por completo. Os meus defeitos, as minhas qualidades e, principalmente, os meus medos.

Naquele momento minha guarda está baixa, e eu quero que ele saiba de tudo. Quero que veja, que entenda e que me puxe para perto. Quero saber do meu poder, quero conhecer a minha força, sem precisar tirar a dele. Quero que sejamos, juntos, um time imbatível. Sei que ainda temos muito a viver.

— Eu te amo, Mabel.

— Eu também te amo, Nate.

— Por favor, não bote tudo a perder.

FIM

Agradecimentos

Sou escritora desde que me conheço por gente, mas graças à equipe da Riff hoje mais pessoas conhecem a Mabel e seu coração maravilhoso. Obrigada Eugênia Ribas Vieira e Lúcia Riff por todo cuidado que vocês tiveram com a minha história e por acreditarem em mim antes de qualquer pessoa.

Obrigada Flavia Lago, Natália Chagas Máximo e toda a equipe da Gutenberg, por terem vibrado pela Mabel, por terem embarcado nesse sonho e revisado comigo essa história inúmeras vezes, para que a mensagem fosse passada corretamente.

Obrigada aos meus pais, Adenilde e Paulo, que foram os primeiros a ler o *Doce jornada*, e se apaixonaram. Aos meus padrastos Andréa e Jorge, por serem esse suporte incrível. Aos meus irmãos Luana e Bruno, que têm os melhores corações que já conheci.

A minha psicóloga Luciani, que me ouviu inúmeras vezes falar que eu não era capaz de publicar um livro, mas nunca deixou que eu aceitasse essa realidade. Ao meu psiquiatra Taki, que me trouxe o equilíbrio de que eu precisava para seguir em frente.

Aos amigos Alvaro, Diogo, Thiago, José Newton e Fabianne, que torcem pela minha carreira como poucas pessoas que eu já vi. Ter uma rede de apoio como vocês é tudo! Amo tanto.

A minha querida Thalita Rebouças, que me direcionou para as melhores escolhas ao longo do processo de lançamento do meu primeiro livro. Aos amigos Bruno Rocha (Hugo Gloss) e Fê Paes Leme, obrigada por me darem frases lindas para a contracapa e por estarem ao meu lado há quase 15 anos.

Agradeço a Deus, aos Orixás, aos meus guias espirituais, ao Baba Paulo, à Tati Alves e a todos que energeticamente me guiam pela jornada.

E, por último, ao meu marido Bruno, meu melhor amigo e meu amor, que escuta sobre meu sonho de escrever desde o dia que ficamos juntos e sempre me fez acreditar que sou capaz.

Alaya e Bernardo, que essa história possa ensinar um pouco sobre carreira a vocês, e também sobre amar a si. Sou grata por vocês serem meus filhos.

Um beijo e boa jornada,
Thaís

Este livro foi composto com tipografia Adobe Garamond Pro e impresso em papel Off-White 80 g/m² na Formato Artes Gráficas.